傭兵団の料理番
15
Youheidan no Ryouriban
「本当に
は…」
Ko Kawai
川井 昂
illustration
四季童子

『たまらない……この辛さ、アユタの好みだぁ』

『これは肉じゃが……か？』
ミコトさんは手を合わせ、
目を閉じて祈りを捧げた。

ビカは無言で顔面を蹴り抜く。

『うち』さんは
空に向かって指をさす。

「あ、ああ、久しぶり、ミコト」
「ぐえっ」
アユタ姫はシュリの首根っこから手を離しました。

「お久しぶりです。アユタ姫様」

Youheidan no Ryouriban
New Character Introduction

アユタ

18歳　国境の砦《とりで》の団長

国主ギィブの末娘、
グランエンドの姫様。
激辛の食べ物が好きな偏食家で
癇癪《かんしゃく》持ちの一面も。

黒髪のポニーテール。
狐目できりりとした美人。

身長167cmのスレンダー体型。
黒のバギーパンツと
ミリタリーブーツを履いている。

艶やかな黒髪の大和撫子《やまとなでしこ》美人。
白い胴着と朱漆《しゅうるし》の胸当てと
垂れを防具として身につけている。

ミコト

20歳　王天《おうてん》

武も学も器も兼ね備えた
グランエンド六天将《ろくてんしょう》の長。
忠誠心と嫉妬心が強い。

身長171cm。
普通の男性でも
扱いきれない
大きな薙刀《なぎなた》を
武器にする
超人レベルの
筋力の持ち主。

傭兵団の料理番

15

川井昂

ヒーロー文庫

傭兵団の料理番
15
Youheidan no Ryouriban
illustration：四季童子

C O N T E N T S

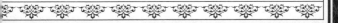

イラスト／四季童子
装丁・本文デザイン／5GAS DESIGN STUDIO
校正／福島典子（東京出版サービスセンター）
DTP／伊大知桂子（主婦の友社）

この物語は、小説投稿サイト「小説家になろう」で発表された同名作品に、書籍化にあたって大幅に加筆修正を加えたフィクションです。

実在の人物・団体等とは関係ありません。

プロローグ ～シュリ～

馬車が揺れる。ガラゴロ、と車輪の音が響く。

僕は屋根のない馬車に乗せられ、体育座りで空を見上げていました。今日は青空に白い雲が浮かび、太陽が燦々《さんさん》と輝いている。

馬車の荷台に一人だけで乗せられ、この炎天下で太陽の熱を直《じか》に受けているわけです。城下町を出て田園風景が流れていくのを、汗を流しながら眺めてる。

「大丈夫か」

「……水をください」

前の御者席に座る人……リュウファさんが僕に革袋の水筒を投げて寄越す。

受け取った僕は栓を開けて水を飲む。そんなに冷たくないけど、この暑さの中だ。水を飲めるだけ幸運だと思おう。

飲み終えた僕は栓をし直してリュウファさんの後ろに置き、服の裾で汗を拭った。

「なんで今日はこんなに暑いんですかね……」

「そういう日だから」

冷たく答えるリュウファさん……今は『うち』さんか。『うち』さんはそれだけ言うと黙り込んでしまった。

ああ、会話が続かない。せめて会話が続けば気も紛れるのに。心の底から話し相手が欲しいと願いました。

グランエンドに来るまでの道では結構話してくれた印象でしたが、そこは仕事と割り切っていたか……？　と思うと寂しい。

「あの、質問してもいいですか？」

「答えられるものなら」

「何日程度で目的地に着きますか？」

僕が尋ねたのは、再びリュウファさんに連れられて旅に出たので、その目的地までかかる時間です。

結局僕は信長《のぶなが》さんの言うとおり、城での仕事ではなく辺境での仕事を任されたわけです。具体的に言うと、前線で戦っている砦《とりで》の厨房《ちゅうぼう》に入れ、ということです。

ここらへんは国主のギィブさんにも聞いたことなので、ある程度覚悟はしています。問題はこの移送……もう旅でいいや。旅がいつまで続くのか、ということです。

僕がそれを聞くと、リュウファさんは答えました。

「結構遠い。そうだね、二週間は覚悟した方がいい」

「シュリを無事に、怪我《けが》なく病気なく負担なく届けるのに十分な日数だと思ってほしい」

「二週間、ですか」

「なら文句はありません」

僕は、二週間ほど強行軍ですっ飛ばして移動するのではないか、という疑念を抱いていたのですが、杞憂《きゆう》だったらしい。

いくらなんでもペースを速めて向かわれたら、僕は着く前にダウンしてる。

……逆にのんびり向かっていたらどうなってたろ？　隙を見て逃げられたかな？

僕がグランエンドに来ることになった目的……信長さんに会い、話を聞く。その目的のほとんどは達成できたと思っていい。

今にして思えばあの話、どこまでが本当でどこまでが嘘《うそ》かはわからない。外円海の幻とか、信長さんの不老長寿の話、この世界に来ることによって受ける祝福と呪い……僕の場合は言語理解だったかな？

信じていいのかどうかわからない話だ……言語理解は、まあ信じるしかないけど。

だけど情報は得られたし、わかったことがある。

信長さんとアスデルシアさん。二人のうちのどちらかが嘘をつき、どちらかが本当のことを話してる。が、肝心なところは隠されてるってとこかな。

二人から聞いた話を、もう一度アスデルシアさんに問いただす必要があるかも。そうすれば、本当の話を引き出せるかも。

かも、とか、かな、とか予想ばかりだけど、糸口は見つかってる。

信長さんとアスデルシアさんの話の相違は、話のきっかけとして十分でしょ？

どうやってここを抜け出すか……と思ったけど考えるのをやめた。

よく考えたら、僕を護送してるのはリュウファさんだ。

この人から逃げることはできない。前にリルさんたちが助けに来てくれたときにわかった。リュウファさんを倒せる人は一人だけだ。

きっと今頃、リュウファさんを倒すための準備をしてるはず。それまで、この人から逃げようとして殺されることは避けよう。

そうでしょ？　クウガさん。

「シュリ」

「なんでしょう」

思考の海に沈んでいた僕に、『うち』さんが話しかけてくる。

どうしたんだろ、と思ったら馬車を停めてしまったではありませんか。

なんのつもりで止まったんだろ、と思ったら『うち』さんは空に向かって指をさす。

何かあるの？　と見上げてみても、そこには青い空に白い雲、そして太陽だけだ。間違っても飛行機とかは飛んでない。

理解できないでいると、『うち』さんは言った。

「そろそろ昼だから、食事をお願い」

……ええ……？

「確かリュウファ・ヒエンという人は、内臓とかが六人分あって……特に食べなくてもあらかじめ胃に食事を溜めておけば数日は飲まず食わずで活動できる、という話はどこに行きましたかね？」

「食事の時間は、鍛錬や任務において割《さ》かねばならぬ必要な時間であると同時に、負担でもある。だけど食事の楽しみまで不要としなくてもいいと思う」

「つまり？」

「美味しいものを食べて、心地よい気分になることは無駄とは思わない」

……ダメだこりゃ。こりゃ何を言っても、食事をするまで動かないでしょう。

僕は身に帯びている包丁、魔工コンロ、ナイフを取り出して準備する。

「またも食材は何もない状態で出発してますが、『うち』さん、準備できますか」

「周辺の家に協力してもらえばなんとでもなる。一応ここも、グランエンドの国内だし」

『うち』さんは御者席から降りると、田園地帯を遠くまで走っていってしまった。まるで風のような速度で。多分向こうに小さく見えてる家で食材を譲ってもらうんだろうな、とか思ってる。

さて、その間に僕は何をするか。一応魔工コンロと包丁はある。ナイフもあるから獣も捌《さば》ける。だけども――。

「鍋がないんだよなー」

空を仰いだ。青々とした空に輝く太陽、ゆっくりと流れる雲。

ガングレイブさんたちから離れて早一か月近く。

いつになったら僕はみんなの元へ帰れるんだろうなぁと、嘆いてみたりする。

九十二話　こんにちは理不尽と豚鴨鍋《ぶたかもなべ》 ～シュリ～

「着いた……」

「到着したからさっさと降りなよ！」

どうも皆様こんにちは。シュリです。時間的にこんばんはがいいかな？　綺麗《きれい》な夕日が差し込んでいるからね！

リュウファさんに誘拐され、グランエンドに連れて行かれ、紆余曲折《うよきょくせつ》を経て僕は働く場所に連れてこられました。

移送された先は、どこかの砦《とりで》です。どうやら前線基地らしい。

大きな四階建ての石積みの砦で、周囲は石壁に囲まれ、空堀《からぼり》が掘られている。この石壁はそんなに高くないな、せいぜい三メートルくらいか？　こんなに低くていいのかね……。

素人《しろうと》考えで見てたけど、よく観察したら壁の各所に穴がある。あれは多分矢を射かける穴だ。油断して近づいたら射貫《いぬ》かれて殺されてるな。

んで空堀は深い。とことん深い。深いだけでなく丁寧に工事がされていて、傾斜もなければ突起物もそんなにない。一度落ちると一人で這《は》い上がるのは無理かもしれない。

落ちたあと、石壁の上から岩とか落とされたら死ぬなこれ。しかし水堀にはしないのか

……水は井戸の中かな。

後ろを振り向けば、ボーッとしてたから気づかなかったけど緩い傾斜のまま結構な距離を、ここまで馬車で来てたらしい。緩い傾斜でも距離がある。ここ、結構高い場所に建てられてるんだな、と気づく。

「シュリ、こっちに来い」

リュウファさん……今は『小生』さんか。『小生』さんは馬車から降りて、空堀《からぼり》に架けられた橋を渡る。よく見たらこれ跳ね橋か。外敵が来たら上げて防衛に徹することができそう。

「おーい!! リュウファ・ヒエンだ! 連絡してた奴を連れてきたぞー!」

と、閉じられた門の前で叫び出しました。ていうか門番とかいないのですかね、ここ。どういう警備態勢なの?

などと疑問に思っていると、ゆっくりと門が開いていきました。

「じゃ、行こうぜ」

「あ、はい」

やっぱり軽くてチャラいなぁ『小生』さんは。今はこの軽さに救われるけど。

初めての仕事場に着任するとき、こういう人がいてくれるとなんとも気がラクなので。開かれた門をくぐると、僕は圧倒された。入ってすぐの広場で兵士たちが訓練してたからだ。

それもただの訓練ではなく、全員が全員上半身裸で死に物狂いで稽古に打ち込んでいる。筋トレらしきもの、模擬戦、走り込みとさまざまだ。

ここまで血気盛んに訓練する人たちを見るのは初めてだ。傭兵団《ようへいだん》時代ですら、訓練するにしたって死に物狂いではやってなかった。

僕が呆然《ぼうぜん》としていたら『小生』さんが訓練している男たちの間をずかずかと通って、先へ先へと進んでしまう。ああ、待って。置いていかないで。

そして、とある三人の前で『小生』さんの足が止まりました。

一人は女性だ。僕と同じ黒髪をポニーテールにしていて、腰まで垂らしてる。

この世界に来て、今まで僕と同じ黒い髪に出会ったことなんて、ギィブさんの所にいた六天将《ろくてんしょう》の人くらいだ……不思議な話だな。

あと、動きやすい白い袖なしのシャツと軍服に近いゴツい黒いズボンを穿《は》いている。そして靴も黒色でゴツく、鉄板でも仕込んでるのかと思うような頑強さが見てとれた。多分コレ、底とつま先に鉄板を仕込んでるな。こう、大きさでわかる。

わかりやすく現代風に言うと、白いタンクトップで裾が短いヘソ出しスタイルに、黒いバギーパンツ、それとミリタリーブーツを履いてるようなもん。刺激が強いんだなぁ、ただでさえスタイルが良い人だから。胸はねぇけど。真っ平ら。

そして顔つきは、どこか日本人を思わせる、大和撫子《やまとなでしこ》のそれ。狐目できりりとした小顔で、白い美肌です。

なのですが、この人はきちんと訓練に参加しているらしく、腹筋は割れてるし二の腕には筋肉がうっすらと浮かんでる。細マッチョや。モデルみてぇ。

おまけに目を見張るほどの美人だ。この世界に来てからいろんな美人に出会った。傭兵《ようへい》団《だん》のリルさんとアーリウスさんだって美人だ。今まで旅の中で容姿が整っている人はたくさんいた。でも、この人にはなんだかそれと違う美しさを感じた。

健康的な汗、俊敏そうな体つき、真剣に訓練に向き合う姿……うーん綺麗《きれい》だ……。

こんなに目が惹《ひ》きつけられるとは。なびく黒髪をうっとうしそうに撫《な》でつけるその仕草さえも、艶《あで》やかさを感じる。

ファイティングポーズも決まっている。

あとの二人は男性です。

一人は白髪が交じったオールバックの老年の男性。こちらはきちんと軍服……なんというか和風なそれを着込んでいて、腰には剣を佩《は》いています。グランエンドの首都で見た、警備兵の制服よりも上等なやつですね。

手や顔には皺《しわ》が刻まれてますが、背筋は全く曲がっておらず、しゃんとしておられます。後ろ姿からも威圧感というか、威風堂々とした覇気《はき》を感じる。さらに背丈は高く、僕よりも頭一個分大きい。だけど男性と女性の稽古を見る顔つきは柔和で、目も細いです。

もう一人は静かな雰囲気の若いお兄さんだ。こちらはさっきの女性と似たような感じです。へそは出してないけどね。

上下ともに黒い服。老年の男性と少し違う意匠です。

腕は太いし、手には人差し指と中指だけが抜かれた手袋を着けています。緑色の髪をソフトモヒカンにしていて、顔つきはクールっぽい。ただし目つきは、滅茶苦茶鋭い。向かい合っている女性を殺さんばかりの気合いを感じる。

そんな三人を相手に『小生』さんが不躾《ぶしつけ》に話しかけたのです。一触即発、真剣な稽古の空気をぶっ壊すかのように。

「いよーぅ、アユタ！　ネギシ！　コフルイ！　元気かぁ？」

暢気《のんき》な『小生』さんの呼びかけに、三人とも集中していたのを中断されたためか驚いた顔をしました。でもすぐに苦笑を浮かべたのが印象的です。

「シニエ？　元気だった？」

「おうおぅシニエじゃねえか。久しぶりだな」

「……久しいの、シニエ」

シニエ……？　これは『小生』さんの前の名前か何かか……？

僕が疑問に思っていると、『小生』さんは若い男性の肩に手を置いて言いました。

「おいおい、今の『小生』は『小生』だからよ。昔の名前はやめてくれよ！　今は、リュウファ・ヒエンの六人格の一人なんだからさ！」

「ああ、すまない。えと『小生』」

「それでいいんだアユタ！　さすが『小生』とコフルイの弟子だなぁ」

「俺は？」

「お前はついで」

「ひでぇ！」

四人は互いに再会を喜び合い、楽しく会話をしている。

この四人はどうやら、『小生』さんがリュウファとなる前からの関係みたいですね。

……『僕』さんの時もそうだったけど、リュウファとなる前……一人の体に共生関係となる前からの知り合いもいるんですね。

つうか『なる前』ってなんだ……。今更だけど、その不自然さに気づく。

リュウファとなる前にも名前があって、今は名前を捨ててリュウファとなって一人称で自分を呼称する……うーん、謎だ。

まさか、こう、六人格の一人でも欠ければ、別の武術の達人を体ごと取り込んで一体化、してる、とか……？　怖っ！

などと想像していたら、話も一段落したのか『小生』さんがこっちに来る。

僕の後ろに回ってから両肩を掴《つか》んで、三人の前に押し出しました。

「こいつが前に連絡してた奴な。これからここで働くことになるから、よろしく」

唐突に僕を紹介し始めました。三人とも怪訝《けげん》な目で僕を見てくる。

おっと、場の空気に流されてどうすればいいかわかんなくなってたけど、ここは名乗った方がいいですね。僕は咳払《せきばら》いをしてから言いました。

「えと、僕はシュリ・アズマといいます。よろしくお願いします」

ぺこり、と軽く頭を下げて挨拶をする。挨拶は大事。これ常識。

頭を上げると、今度は老人が柔和な顔で言います。

「丁寧にどうも。儂《わし》はコフルイ、姫様の側用人と護衛を引き受けておる。お前の働き、期待しておるぞ」

コフルイさんが自己紹介して、次に青年が意気揚々と名乗る。

「俺はネギシだ！　姫様の護衛兼稽古相手、そして特攻隊長！　よろしく」

「あ、はい」

元気ありすぎる人だなぁ。でも元気な親しみやすい態度なんだけど、怖いんだよなこの人。

目が血走ってるんだよ。爛々《らんらん》としてて眼光が凄《すご》い。なんか、三秒後には殺しに来てもおかしくないような狂戦士じみた不気味さがある。

これで男性二人の自己紹介が終わったわけだけど、残りは女性一人。どこか気怠《けだる》げに額の汗を拭ってる。

「あー、アユタはアユタだ。この砦《とりで》の団長を務めてる。あと、ついでにギィブ父様の末の娘で姫様。こっちは覚えなくていい、この砦で一番偉いのがアユタってことを理解してればいい」

「いやーそこが重要だろう！」

がはは、と『小生』さんが笑う。うん、そこは重要だと思う。

目の前の女性がアユタ姫か。首都の城で名前は聞いていた。

ギィブさんの末の娘……か。ん？　そういえば他の息子なり娘なりは見ていないな。あそこにいなかっただけかな。まあ今更気にしても仕方ないけど。

「まぁ、見ての通り戦える奴じゃねぇが、料理の腕は保証する。『俺』以外の奴ら全員な」

「へぇ……」

『小生』さんの言葉に、コフルイさんは顎髭《あごひげ》をさすりながら僕を観察する。上から下までつぶさに、だ。

ネギシさんに至っては僕を横から前から上から、と睨《にら》んでくる。

「リュウファのほとんどを納得させたかー……。今度は期待できそうだぜ、姫様」

ネギシさんが嬉《うれ》しそうに言ってきますが、アユタ姫は興味なさそうでした。

「仕事をしてくれればいい。アユタから言うのはそれだけ。それじゃ、アユタは仕事に戻るから」

「お供いたしますぞ、姫様」

アユタ姫とコフルイさんは二人一緒に歩き出しました。僕は建物の中へ入っていく後ろ姿を見送ることしかできませんでした。

それを見てネギシさんはつまらなそうに後ろ頭を掻《か》きます。

「んだよー。新しい料理人が来たんだから、期待してもいいだろうに」

ネギシさんは僕の方を見ると、すまなそうに手を出してきました。こう、ごめんね、みたいな感じに。

「姫様はいつもあんななんだわ。気にすんな」

「ええ……引き継ぎでは、食べ物の好き嫌、うぉほん！　こだわりがあるそうですが」

危ない危ない、やんごとなき身分の人の食事事情をただの好き嫌いなんて表現したら、子供扱いしたと言われて切られるかもしれない。

そんなことない？　いやいや、ネギシさんの血走った笑ってない目を見ると、本気で殺されるって思うからさ。用心だよ用心。

ネギシさんは僕の言葉を聞いて、難しそうな顔をして腕組みをしました。

「まぁなー。ウィゲユも結構頑張ったしもうちょっと感はあったんだけど、向こうがさっさと諦めちまったからさー。この砦《とりで》に来ることもないし、姫様を満足させる奴は現れねぇかなって思ってたんだよな」

「食事に関しては篠目《しのめ》……じゃない、ウィゲユに聞いてあたりは付けてますので」

「マジか。頼りになるな！　ここは、ニュービストから来る商隊からの購入と、一時間くらい歩いたところにある農村と砦の裏で食料を生産してっから、食材は結構あるぞ！　頑張れ！」

「へぇ」

ちょっと感心してしまいました。どうやらこの砦は、周辺のあちこちの村だの町だのから略奪してるわけじゃないんだ。ここはニュービストとの戦争の前線基地って聞いてたんだけどな。

ああ、ニュービストと戦争する気がないから困ってる、とかも聞いた。だからニュービストからも商隊が来るのか。あちこちの戦争に顔を出して稼ぐ傭兵団紛《ようへいだんまが》いのことをしてるって話だ。

……ここはニュービストとの国境近くにあるってことだよな。頑張って逃げ出せたら、運が良ければ知った道に出るかもしれない。

「あの、ところでこの砦《とりで》はどういう施設……なので？　近隣の国と戦争を？」

ちょっと探るつもりで聞いてみる。もしかしたら聞けるかも。

だけどネギシさんの顔はニマッと、凶悪なそれに変わりました。

「ここか？　ここは兵士訓練所兼姫様専用の癇癪《かんしゃく》発散場所」

「は？」

「言ったまんまだよ。あの姫様の癇癪を治めるための場所だ。それ以上でもそれ以下でもない。んで、ついでに軟弱な兵士も鍛えちまおうって場所だ」

僕は、とんでもないところに来てしまったのかもしれない。

いや篠目から聞いていたアユタ姫の印象からして、とんでもないところに飛ばされたのはわかってたんだよ？　あー、これは満足させるのが大変な人がいるわーって。

でも、ここにいる人から直接、癇癪発散場所などと紹介されては、胸がざわめいて不安になるというものだ。

「じゃ、俺も姫様のところ行くから！　また後で！」

ショックを受けている僕を置いて、ネギシさんはさっさと建物に入っていってしまいました。

「話が終わったなら厨房《ちゅうぼう》へ行くぞー。それで『小生』の仕事は終わりだから」

「了解です」

呆然《ぼうぜん》としている暇はない。早くこの職場に慣れ、脱出方法を考えねば。

歩き出す『小生』さんの後を追って、僕はどうするか考えるのでした。


「やっと来てくれたか！」

「待ってたよ！」

「これをどれほど待っていたか！」

実際に厨房へ行ってみると、紹介された瞬間から滅茶苦茶歓迎された。

「そういうことだみんな！『小生』、確かに仕事をしたからな！」

「ありがとうリュウファ様！」

「このご恩、決して忘れません！」

なぜか料理人さんたちからはすっごい感謝されてる『小生』さん。いったいどういうことだ。どういう話の流れなのか教えてくれ。

僕の紹介を終えた『小生』さんは踵《きびす》を返す。

「じゃ、『小生』の仕事はここまでだからもう帰るぞ」

「え？　あ、ああ、はい」

この人の任務、確かに僕をここに送り届けることだったな。任務終了だから帰る、うん、まあ当然か。

しかし何日も二人で一緒にいたことで、妙な寂しさもある。いや、この人に攫《さら》われたせいで面倒くさいことになってるんだけどね。

「なに、お前がここで頑張る限りまた『小生』たちとどこかで会えるさ」

「はい」

「また会えればいいな。そのときは、目の奥にある敵視がなくなるといい」

ズキ、という胸の痛みと、ギク、という胸の内の考えを見抜かれたことによる焦り、二つが一緒に襲ってくる。

やはりこの人にはどんな誤魔化しも効かない。僕が逃げ出そうとしてたこともバレバレだろう。だから厨房《ちゅうぼう》に来るまでも、僕から意識が離れない距離を維持してたってことか。

意識が離れない距離といっても、この人の知覚範囲はとてつもなく広い気がするが。勘違いではなく。

『小生』さんが厨房から去ると、改めて料理人さんに肩を叩《たた》かれる。

「ということで、よろしく。オレはここの厨房で働いてるオブシナだ」

「改めまして、僕はシュリです。よろしく」

僕はオブシナさんと握手を交わす。オブシナさんは金髪に人懐っこそうな顔つき、料理人特有の発達した二の腕をした人だ。背丈は僕より少し高い。

オブシナさんが厨房の中を指さす。

「で。みんなの紹介はおいおいしていこう。オレがキミの教育係ってことで」

「はい」

「厨房の中を案内するからさ。みんなは作業に戻ってて」

うす、とか了解、と言って料理人さんたちは仕事に戻る。僕はオブシナさんの案内で厨房内外の設備の説明を受けることになりました。

食材を保管する冷暗庫と倉庫、裏の畑、飼ってる牛や豚や鶏《にわとり》、井戸の場所、厨房で使われている道具など。

「本当に畑があるとは……しかも畜産までやってるんですね」

「そこまで大げさじゃねえさ。オレたちでも管理できる最低限の家畜と畑しかねえさ。料理人のオレたちも畑仕事をするけど、持ち回りで兵士のみんなもやってくれるんさ」

どうもこの人、発音が訛《なま》ってる。あと語尾の「さ」が癖らしい。なんか親しみやすい。

オブシナさんは丁寧に説明をしてくれるので、厨房のことがよくわかってくる。で、大事なことなのでチェックしたのですが……。

ここにあるのは薪《まき》の竈《かまど》が二つに、大きな魔工式のコンロが一つ。あと、でかいオーブンも。これも魔工式らしい。

リルさんが作った、今も僕の腰にあるやつと比べると随分と無骨《ぶこつ》というか、出来が悪いというか、とりあえず作ってみましたよ、って感じが凄《すご》い。大きさとか操作盤とか、使う人のことは何も考えてなくて、形だけ真似たような。

「魔工で作った竈《かまど》もあるんですね」

「それな、ローケィ様が試しにって作ってくれたもんなんさ。なんでも、閃《ひらめ》いたとかなんとかでさ。でもあの人、こういうの作るの興味なくて、こっちの意見も何も聞かずにいきなり置いていったんさ。便利だから使ってるけど、もうちょぃと小さくならんかったもんか？」

オブシナさんは微妙な顔をしながらオーブンとコンロを見ていました。まぁ、便利だろうけど大きすぎるのは嫌だよな。てかなんでここまで大きくなったんだ……？

仕組みを解明するとしてもそんな知識はないからおいておこう。他に確認するべきこともあるし。

「んで、オブシナさん。僕はどういう仕事に入りましょうか？　初日なんで、皿洗いから……」

「いや、キミの仕事は決まってるさ」

オブシナさんは厨房《ちゅうぼう》のど真ん中で、僕の両肩に手を置きました。

そして満面の笑みを浮かべて告げる。

「キミの仕事は、アユタ姫様専属の料理人さ！」

「アユタ姫専属の？」

なんだその仕事は。専属って……姫様、国主ギィブさんの娘であるアユタ姫だけに料理を作り続けろ、と？

おかしい。何かがおかしい。他の国で言うところの王族専門の料理人とか、そういう立場になる。ヘタしたらこの場にいる誰よりも、偉い立場になったりしてもおかしくない。

これは何か、裏がある。瞬時にここまでのことを悟った僕は、ジト目でオブシナさんを見る。

「何か隠してません？」

「何も隠してないさ！」

「本当に？」

「本当だとも！　事前の報《しら》せで、それだけの実力があると聞いてたからね！」

「アユタ姫が辛い物が好きな偏食家、ということも含めて何も隠してないと？」

僕の言葉にオブシナさんはうっと言葉を詰まらせる。

さっきから不思議だったんだ。このことをなぜ言わないのか、と。アユタ姫の偏食傾向は引き継ぎとしてとても大事な内容だ。引き継がれる側は聞いておかないといけないし、引き継ぐ側は必ず言わないといけない。

なのに一言も出てこない、ということは隠してるとみてもいいはずだ。

「オブシナさん、何を隠してるんで？」

さらに追及する。オブシナさんはなおも黙ろうとしているので、強気で睨《にら》む。

これ以上黙ってるなら、何かアクションを起こした方がいいな。帰ろうとするか、もっと強気で問い詰めるか。

僕が作戦を練っていると、オブシナさんは大きく溜め息をつきました。

「……逃げないって、約束してくれる？」

「どのみち逃げられない立場なので逃げません」

逆を言えば逃げられるなら逃げてる。これでアユタ姫の何かが原因で僕が逃げ出しても、城の人たちは追跡してこなくなるかな？　逃げる口実というか理由ができていいかな？　とか思う。

だけどオブシナさんは考え込んでから、観念したように肩を落としました。

「うーん、まぁ……言わないより言っておいた方が、逃げないでいてくれる可能性があるさね……」

「そんなにアユタ姫の料理当番は大変なんですか？」

あえて不躾《ぶしつけ》に聞いてみる。ここまできたら隠し事なんて一つもない状態が望ましい。

ふと回りを見ると、全員が気まずそうに顔や目を逸《そ》らしてる。これは確実に何かある。何か隠してる。それも重要な何かをだ。

オブシナさんはゆっくりと口を開いた。

「……殴られる」

「は？」

「あの姫様は、気に食わない料理を作ると殴るんさ。作った人を」

……はぁ!?

「えーっと、この施設はネギシさん曰《いわ》く、姫様の癇癪《かんしゃく》発散場所とのことでしたが……」

「間違いじゃないさ。姫様は幼い頃からとんでもなく面倒くさい辛い物好きで、気に食わない料理が出ると癇癪を起こされる方なのさ。あまりの癇癪具合にギィブ様……御屋形《おやかた》様が疲れ果てちまって、アユタ姫様にこの砦《とりで》を与えたんさ。

そしたら姫様、自分の傍《そば》にいたネギシ様とコフルイ様、あと多数の人間を連れてこの砦で兵士の訓練を始めちまった。精強な兵士が育っちまったから、御屋形様からニュービストへの侵攻を命じられるようになったんさ」

この砦の前線基地という意味合いは、アユタ姫が自分で兵士を育てて砦を強固にしちまったからか!!

なるほどそれはアユタ姫、戦《いくさ》へのやる気はないわ。自分が押し込められた砦をフル活用して自分の兵隊を作ったのに、本国から兵士が育ったならどっかの国を攻めろ、なんて言われたらイラつく。

だからニュービストに攻め入らず、適当な戦に出てるのか。だから傭兵団紛《ようへいだんまが》いのことをして命令を誤魔化してるのか。

最初に見た時を思い出す。そういえば、姫様とか言われてるのに滅茶苦茶真剣に徒手格闘の訓練してたわ！　普通の姫様がやることじゃないし、兵と同じような訓練服を着てる姫様も普通いない！

そんで、鍛えた体で気に食わない料理を作った料理人を殴る、と……。

もしかして。

「……僕はものすごく厄介な仕事を、ギィブ様から命じられたのでは……？」

「そうさ。キミが来て喜んだのはオレたちが殴られなくて済むからさ。キミには悪いけど。アユタ姫様、毎日訓練して稽古して体と拳を鍛えてるから、殴られると滅茶苦茶痛いのさ……前任者は一撃で顎を割られてた」

「逃げてもいいですか？」

「ダメ」

くそ!!　篠目の野郎、このことを知っていて黙ってたな!!　僕が逃げ出さないように、あえて黙っていてここに来て初めて知るように仕向けてやがった!!

あんなにアユタ姫の偏食のヒントをくれたのは、アユタ姫の気性について聞かれないようにするための会話誘導か！　やられた、あいつの策に！

……くそ、あいつから引き継ぎされた以上、何もしないままここから逃げるのも癪《しゃく》に障《さわ》るな。

「……わかりました」

「わかってくれたか!?」

「黙って殴られるつもりはありません。やり返します」

「やめた方がいいよ。そう言って殴り返そうとした前の前の前の担当が、殴ろうとした腕を絡め取られて折られた挙《あ》げ句《く》、顎を念入りに割られたから」

「そっちじゃなくてねっ？」

いや、てかやり返そうとした人がいたのか。こっぴどく反撃を食らってたのか……。

その人どうなったんだろう。聞こうと思ったけどやめた。オブシナさんの諦めたような顔を見て、なんとなく察したから。

料理人としてやり返すって、別に殴り返すって意味じゃないけどね！　僕は慌てて訂正を入れました。

「やり返すってのは、殴る余地がないくらい美味しくて満足できる料理を作るってことです」

「できるの？　キミに？」

「できると思われたから、ここに配属されたんだと思います」

僕は顎に手を沿えて答える。

ただの嫌がらせならどうしようもないけど、あの信長さんが……合理的で植物的な考え方をする人が、全くの無駄になることはしないと思う。短時間の会話による印象だけど。それなら、僕にはアユタ姫を満足させる技量があると、自分自身を信じてもいいはずだ。それに篠目から聞いたヒントもある。さすがに引き継ぎであいつが嘘《うそ》をつくことはないだろう。あのヒントが嘘だったら、何が何でもあいつを殴る。

作る料理も決めてる。食材もわかってる。

ただ、今は……まぁそうだな。

「ですが、まぁ……ここに来た最初の日なので、姫様以外の人の晩ご飯を作るのも手伝わせてもらえませんか？」

「いや、だからキミはアユタ姫様の」

「同じ厨房《ちゅうぼう》で働くんです。お互いの力量や仕事場の流れを知っておくのは大事なことだと、思ってます」

僕の返答は正しい。だからオブシナさんは口を噤《つぐ》んだ。

いくら部署は違えども、同じ職場で働くなら相手のことを知っていても損はないはずだ。互いのスキルを確認し合うのは、これから先仕事をするのに大切なことだ。

スキルを確認し、コミュニケーションを交わし、そこから人となりを知る。

これを怠《おこた》ると、職場が地獄と化す。というのを、修業先のいろんな店のお客さんが、異口同音に言ってました。僕もそう思います。

「わかった。じゃあ、頼むよ。並行してアユタ姫様の食事も作れるのかい？　任せてもいいんかい？」

「任せてください。で、今日の献立は？」

「うちが管理してる農村から、活きの良い鴨《かも》を数羽持ってきたんさ。それを使う」

「おー!!　鴨ですか！」

僕は心が躍った。オブシナさんも舌なめずりをしている。

鴨はいい。肉は淡泊で脂は良質、煮こめば良い出汁《だし》がこれでもかと出るからね。

かくいう僕も鴨は大好物だ。実家にいた頃、父さんが鴨を捌《さば》いて鴨鍋を作ってくれてたなぁ。

「鴨で何をするので？」

「ソテーしてパンに挟もうかなと。新鮮な野菜もあるんだ、うちの砦《とりで》の兵士には好評でね」

「それは……僕も食べたい……」

思わず涎《よだれ》が出そうだ。鴨肉のソテーをパンで挟み、新鮮でシャキシャキなキャベツやトマトと一緒にかぶりつく……！

うーん、絶対に美味しい。美味しい裁判有罪。いかん変な言葉が出た。

「あ、と。その料理の内容、僕に任せてもらってもいいですか？」

「ん？　何か別のもんを作るつもり？」

「はい。僕の実家で食べてた鴨《かも》の食べ方なんですけど……まぁ」

僕は思い出しながら、口元から溢《あふ》れそうな涎《よだれ》を拭う。

「美味しいのは保証します」


「ということで、今日は僕が来た初日なので気合いを入れて作ります」

厨房《ちゅうぼう》でオブシナさんに頼んで食材を揃《そろ》えてもらい、吟味する。

回りではオブシナさん以外の料理人さんたちも、熱心に見てる。僕の腕前だけでなく、どちらかというとリルさん特製の紙製魔工式コンロの方に興味津々って感じかな。

包丁と魔工式コンロ以外の道具を借りて、食材を揃えた。

「シュリくん、その紙は？」

「これですか？　これは僕の……仲間が作ってくれた魔工コンロです。巻けば小さく収納できて、伸ばせばぴしっとなる。こうして操作すると炎が出て……鍋が炎の上に浮く感じで、こうです」

興味を持った人たちのためにちょっとデモンストレーションをする。鍋に水を入れ、魔工コンロを操作して炎を出してやる。

炎の上に鍋を置くようにしてから手を離すと、炎が当たるちょうど良い高さで浮いて止まる。

本当にこの魔工コンロにはたくさん助けられた。いつも一緒にいる。これを使って料理をしていると、いつもリルさんが傍《そば》にいてくれてるようで……。

この世界に飛ばされて数年。天涯孤独の身で、頼れるのはあの人たちだけだ。リルさんはその中でもとてもよくしてくれた。

目を閉じれば、隣にリルさんがいるような感覚が――。

いや、感覚はするけどハンバーグを作れって幻想のリルさんが訴えてくるわ。さっさと作れ、大量に作れ、毎日作れと可愛いムーブをしながら呪詛《じゅそ》のように訴えてきやがる。

少し休憩が必要かなぁ、と思ったけど、今は目の前の調理に集中しよう。

作るのは豚鴨鍋《ぶたかもなべ》。我が家オリジナルだ。豚肉と鴨肉を使うぞ。

使う食材は鴨肉、豚肉、鴨の骨、ネギ、生姜《しょうが》、醤油《しょうゆ》、酒、みりん、塩、ゴボウ、ニンジン、白菜、豆腐、大根、ちくわだ。

まずは鴨出汁《だし》を取ろう。鴨の骨……少し肉が付いているものを軽く焼く。

そうしたら湯引きをして余分な脂を軽く取ろう。そんで鍋に鴨の骨、ネギ、生姜を入れて、火にかけた鍋で沸騰させないように出汁を取る。

出汁を取り終わったら鴨の骨、生姜、ネギを取り除いて鴨出汁の完成だ。

この鴨出汁《かもだし》を火にかけ、煮立ったら醤油《しょうゆ》、酒、みりんと塩を加えて味を整えよう。ここに豚肉、鴨肉、ネギ、ゴボウ、ニンジン、白菜、豆腐、大根、ちくわを、同時に煮えるように順番通りに加えていく。

ちくわは二つに、ネギとニンジンは斜め薄切り、ゴボウはささがき、白菜は手でちぎろうな。豆腐は食べやすい大きさに切って、大根は薄く切っておこう。

大根は輪切りで入れるのもいいんだけど、我が家では早く煮えて柔らかく仕上がるから薄切りにしてる。美味しいぞ。

これで灰汁《あく》が出てきたら取り除いて完成だ。

豚肉も使った鴨鍋、我が家で食べていたもの。懐かしくて涙腺が緩みそうだね。

なんでちくわも入れるの？　という疑問ですが、昔父さんが、

「鍋に練り物を入れるとよく出汁が出て旨い、と父さんの父さん、お前の祖父《じい》ちゃんに言われたことがある」

からしいです。僕も練り物を入れた方が美味しいと思うので、自分の鍋には入れるようにしてます。カマボコとか、鶏《とり》や鰯《いわし》のつみれとかですね。

と、自分の家庭料理を出してしまいましたが、結構旨くできたのではなかろうか？

「豪勢な鍋さね。鴨だけじゃなくて豚も使うと……」

鍋の中を覗《のぞ》き込んだオブシナさんがそんなことを言う。

「まぁ僕の着任初日なんで、少し豪勢な料理を出させていただけたら、と」

「今日だけさ。いつもは食料の備蓄を計算して献立を決めるからさ」

「ああ、そうですね」

言われてみれば確かに、ここは一応敵地に近い。アユタ姫に戦う気がなくとも、ニュービストとの国境線付近に砦《とりで》を建設して兵隊を鍛えてるんだ。緊張状態にある。

さらには食料生産のための農村まで作って食材を補充してるんだから、近くにそんな砦があったら怖いよな。だから、食料は生命線のはずだ。

ニュービスト……テビス姫は元気かな。この砦とは、どういう関係なんだろう？

やっぱり仮想敵軍としてカウントしててもおかしくないはず。ニュービストとは商隊が行き来するくらいには交流してるけど……。どこで歯車が狂うかわかんないよな。テビス姫のことだから、その辺りも警戒してるはず。

でも商隊が来るのを止めないのは、中立の立場で敵でも味方でもなく商売相手として付き合ってると？　周辺の戦争で傭兵団紛《ようへいだんまが》いのことをして稼いでる……稼いでるんだろうな、そういうことをしてる武装集団ってのも怖いと思うけど、金を払う限りは客か……。

とかなんとか考えていると、オブシナさんがオタマを持ってきて、器に自分の分の豚鴨鍋をよそって食べはじめました。

「味見は必要さ」

まぁそれもそうか。兵士さんに出すんだから、厨房《ちゅうぼう》の責任者か教育係の人が味見するってのはおかしい話じゃない。

オブシナさんは結構な量を器に盛ってから、白菜と鴨《かも》肉を同時に口に運ぶ。咀嚼《そしゃく》してから、パーッと笑顔になりました。さらに豚肉とゴボウも一緒に食べるとまた良い顔をしてくれます。

「お、これはいいな。豚肉と鴨肉を同時に使う結構豪勢な料理だから美味しいのは当たり前だと思ってたが、鴨の脂の旨みを白菜が吸ってるし、豚肉の旨みも鴨の旨みに負けてないな。鴨だけのスッキリとした旨さもいいが、豚肉を加えた旨みも悪くない。

そうか、鴨肉が足りないときは、豚肉と一緒にスープにしてしまえばいいさね」

「その場合は練り物……ちくわとか野菜も一緒に入れれば、量が増えるし味も良いしでオススメですよ」

「うーん、そうさね！　白菜も旨みをこれでもかと吸ってるから、ただの嵩増《かさま》しなんてことはないさ。白菜そのものも美味しくなってるから、今度から採用しようか」

「レシピは……今見たとおりで難しいものではないのですが、改めて書面にまとめて提出しときます」

「ありがとうね。応用はいくらでも利きそうだし、助かるよ。みんな！　シュリから教えてもらって、これと同じものを用意しよう！　たまにはいいさ」

わかった、とか、了解、とか言いながら料理人さんたちは行動を開始する。食材を確認し、道具を用意して仕事にかかる。

その姿を見てから、僕はふと気になって口を開いた。

「そういえばオブシナさんって、この厨房で偉い人なんですか？」

教育係になってくれたり、こうしてみんなに指示を出したり。また、この場にいる誰も指示に疑問も抱かず、きっちりと行動している。

こんなの、上司から指示を受けて行動している部下の姿にほかならない。

となればオブシナさんは相当偉い人？　と思ってると、おもむろにオブシナさんは首に手を沿えて左に傾けた。

「オレは前の前の、アユタ姫様専属の料理人で、今はここの料理長さ。ほら、ここに痣《あざ》があるだろ？　黒いようなの。気に入らない料理を作って怒らせたことで、怒りのあまり上段蹴りを打たれてね……痕になっちゃったんさ」

うわ！　本当だ、首に黒い痣が残ってる！　驚きのあまり言葉が出ませんでしたが、恐る恐る聞いてみました。

「えと、骨折でもしたのですか？」

「いや、酷《ひど》い出血。そんとき、アユタ姫様の靴の金具がいくつもひっかかっちゃって、かなり血が出ちゃったのよ」

「それ……あまりに酷《ひど》くないですか？」

さすがにここまで酷い怪我《けが》を負わせてくるのは黙っていられない。例え偉い人の娘でも、やっていいことと悪いことがある。

が、僕の怒りに対してオブシナさんは涼しい顔をするだけだ。

「そのことに関して、アユタ姫様自身から謝罪を受けてお見舞いの品と金も受け取ったし、さすがに酷すぎるっていうんで国主様からこっぴどく叱られてさ。アユタ姫様はもう、この罪に関しては十分に罰を受けてるんさ」

「……前の前の前の人も？　骨を折られたっていう……」

「その人の時も同じくらい罰を受けてる。オレのことがトドメになって、必死に癇癪《かんしゃく》を抑えるように我慢するようになったさ。

……とはいえ、オレはもうアユタ姫様に食事を作るのは無理さ。怖くて体が震える」

そりゃそうだ。いくら誠意を持って謝罪してきたからって、アユタ姫が行った暴行と癇癪の罪は消えない。

となれば、僕がやるしかない。彼女に反省を促すしかないんだ。決意が固まったよ。

すまん、ガングレイブさんたち。さすがにこれを無視してスーニティには帰れない。あの姫様には、ちゃんと反省してもらわないとダメだ。正義感でもなんでもなく、人として当然の、感情の整理の仕方を学んでもらわねば。

「そうでしたか……なら、今後は僕に任せてください」

「え⁉　今の話のどこにやる気を出す要素があったのさ⁉」

「ありましたとも」

僕はにやり、と笑ってから言いました。

「マナーの悪い客には、ちゃんとマナーを学んでもらわないとね。ちゃんと美味しくて辛い料理を食べてもらって……ね」

その晩、僕はアユタ姫にお出しするための料理を用意していた。

他の人たちは全員、僕が作った豚鴨鍋《ぶたかもなべ》をあっという間にコピーして、食堂に集まってきている兵士さんたちにお出ししている。

僕が黙々と料理を作っていると、オブシナさんが不安そうな顔をして料理を覗《のぞ》き込んできました。

「……これ、本当にお出しするの？」

「はい。まぁ、喜ぶでしょうよ」

篠目から聞いて、アユタ姫は辛いものが好きだけど、その中でも辛子《からし》やわさびといったシャープ系の辛味が好きなのはわかっています。

だけど、初《しょ》っぱなはホット系でいかせてもらおう。マナーの悪い客にはちゃんとした料理を食べてもらって、きっちり反省してもらわねば。

「……殴られないようにね」

「その対策に、しの……ウィゲユから好きな辛さの系統も聞いてますので、そっちもいずれは作ります」

そのための食材も用意していますしね。フフフ……今から驚く顔が楽しみだなぁ!!

邪悪な笑みを浮かべる僕。オブシナさんはこんな僕を見て引いてるようでした。

だけどオブシナさんはすぐに笑みを浮かべました。

「そうそう、シュリの豚鴨鍋《ぶたかもなべ》、結構好評さ」

「良かった。僕の実家のアレンジ料理なので、僕は美味しいと信じて出したのですが、みなさんのお口に合ったようで良かったです」

「家庭の味だから、美味しいと言ってもらえたんだよ。野菜も食べてもらってるし、みんな豚の旨みと鴨の旨みが良い、野菜もいくらでも食べられると喜んでくれてるよ。中にはゴボウを初めて食べてくれた人もいたから」

オブシナさんは満足そうに語っていた。

「家庭料理のアレンジだから……みんな、ここに飛ばされてきてるから、故郷が懐かしくなるのさ。鴨はどこの農村でも重宝されてるし、豚だって本来はごちそうだ。クズ野菜のスープを幼少期に食べている人からしたら……鴨と豚を、豪華な野菜のスープで食べられるんなら、嬉《うれ》しいもんさ」

「……そういうもんですか」

「そういうもんさ」

オブシナさんの語りを聞きながら、僕は考える。

僕はこの世界に来てから、地球を懐かしく思うような料理を食べたことがない。

食材を見て、懐かしく思う……というのはたくさんあったよ。でも誰かの料理にそういう感情を抱いたことは、多分なかった。

ミナフェの『飲む焼き芋』も懐かしかったけど……あれはあれで美味しいけど、家庭料理じゃないよ。

こんな場所に飛ばされるくらいなら、もう少し篠目の料理を食べさせてもらえば良かったかな。

きっと昔を懐かしんで、今の状況でも頑張ろうって気力が湧いたに違いない。

……この世界に来て何年が経《た》つだろう。

昔の記憶が、そろそろ褪《あ》せてきてるんじゃないかと怖く思うときがある。料理を作る手が、知らず知らずのうちに震えてることに気づいた。

もう片方の手で震えを押さえるようにするが、止まらない。

このままこの世界に染まりきってしまったら、帰ることができないんじゃないか。

いや、この世界で生きる覚悟を決めたんじゃないか。

段々と怖くなってくる。必死に恐怖を抑え込む。

「シュリ？」

悩んでいると、オブシナさんが心配そうに僕の顔を覗《のぞ》き込んできました。

「何か、あったのか？」

「いえ、大丈夫です。何もありません」

僕がそう言うと、心配そうな顔のままですがオブシナさんは離れて、自分の持ち場に戻る。

大丈夫、大丈夫だ。サブラユ大陸にだって、僕の帰る場所はあるんだ。

僕が気持ちを落ち着けていると、

「これを作った奴出てこい‼」

食堂から怒号が鳴り響いた。

九十三話　反省と四川麻婆豆腐《しせんマーボーどうふ》 〜シュリ〜

とうとう来たか……と僕は作っていた料理を仕上げて器に盛ります。

声からしてアユタ姫のものでしょう。初対面の時のぶっきらぼうな感じから、怒りが湧いて湧いて止まらない、って感じになってる。

兵士さんたちは訓練やら畑の管理とか掃除とかで疲れていて、晩飯は楽しい時間だ。なのに、好きだの嫌いだの言って、作った奴出てこいとか駄々をこねるの、ハッキリ言って正気じゃない。辛いのを食べたいからって、怒鳴るのはなしだろう。

しつけのなってない少女には、相応の罰を。僕は心の中で邪悪な笑みを浮かべながら、料理を持って食堂に向かいました。

厨房《ちゅうぼう》と食堂は……まあ当然ですが隣接しており、食堂から厨房の様子はよく見える作りになってます。逆も同じで、食堂の様子が見える。

机がいくつも並び、簡単な作りの丸椅子がある。食堂はそんなに広くないので、入れ替わり立ち替わりで食事をするのです。

厨房と食堂の境目にある、腰の高さの戸を開いて食堂へ。机の傍《そば》に立っているアユタ姫を見つけた。

近くにはコフルイさんとネギシさんがいる。二人して困ったような顔をしながら豚鴨鍋《ぶたかもなべ》を食べていますね。

他の人たちの器をチラと見ると、かなりの量が減っている。結構良好な反応で安心しました。なのになぜアユタ姫は怒鳴っているのか。

「お呼びでしょうか」

僕がアユタ姫の傍《そば》に行くと、ギロリと睨《にら》んできたのでちょっと怯《ひる》んじゃいました。

「お前、シュリだったな」

「はい」

「これはなんだ……？」

「豚と鴨のスープです。美味しいでしょう？」

「アユタの料理は……？」

ゴゴゴ、とアユタ姫の周りから怒りが溢《あふ》れてくるのが見えるようです。

「目の前の料理では満足できませんか？　とまで続けられませんでした。瞬間、アユタ姫がこちらに向かって急速に動き、殴りかかってきたからです。

全く反応できなかった。動く暇すらなかった。圧縮された時間の中で、あっ殴られるわ、と思うだけで精一杯。

しかし、その拳は僕の鼻先で止まった。ブワ、と拳圧による風が僕の鼻からおでこにかけて舐《な》めていくように流れる。言葉を発する余裕すらなかった。

なんで止まったの？　と思ってると、拳が僕の鼻先から除《よ》けられる。

視界が開けると、すぐにわかった。アユタ姫の視線が、僕の持っている料理に注がれているのですから。

僕が作ったのは、テビス姫の大好物の麻婆豆腐《マーボーどうふ》……を、四川《しせん》風に仕上げたもの。

ぶっちゃけちゃえば、四川麻婆豆腐ってやつです。

作り方は……後にしようか……!!

「そ、それはなんだ」

アユタ姫はたじろぎながらも、期待に満ちた目をしてました。涎《よだれ》が溢れてくるらしく、片手で口元を拭っている。

どうやら好奇心と食欲が刺激されているらしく、ワクワクしてるのがよくわかりました。ククク、良い反応だ。

「これはですね、ニュービストで人気の料理、麻婆豆腐ってやつです」

「麻婆豆腐！」

アユタ姫が嬉《うれ》しそうに声を上げる。どうやら知ってるらしい。

「知ってるんですか？」

「こっそりとニュービストに潜入したとき、そういう名前の料理は食べた。辛さは足りないが良い料理だった。もう少し、こう、アユタ好みの辛さになっててくれれば良かったのだけど」

ふむ、これはちょっと情報収集してみますか。

「ちょっと聞くんですけど、アユタ姫様は唐辛子《とうがらし》の辛さとわさびの辛さ、どっちの方が好きですか？」

「どっちも好き。大好き。どちらか、なんてなくてどっちも好き」

「ウィゲユから、たこわさを作ったときは喜んでたと聞きましたが」

「あれは良かった。美味しさとわさびの辛さのバランスが、あと少しでアユタ好みだったんだけど……わさび入れすぎて咽《む》せて、ウィゲユに八つ当たりしちゃった。あれは悪かったと思ってる」

……なるほど。前に篠目から聞いたシャープ系の辛さが好き、というのは間違いではなかったらしい。ただし、それは篠目が作った料理がアユタ姫好みに一番近かったから、ということですね。

この話をもう少し深掘りすれば、ホット系とシャープ系のどちらでも、アユタ姫好みであれば良かったのか。僕は少し安心しました。

シャープ系の料理で激辛なんて、僕の頭の中にあるレシピで作れるかどうか……工夫すればいけるでしょうが、かなり試作が必要でしょう。

なれば、この料理でどれくらい満足してくれるかな？

いや、満足するくらい・・・・・・で我慢できるかな？

「ウィゲユが出した料理は、シャープ系の辛さが美味しさのポイントの料理です。今回出す僕の料理は、ホット系の辛さと思ってください」

「シャープ系？　ホット系？」

「辛さの種類なので、後で詳しく説明しますね。今は」

僕はアユタ姫に四川麻婆豆腐《しせんマーボーどうふ》を差し出した。

「これを食べて、判断してください」

「……いいだろうっ」

アユタ姫は僕の手から器をかっさらうと、机の上に置く。

ウキウキと椅子に座り、匙《さじ》を掴《つか》んで楽しそうにしているアユタ姫。

でも、それを見ていたコフルイさんが四川麻婆豆腐の器をさっと掴んで自分の方に持って行ってしまいました。

呆気《あっけ》に取られる僕。さっきから面白そうにニヤニヤしてるネギシさん。そして料理を奪われて般若《はんにゃ》のような怒り顔になってるアユタ姫。

三者三様の反応を見せる僕たちに、コフルイさんはしれっと答えた。

「姫様。さすがに来たばっかりの料理人の作ったものを、毒味ナシで食べるのはいかがなものかと」

イラ。僕は料理に毒なんざ盛らん。とは口に出して言えなかった。

「うるさい、盗るな、さっさと返せ」

「ダメです。まずは儂《わし》が、毒が入っていないか確認してからですじゃ。さて、どうかの」

コフルイさんは匙《さじ》で豆腐と挽き肉を掬《すく》い、口に運んだが、止める暇すらなかった。手を伸ばしてもどうにもならないタイミング。

それは、本当の意味でアユタ姫専用の麻婆豆腐《マーボーどうふ》なんだ――と言う前に、コフルイさんは食べてしまいました。

「……ふむ、毒はないようじゃ。辛さと旨さが良いな。これは儂も好み――!?」

言葉を終わらせる前に、コフルイさんは椅子から崩れ落ちた。

床をのたうち回りながら口と喉を押さえている。それを見たネギシさんは驚いた顔をしたまま動けなかった。

「か、から、いや、痺《しび》れ……!?」

「痺れ……?」

コフルイさんの言葉にアユタ姫は怪訝《けげん》な顔をする。

そして激怒して何かを言う前に、僕は手を前に出して言った。

「アユタ姫様、痺れというのは毒じゃありません。辛味と痺れを感じる料理なんですよ」

「嘘《うそ》つけ毒だろ!!」

「じゃあ」

僕はアユタ姫の横を通り過ぎ、コフルイさんの前に置かれていた麻婆豆腐に手を伸ばす。

近くに転がっていた匙で豆腐と醤《ジャン》をたっぷりと掬ってから、一気に頬張りました。

うーむこの痺れて辛い感じ、それでいて味は十分。うん、味見はしたけど旨くできてるわ。

「この通り、食べてもなんともないので」

「でもこうしてコフルイは！」

「ま、ま……て」

ネギシさんはようやくハッとしてから叫んでいる。その横で、コフルイさんが机に手を突きながら立ち上がった。

少し咳《せ》き込んでいる。ちょっと刺激が強すぎたらしい。反省。

僕は前に篠目にガンボスープを作ったとき、この世界の人に合わせた辛さで作っていたのだけど、今回はアユタ姫のおおよその好みに合わせて、地球の人でも辛いし痺れるなーと思われるくらいの味に仕上げている。

今回の四川麻婆豆腐《しせんマーボーどうふ》。まず材料は豆腐、豚肉、ネギ、にんにく、生姜《しょうが》、鷹《たか》の爪《つめ》、花椒《ホアジャオ》、豆板醤《トウバンジャン》、甜麺醤《テンメンジャン》、オイスターソース、鶏《とり》ガラスープ、水溶き片栗粉、油、ラー油だ。

おそらく、これらの中にある調味料……豆板醤に甜麺醤は、前に僕が他国で作っていたものをコピーしたか仕入れたものだと思われる。ニュービストで初めて麻婆豆腐を作ったとき、あそこの人たちは味見してたし。

ここはニュービストに近い砦《とりで》だし、ニュービストで作られた甜麺醤とかの調味料を仕入れたんでしょうね。だからここにある。まぁ、都合が良いので使わせてもらったがな！

調理手順としては、まずにんにく、生姜、ネギをみじん切りにしよう。

次に鷹の爪は種を取って輪切りにして、花椒は半分は包丁で細かくする。そして鍋に油をひいたらにんにく、生姜、鷹の爪、そのままの花椒を弱火で炒めて香りを出そう。

ここに豚肉……挽き肉にしたそれを入れて炒め、火が通ったら豆板醤、甜麺醤、オイスターソースを加えて炒めますよ。さらに一口サイズに切った豆腐と、ネギの半分を加えて炒めます。軽くでいいぞ。

んで、ここに鶏ガラスープを加えて煮詰めたら水溶き片栗粉を回しかけてとろみを付ける。最後に器に盛ったらラー油を回しかけ、細かく刻んだ花椒とネギを散らして完成だ！

これで舌が痺《しび》れて辛い、四川麻婆豆腐のできあがりだ‼

「た、確かに、驚いた、のだが、うむ、毒では、ありませぬぞ。痺れて辛い、ですが、美味しいのも事実……」

「でもコフルイ、床を転げ回ったよね」

「姫様……この料理、辛さと痺れと旨さの調節が精妙です。全部がギリギリ、ほんの僅かでも狂えば食べれたものではないと……うぐ、ダメじゃ。儂《わし》の舌がまだ痺れておる……水を、水をもろうてくる……慣れない味だから、衝撃が凄《すご》かった」

コフルイさんはフラフラとよろめきながら、この場を後にしようとする。厨房《ちゅうぼう》の方へ足が向かってるから、本人の言うとおり水がほしいのでしょう。

……やりすぎたか？　僕はちょっと後悔する。美味しいと言えども食べられなければ、それは料理とは呼べない。ただの食材の無駄遣い、ゴミなのだ。

料理人として、命あるもの芽吹くものを無駄にすることは許されない。なので、誰も食べられなかったら自分で食べよう。

このように心に決めていた僕でしたが、アユタ姫は僕を睨《にら》みつける。

「なんだ、お前。コフルイにあんな真似をしやがって……ただで済むと思うなよ」

「と、おっしゃると？」

「変なものを作りやがって。アユタがこの手でお前の顎を砕いて」

「それにしては」

僕はニヤリと笑って、アユタ姫の顔を指さした。

「あなたの顔は、期待でニヤついておられるが？」

「え」

アユタ姫は驚きながらも、自分の顔を触ってみる。

そう、アユタ姫はニヤけていたのです。コフルイさんが食べた料理を、自分でも気づかないままに視線だけ向けてチラチラ見て、どんなに辛い料理なのか好みの料理なのかを期待していて、唇の端から涎《よだれ》の光が見える。汚ねぇ。

気づいていなかったのは、頭ではコフルイさんのことを心配していても体は料理への期待感でいっぱいだったからでしょう。

……正直自分で解説しておいてなんですが、そんなことある？　実際に目の前にあるんだけど、どれだけ食い意地が張ってるの？

とはいえども、これで殴られる可能性は減った。さすがに本当に顎を割られるのは嫌だからね、とことん自己防衛させてもらおう。あんな拳で殴られたくない。

「僕を殴るのは簡単です。僕は弱い、あなたの拳打を防ぐこともできない。一撃で倒せるでしょう」

「そうだな。お前、弱いだろ」

本当のことなのだが男として譲れないプライドというものがあってだな。

「うぉっほん！　ああ、まぁ弱いです。なので、いつでも僕を殺《や》れるはずです」

「まぁ……そうだな」

「なので、僕を殴るのは料理を食べてからにしてください。気に食わなければ殴ってください。コフルイさんも死んでませんし、死にませんから」

コフルイさんのことを言うと、アユタ姫がこちらを軽く睨《にら》む。怖い。拳を握ったり開いたりして、いつでも殴れるように準備をしてやがる。

だけど食への興味の方が勝ったのか、アユタ姫はふん、と鼻を鳴らして椅子に座りました。偉そうに腕を組んで、四川麻婆豆腐《しせんマーボーどうふ》を見つめる。

「そうか。ならお前の言葉に乗っかる形でこの料理を食べてやる。だけどアユタが満足できなかったら、お前の鼻を左に曲げる」

「具体的すぎてマジで怖い」

何この暴力系ヒロイン。漫画だの見てたときは「素直になれない可愛いやつー」みたいな感じで暢気《のんき》に読んでたけど、世界が変わって常識が変わって、実際に目の前に存在してるのを見ると恐怖しかないわ。あの漫画の奴ら、よく暴力系ヒロインと付き合えてたな。

僕がドン引きしてる間にも、アユタ姫は匙《さじ》に手を伸ばして料理を食べようとする。

真っ赤っかでいかにも辛そうな見た目、さらにはコフルイさんが悶《もだ》えていた様子。

これらによってアユタ姫は、もしかしたらこれが理想の辛い料理では？　という期待に満ちた目で匙《さじ》に掬《すく》った真っ赤な豆腐を見つめている。

目を輝かせるってこういうことなんだろうな、と思う。リルさんのことを思い出すよ。あの人も、ハンバーグを前にしてこんな顔をしてたから……ダメだ、これ以上思い出したら泣く。やめとこう。

「じゃあいただこう」

僕が涙を堪《こら》えていると、アユタ姫は胸を弾《はず》ませて麻婆豆腐《マーボーどうふ》に口を付ける。

あ、と思う間《ま》もなく大量のそれを、一気に口へ、です。

その量は初心者にはキツい、と止める前にですよ。

アユタ姫は思わず零《こぼ》れてただろう笑顔のまま噛《か》んでましたが、唐突に止まった。笑顔も消えた。

額から汗を流して、麻婆豆腐を見つめたまま固まっている。

マズい、吐くか？　嫌な予感がした僕は慌てて吐瀉物《としゃぶつ》を受け止める桶《おけ》か何かを、そこら辺にないかと目で探す。だけど距離が遠い。部屋の隅に一個あるけど取りに行ってる間に吐くかもしれない。

ああ、やりすぎた。心の中で深く反省する。いくら暴力系ヒロインで偏食系ヒロインでわがまま系ヒロインなアユタ姫を懲《こ》らしめつつ満足させようと思ったとしても、相手のことを考えない味の調整なんてするもんじゃ……。

顔から熱が引くほどの反省と後悔をしている僕。

「うーん！」

なのですが、なんだかアユタ姫の様子がおかしい。いきなり呻《うめ》き声を出す。

吐く3秒前か！　と驚いたのですが……おかしい。それにしてはアユタ姫は嬉《うれ》しそうだ。

そして、止まっていた口が動き出し、一気に飲み込んだ。ああ、そんな一気に飲み込むとまた危ない！

「旨い！」

……何ですと？　アユタ姫の口から出た言葉に、僕は呆《ほう》けてしまった。

まさかそんな言葉が出るとは思っていなかった。

いや、美味しいのは事実だよ。ただ異世界の人にとっては辛さと痺《しび》れのレベルが高いってだけで。慣れた人じゃないと厳しかろうって話で。

なのにアユタ姫は満面の笑みを浮かべて立ち上がる。んで、ズンズンと僕に大股で近づいてくる。

なんだなんだと動けない僕に、アユタ姫は笑顔のまま僕の右肩に肩パンしてくる。こう、高校生が友達同士のじゃれ合いでするようなやつ。

ただアユタ姫は相当拳を鍛えているらしく、拳だこが引っかかるように殴ってきたので尋常じゃなく痛い。敵意はないけど自然と痛みを与える殴り方や、これ。

「なんだなんだ！　大口を叩《たた》くだけはある！　アユタが思わず口を止めて味わうほど良い料理を作るじゃないか！」

「……んん？　ありがとうございます？」

口を止める？　ああ、あの動きが止まったのは、ただ単に口の中で麻婆豆腐《マーボーどうふ》を存分に味わうため、だったのか。

だけどマジでやったの？　花椒《ホアジャオ》が入ってるから痺《しび》れるよ？　爽やかな香りはあるだろうけど、痺れがとんでもないよ？

なのに口の中で動きを止めて味わうとは……この人、激辛が好きすぎて尋常じゃなく味覚がヤバいかもしれない。

というか肩パン痛いからやめてくださいね。痛い痛い。

「いやー、これは凄《すご》い！　単純に旨さもあるが！　これ！」

アユタ姫はもう一度席に戻り、匙《さじ》で豆腐を掬《すく》う。同時に挽き肉、ネギと醤《ジャン》も一緒にです。

真っ赤なそれを、うっとりした目で見てからアユタ姫は声を漏らす。

「たまらない……この辛さ、アユタの好みだぁ。今までアユタは辛さといえば、ただ単に熱くて燃えるようなものだと思ってた。たまに料理人が変わり種の辛い料理を出すけど、なんというか辛いだけで美味しくなかったりする。

それに比べてこれは、満足できる！

この赤いスープに絡まる具！　これが辛さと旨さを繋《つな》いでる！　白いこれ……確か豆腐《とうふ》？　とかいう最近広まっているやつ！　最初に食べたときはなんの味もないかと思ったけど、こうしてみると、スープの味をこれでもかと拾ってくれる！

何よりこの辛さ！　燃えるような辛さの中に確かにある旨さ！　そしてこの二つだけの単純な味に収まらない、痺れる感覚がたまらない！　ああ、これは良い！

ああ、ウィゲユのたこわさだって確かに旨かったし良かった、あれは良かった。変わった辛さに、ちゃんと美味しさもあった。鼻を突き抜ける香り、香辛料とは違った辛さ、あれは良かった」

「……まさか、この人は」

ウィゲユこと篠目は言った。アユタ姫は単純な辛さが好きなだけではないと。辛さと旨さのバランスが取れつつ辛さが突き抜けた料理が好きな、面倒くさい辛い物好きだと。

確かに篠目はアユタ姫はたこわさが好みだと言ってた。というか、本人が文句を言わずに食べていて、むしろわさびを追加しすぎて怒られたとか。

これを聞いて僕たちは、アユタ姫はホット系辛味ではなくシャープ系辛味が好きなんだと予想した。だから僕はその対策をしてここに来た。

でも、僕たちの考えは正しいようで間違っていたんだ。それを実感して、気づいて、驚《きょう》愕《がく》して、口元に手を当てて答えに辿《たど》り着く。

この人は辛い味が好きなのは間違いない。

辛さ、旨さにもう一つ、この二つのバランスを崩さない要素を加えた料理が好きなんだろう。

もっと言うなら、わさびのような辛さの中にある突き抜ける香りと涼しさ、花椒《ホアジャオ》のような、辛さを際立たせるアクセントとなる痺《しび》れ。

三位一体となった料理を好む、面倒くさい辛い物好きではなく、面倒くさくて細かい辛い物好きなんだ！　自分で言ってて頭が痛くなってきた。

だから篠目のたこわさも受けたんだな。アユタ姫がバクバクと四川麻婆豆腐《しせんマーボーどうふ》を口にする様子を見ながら、僕は一人思う。

この人の好みはわかったが、このままでいいものなのかと？

「アユタ姫の味覚の好み、このままじゃダメだよなぁ」

「俺もそう思う」

「おわ!?」

一人呟《つぶや》いたところに返答が来て、驚いて体を震わせた。誰かから返答が来ると思っていなかった僕は、心臓が飛び跳ねるかのようでした。

隣を見ればそこにはネギシさんが。いつの間に隣に来たんだ。

「姫様の嗜好《しこう》は、正直なところ姫様のためになってねぇんだよな」

「なんでですか？」

「わがままも相まって、満足いく料理を食べたことがねぇんだよ。妥協できねぇから、理想の料理を食べられるまで周囲に当たり散らす。

俺もな、なんとかしたいと思ったんだが……どうにもならねぇ。見ろ、あの様子を」

ネギシさんが指さす先には、嬉《うれ》しそうに、ようやく理想の料理を食べることができた喜びを、これでもかと全身から放つアユタ姫の姿。

……僕も思わず苦い顔のまま頷《うなず》く。

「あんだけ嬉しそうに食べる姿を見たら、注意しにくいのは確かです」

「今までの八つ当たりなら、ここらで止めることもできたが……こうして満足できる料理を食べちまってる様子を見たら、むしろ哀れに思えてきてな……」

ネギシさんの思いも、わからなくはないです。かつて地球にいた頃、アレルギーで好きなものが食べられなくなった人を見たことがありますから。

その人は蕎麦《そば》が好きだった。三食蕎麦でも満足できる！　と豪語するほどの蕎麦好きで、あちこちの名店やチェーン店、開店したばっかの蕎麦屋に行くのが趣味、って人でした。

趣味が高じて自分でも蕎麦《そば》打ちをして、自分の子供にも蕎麦の素晴らしさを教えたい、と楽しそうな顔をしていたのを思い出す。

けど、その人は突然蕎麦アレルギーを発症した。

なんでなのかはわかりません。僕は医者じゃないので。

けど、蕎麦アレルギーで蕎麦を食べられなくなったその人は、みるみるうちに衰弱していった。趣味だった蕎麦屋巡りもできず、蕎麦打ちもできず、蕎麦を食べられない。

人生を通して楽しんできた趣味を唐突に取り上げられたために、何もすることがなくなってボーッとする時間が増え、見かける度にやつれていきました。

結局その人は蕎麦を見るのがつらいってことで東京から引っ越して香川《かがわ》に行きましたね。今度はうどんだ！　となんとか気持ちを切り換えて旅立ったわけです。

食べたいのに食べられない。それはどんなにつらいことか。

アユタ姫も理想の料理を求めていた。自分が求める味を。

だけど長年それに出会えることもなく、作れる人がおらず、当たり散らすしかなかった。食べたいのに誰も用意できない。もどかしい気持ちで過ごしてきたことでしょう。

ようやく理想の料理に出会えたあの喜びよう！　料理人として嬉《うれ》しく思い、今までのつらさに同情し……。

そして、このままではいけないという思いが宿る。

アユタ姫に対して、これからもこういった料理を作り続ければ、きっと癇癪《かんしゃく》は起こさないしおとなしくなるだろう。目の前の光景でわかるとおり、気に入った料理を食べている間のアユタ姫はとてもおとなしい。

なので僕が担当すれば大丈夫だ。

で、担当が外れたらどうするの？

僕が知りたいこと、というか信長さんと話して得られる情報は質も量も結構ある。信長さんからこれ以上聞き出すことは……本人の気質を考えたら無理だろうと思うから、神殿の聖人であるアスデルシアさんと接触して情報の裏取りを行いたい。

要するに、帰りたいのです。帰って、聞いたことを確かめたり推察したり、考察したりと、やりたいことが多い。

もし脱出が上手くいってここから出られて、ガングレイブさんたちの元へ帰ったとしましょう。うん、僕としてはハッピーエンド。文句の付けようがない。

だけど残された人たちはどうだろう？　と、ちょっとお人好しな考えが首をもたげる。

再びアユタ姫はわがまま放題になり、気に入らない料理を食べたら、料理人を殴っては八つ当たりを繰り返すでしょう。オブシナさんみたいに被害に遭う人が増えるかもしれない、というか増える。確実に。

この未来を見越して、さっさと逃げ出すべきか？

適切な答えとしては、逃げ出すべきだろうな。僕はアユタ姫の後ろ姿を真剣な目で観察する。

アユタ姫は暴力にためらいがない。自分の体が戦場にあることを当然のように受け入れているのか、鍛錬もちゃんとしている。拳、体つき、動きを見て、素人《しろうと》の僕でもわかるほどに。

体を鍛えて武術を身に付けている癇癪《かんしゃく》持ちのお姫様の相手なんて、普通はすべきじゃない。逃げられるなら逃げて、転職できるなら転職すべきだ。結局、自分が死ねば何も残らないんだから。

だけどなぁ、と肩から力を抜いて溜め息をつく。たった一日、たった一日だが、僕の料理を食べて美味しいと言ってくれた人たちがいる、ってのが心に刺さるんだよ。

放っとけないって。

なので、やるか。覚悟を決めてアユタ姫の後ろに立ちました。

「アユタ姫様」

「おう！　もう食べたから、アユタの分のおかわりをお願い！」

満面の笑みでアユタ姫は、僕に空になった器を突き出してくる。綺麗《きれい》に食べてくれてることに、ちょっと笑みが浮かぶほど嬉《うれ》しく思う。口の端がニヤけてしまうのです。

料理人さんたちのことも見捨てられないし、この人も見捨てられない。

このままこじらせた辛い物好きでいたら、きっとこの人は不幸になる。

覚悟を決めて、僕は口を開きました。

「申し訳ありません。それだけしかありません」

「ならいくらでも待つ！　もう一回作って！」

ああ、この人のキラキラとした笑顔を見ると、これからやることに罪悪感を覚える。胸の奥でチクリと痛む感覚を押し殺し、僕は続ける。

「いえ、今回はそれだけです」

「……あ？」

ここでアユタ姫が、僕がもう作らないということを察したのだろう。椅子から立ち上がり、器を机に置く。

僕を睨《にら》んでくるのが怖い。

「このアユタが気に入ったんだぞ？　もっと作れ」

「聞いてもらえますか、アユタ姫様」

僕は恭《うやうや》しく頭を下げて言う。

「あなたが満足する料理を作れた褒美として、あなたに意見を、いえ、私が言いたいことを口にする権利を一度だけいただけませんか？」

この言葉にアユタ姫がグッと、何か言いたいことを堪《こら》えてくれてる様子が頭の上で感じられる。実際に「う」、と息を呑《の》む音が聞こえてたので。

そうだろうなぁそうなってくれるだろうなぁ、と汚い考えがよぎる。なんせ僕は、アユタ姫にとって初めて満足できる料理を作った人？　になるのか。

だから下手に殴って逃げられたら、今後は二度と食べられない可能性がある。他の料理人に作れ、と言ってもいつ食べられるようになるかわからない。

目先の考えだけど、ここで僕を逃がすわけにいかない。

だからアユタ姫は苦虫を噛《か》み潰したような顔で言ってくれました。

「ま、まぁ……。わ、かった……いいだろ。言ってみろ」

怖い。言葉の端々に怒りやら苛立《いらだ》ちやら、それを無理やり抑えて落ち着こうとしているのがありありと感じられる。

ギリギリだ。ここで言葉を間違えると、蹴りが飛んでくるかもしれない。

「まず、これからもアユタ姫様にとって満足できる料理はお出しします」

「うん！」

震えを抑えた僕の声に、アユタ姫は嬉《うれ》しそうにしてた。良心が……痛まないや。この人のためになることをするわけだし。

「そのうえで、アユタ姫様にはさまざまな物を食べていただいて、それが美味しいということを知ってもらいたいと思います」

「うん……うん？」

顔を上げてアユタ姫を見たら、姫は頭にハテナマークを浮かべて口をへの字に曲げている。

「さまざまな？　美味しい物？　アユタが食べる？」

「はい」

「それは？　いろんな辛さの料理を出してくれるってこと？」

「いろんな辛さの料理はそこそこ、あとはそれ以外です」

アユタ姫はどうにもわかってない様子。首を傾《かし》げて僕の言葉を理解しようとしている。

ちゃんと説明をしよう。どうやらアユタ姫の顔から怒りは消えてる様子です。

正直ここまで話が通じる、というか拳が飛んでこないことに驚いてますけど、話が通じてる間に言うべきことを言おうと、僕は深呼吸をして落ち着く。

「まずアユタ姫様が今まで満足できる辛い料理を食べられなかったこと、同情します」

「本当！　ほんと、アユタが食べたい料理が延々と出てこないのはつらい！」

「そうですね。好物となる料理を食べたいけど、ずっと食べられないのは悲しいです」

僕の理解を示す言葉に、アユタ姫は目を輝かせていました。

「でしょ!?　でもお前が作った料理は、アユタ好みだった！　どんどん作ってほしい！」

「事実を踏まえた上で言わせていただきます。アユタ姫様は損しています」

損をしている。言葉の意味が理解できないのか、アユタ姫はぽかーんとしてました。

他のみんなもいつの間にか僕たちの方を見て、誰も何も言わない。僕たちのこれからの展開を、固唾《かたず》を呑《の》んで見ている印象がある。

この話し合いの結果が、自分たちの今後に直接関わるからでしょう。料理人さんたちはもちろん、部下の兵士の人たちもアユタ姫の機嫌に関係する話なので、見過ごせないというところです。

で、アユタ姫はというと……。

「なんで？」

と、どこまでも理解できてない感じでした。

気持ちはわかる。自分の好きなものを食べていられれば幸せだろう、それ以外ある？と思うのはよくあることだよ。

子供なんか、好きな料理が晩ご飯に出たらテンション上がりますもん。大人も同じでしょう。仕事で疲れて帰ったときに温かくて美味しい、出来たての料理が出るだけで嬉《うれ》しいですよね。

アユタ姫は子供のそれと変わらない。毎日好きな料理だけ食べたい、それ以外はいらない。わがままで、自由奔放。

……もしかしたらこの人は、幼い頃に何かあったのか？　いや、それは今考えることじやない。

「アユタ姫様。僕は辛くて変わった美味しい料理が作れます」

「うん。これからもよろしく」

「それ以外にも、作れます。他の美味しい料理も、作れます」

「それいる？　アユタは辛いのだけで十分なんだけど」

「いえ、もったいないです」

僕は苦笑しながら肩をすくめて、言いました。

「他にも得意料理がたくさんあるのに、辛いだけで括《くく》ると他のものをお出しできません」

「……」

釣られるか？　釣られてくれるか？　期待はするものの、どうもアユタ姫の顔が浮かない感じです。この話には釣られにくい、というか興味がなさそう。

だけどここは押すしかない。僕は気合いを入れ直すように深呼吸をします。

「世の中には、アユタ姫様が思うよりもたくさんの、魅惑的な味の料理が溢《あふ》れています」

「辛いのだけでいい」

「辛い料理以外に興味を向ければ、きっと世界は広がります。どうでしょう、辛い料理はこれからもお作りするので、それ以外の料理にも目を向けて舌で楽しんでみては」

ここまで僕が押してくると、アユタ姫も腕を組んで唸《うな》っている。どうするか迷ってる、という感じではある。

これ以上言えることはない。というか、無駄に言葉を重ねてもアユタ姫の心には響かない。むしろ無理強いされたと逆上して怒る可能性だって考えられるんだ。

だからここで、アユタ姫が頷《うなず》いてくれなければどうしようもない。頼む。

僕が心の中で祈っていると、僕の横を男性が通り過ぎる。

「姫様。シュリの言葉、受けてみては」

アユタ姫の前に立ってそう言ったのは、コフルイさんでした。口元を手ぬぐいで拭いている。ようやく辛さと痺《しび》れが抜けたらしい。

コフルイさんの言葉に、どうしようかと迷っていたアユタ姫の眉間に皺《しわ》が寄った。

「理由は？　コフルイ」

「率直に言います。シュリの料理は確かに美味しいものでした。姫様が気に入るのも納得です。しかし、毎日毎日このような料理を食べ続けていては、体に悪いです」

ズバッと言った内容に、僕は感動するほどの喜びを覚えた。

そうなんですよ。結局そこ。他の人たちの迷惑にならないようにするのは重要。一番の理由はこれなのですが、アユタ姫の体調も気になる。

辛いものを食べると、尻が痛くなる。というのはよく知られたことだし、経験したことのある人は多い。僕も経験がある。あれは地獄のつらさだった。

同時に、極度に辛いものばかりを食べていると、舌の感覚がおかしくなります。繊細な味、薄味がわからなくなってくるというのもその一例です。

実家で濃い味の料理を食べ続けて、一人暮らしを始めても実家の味のままを求めて料理を食べたり作ったりして、体を壊したりするのは珍しくない話です。

なんでそんなことになるかっていうと、濃い味の料理ばかり食べてたから舌の嗜好《しこう》がそちらに傾き、薄い味や繊細な味がわからず、自然と濃い味のものばかり食べてしまうからです。

アユタ姫も同様の状況になっている可能性があります。理想の辛い料理を求めすぎて、舌の感覚がおかしくなってしまっていると考えても的外れではないと思います。

ですが、これはまだなんとかなるんです。

普段の食事を薄味、繊細な味のものに切り替えて生活すれば、段々と味覚が戻るというのもあるんです。

治すことができれば、食事が楽しくなるでしょう。調味料を過剰に使う必要がなくなりお金も節約でき、健康だって取り戻せる。

ここは何がなんでも、アユタ姫にはそういった食事をしてほしい。

「そんなことはない。アユタはこの通り大丈夫」

「これからそんなことにならない、という保証はありません。このコフルイ、シュリの話に賛同し、姫様にはなにとぞ受け入れていただきますよう、お願いいたします。姫様はグランエンドの末の姫、戦《いくさ》に出られるのも本当は止めたいのですが、せめて健康だけは保っていただきたい」

コフルイさんが綺麗《きれい》な所作で頭を下げる。

シーン……と誰も言葉を発しない。コフルイさんとアユタさんの

これからの行動に、誰も目が離せない。

アユタ姫は無表情のままコフルイさんを見る。ふと手を見ると、その手は完全に開いて力が抜けている。

僕と話している間は握ったり開いたり、殴ろうか殴るのをやめようかって感じで動かしていたのですが、コフルイさんと話している間は殴ろうとする気配がない。

これが信頼の証《あかし》なのだろうか、それともコフルイさんの態度を見て感じることがあるのか。わからない。

けど、アユタ姫は大きく溜め息をついた。

「コフルイといえど、殴られることは覚悟した?」

「はい」

「だろうね。お前はアユタのこと、よく知ってるから」

「はい」

よく知ってるから。たった一言だけ。

短い言葉の中に、アユタ姫とコフルイさんが信頼し合っているのが感じられる。

僕も生唾《なまつば》を飲んで事の成り行きを見ていた。

するとアユタ姫は、いきなり拍手を一度する。

パァン！　と大きな音が鳴った。この場にいた全員がビクッとする。アユタ姫がなんでそんな行動に出たのかわからない。

けど、この場の空気がリセットされたのはわかる。

「わかった。コフルイに免じて、アユタもこれからは我慢して、辛い料理以外のものも、頑張って食べる」

アユタ姫はコフルイさんの肩をぽん、と叩《たた》いてから僕の前に立つ。

「辛いものもお願い。それ以外も、まぁ、期待することにする」

そのままアユタ姫は食堂から出て行く。カツ、カツ、とアユタ姫の足音だけが響いて……廊下の向こうに消えていく。

ようやくアユタ姫の影響が消えた瞬間、僕は大きく息を吐いた。緊張していた、いつ殴られるかわからないから、怖くて怖くて仕方がなかった。

「俺、姫様のところ行くわ。ちょっと心配だからな」

ネギシさんは僕たちを見てから、さっさとアユタ姫の後を追っていく。

次第に食堂にも動きが出てきた。椅子に座って再び食事を始める。緊張が解けたため か、安心した雰囲気が漂う。

コフルイさんも頭を上げ、衣服の乱れを手で叩《たた》いて整える。

「さすがに儂《わし》といえど、緊張したの」

「コフルイさん」

僕が呼びかけると、コフルイさんは真剣な顔でこちらを振り向いた。

「その、なんというか」

「礼はいらん。シュリの狙いはわかっておる」

コフルイさんは周りを見てから、声を小さくして言う。

「他の料理人に危害が加えられないように、姫様の嗜好《しこう》を変えるつもりだろう?」

ギク、と肩が跳ねる。僕の狙いを見抜かれていてビビった。

アユタ姫の体調を気遣うような言動を多くしたつもりだったけど、さすがにわかるか。

コフルイさんは僕の目をジッと見る。

「儂も、お前には期待しておる」

「期待、ですか」

「今まで誰も姫様の食事に関して、食育を施すことができなんだ。ウィゲユですら、無理であった。お前の何が姫様に影響を及ぼしたのかは詳しくはわからぬ。しかし、姫様の望む料理を初めて作れた男でもある」

大きく期待されてることを察して背筋が震える。あの、拳で語るを地で行くアユタ姫の食育、これからの大変さもわかる。

僕が考えていると、コフルイさんは僕に向かって軽く頭を下げた。

アユタ姫の側近ともあろう人が、この砦《とりで》に来て一日も経《た》ってない人間に頭を下げる。正直ビビった。

「頼んだ」

言葉が、重い。頼み事のような文言でも抑揚や声の重さから、頼みではない。命令だ。アユタ姫の食育を必ず成功させろという、命令。目つきも鋭い。

「わかりました。必ず」

怖すぎる。始めからここの人たちの今後のためにするつもりだったけど、コフルイさんの言葉から必ず成功させなければいけない仕事と化す。

仕事なら、仕事として最善を尽くす。

僕の言葉と表情を見て安心したのか、コフルイさんも頭を上げてから僕の横を通り過ぎて廊下へ消えていく。

この砦の主要三人が消えたことで、この場でする話は全て終わった。三人が去って行った廊下の向こうを見ながら僕はポツリと呟《つぶや》く。

「……思ったより、あの三人の結びつきは深いのかもしれないなぁ……」

わがままな偏食家で辛い物ばかり食べたがり、辺境の砦《とりで》に飛ばされて戦《いくさ》に明け暮れるグランエンドの末姫、アユタ姫。

アユタ姫に付き従う二人の男。昔からの付き合いで固く信頼し合う関係。

実は知られていないだけで、もっと複雑な事情が三人にはあるんだろう。

「まぁ……僕は今回、そこまで踏み込むつもりはないし」

気を取り直し、僕は厨房《ちゅうぼう》へ戻ろうと足を進める。三人の事情も、砦でのことも、深く考えないようにする。

僕は必ずスーニティに帰る。この砦をなんらかの手段で脱出して、必ずだ。

信長さんに聞いた話を、アスデルシアさんにも聞きたい。

目的はハッキリしてる。目標は定まっている。やることは目に見えてる。

頑張るか、と腰のあたりを手で叩《たた》いて、気合いを入れ直す僕でした。

ちなみに厨房に戻るとオブシナさんを含めたみんなに、すげぇ感謝されて喜ばれた。

よっぽど大変だったんだろうな、アユタ姫の食事の世話。

九十四話　オーバートレーニング症候群と各種雑炊《ぞうすい》 〜シュリ〜

「……大変だ」

僕は痛む肩を押さえながら、溜め息をつきました。

「予想以上に大変だった」

気分を落ち込ませながら言う。

「アユタ姫に食事を作るのがこんなに大変とは」

砦の厨房にて、食事を出した後に疲れ果てて椅子に座っています。

ぼやいている僕に近づく人はいない。触らぬ神に祟《たた》りなしと言いたげな様子ですが、無理もない。

「ご機嫌になると肩パンしてくるし、これが地味に痛いとは」

まさか、食育が上手くいってご機嫌になると、すげぇ痛い肩パンをアユタ姫から毎度毎度もらうとは思ってなかったのでな！

どうもシュリです。この砦に来てから一週間が経《た》ちました。

光陰矢の如し、あっという間です。アユタ姫に食育を施し、わがままな偏食を抑えられるようにと食事に気を遣うようになって、それくらい経《た》ったのです。

初日は晩ご飯だけでしたが、次の日は緊張した。失敗して殴られたら痛いぞ絶対、とビビってました。

無難に普通のシチューを作って持っていって、なんか殴りたそうに拳を握りしめるのを見たときは、アユタ姫に近づきたくなくなりましたからね。

僕はお人好しすぎてとんでもないことに首を突っ込んじまった、と後悔もした。

ただ仕事と化した以上、泣き言は言っていられない。

アユタ姫は幸い、文句も言わずマズいと騒がず殴りかかることもなく、一日目は終了しました。夜は恐怖心から解放されたことで爆睡して、次の日は寝過ごすはめになったよ。

それからは一日ごとに辛い料理と辛くない料理を交互に出した。辛い料理も、アユタ姫好みの料理を出すのは控えつつ、辛さの度合いを引き下げて味覚の回復を図る。

そして今日、辛くない料理を出したときにようやく、不機嫌な様子ではなく食べてくれました。アユタ姫は食べた後、辛い料理を食べてご機嫌なときのように、僕の肩を殴って「ありがと」と短く礼を言って去って行ったよ。

だから今、肩が痛いんだ。あの人の肩パン痛いから。

「さて……昼ご飯は終わったから、今度は夜だ。一週間頑張ってたし、ご褒美に……ここで緩めたらまた逆戻り？　うーん、どうするべきか……」

肩パンで痛いところが治ってきたので、立ち上がりながら夜ご飯の算段を始める。

食材保管庫に行って、食材の在庫を調べて作れる料理をピックアップして、その中から時間に間に合うように下ごしらえをして、明日の準備も……。

いろいろと考えてると、オブシナさんがこっちに近づいてくる。

「シュリ、ちょっといいか？」

「なんでしょうかオブシナさん」

なんだかオブシナさんの様子がおかしい。ちょっと苦い顔をしてる。

「その、アユタ姫様に客が来てる。コフルイ様が、シュリもそこに来るようにってさ」

「なんで僕まで？」

質問をすると、オブシナさんは僕に耳打ちをした。

「その人はキミの様子を見るために来た、とのことさ。だからアユタ姫様の部屋に来て今までのことの説明を、って」

……グランエンドの城塞の街から僕の監視に来たのか？　と背筋に寒気が走る。

身震いしてしまったが、ここで変に反応したら良くない想像をされるかもしれない。逃げるかもと思われる。そうしたら脱出のときに困る。

「そうですか。まぁ、大したことないですよ」

「なんさ。キミ、城でヤバいことでもしたの？」

「むしろアユタ姫をどうにかできないかと期待されてここに連れてこられたわけなので、それはないです。では」

さらっと流してから厨房《ちゅうぼう》を出る。

さて、呼ばれたからにはさっさと行かねば。廊下を歩き、階段を上り、アユタ姫の部屋に急ぐ。遅くなったら何をされるかわからないし。

アユタ姫の部屋の前に来た僕は、胸に手を当てて深呼吸し、気分を落ち着ける。

よし、覚悟は決まった。

扉をノックしてから呼びかけた。

「アユタ姫様。シュリです、入ってもよろしいでしょうか？」

「早く入れ」

アユタ姫の言葉を聞いてから、静かに扉を開けて中に入る。

部屋の中にはアユタ姫が椅子に座って、両側にはコフルイさんとネギシさんが立っている。護衛だろうね。

そして、アユタ姫の前には一人の男が座っていました。

確かこの人は、六天将の一人と言われてたはず……ガリガリの体躯《たいく》なのに、姿勢はビシッとして隙がない。

その男はこちらを振り向くと、ギラギラとした目を僕に向けた。

「ああ、まだ生きてるんだなぁ、お前」

この人は……と記憶を探って思い出し、なんとか言葉にする。

「あなたは、武天《ぶてん》のビカさん……でしたっけ？」

「正解だぁ。よく覚えてたな」

ビカさんはギラギラとした目が笑ってないままで、笑みを浮かべている。

なんか、危ない人っぽい。サイコパスのような目つきだ。近づきたくない。話したくないって気持ちが強くなって、鼓動が激しくなる。

「まぁ、こっちこいやぁ」

ビカさんは手招きしてくる。

アユタ姫の方を見ると頷《うなず》いているので、近づいても大丈夫らしい。

僕はビカさんに近づき、頭を下げた。

「お久しぶりです、ビカさん」

「おうともぉ。御屋形《おやかた》様の前で会ったとき以来だな」

ケラケラと笑ったビカさんでしたが、すぐに真顔になった。

「で？　アユタ姫との仕事は上手くいってるかぁ？」

なんか、上司への報告会の空気になってきた。ビカさんは腕を組んで僕の返答を待っている。アユタ姫たちも黙ったままだ。

こういう場合、アユタ姫から何か言ってくれれば楽なんだろうけど、アユタ姫は何も言わない。仕方がないので、自信がないけど言ってみる。

「僕としては、順調だと思いたいです」

「アユタとしても、シュリは頑張ってると思う」

アユタ姫が同意してくれた。驚いてそっちを見ると、悪戯《いたずら》っぽい笑みを浮かべていた。どうやら僕がどう返答するのか観察し、困ってる様子を楽しんでたらしい。アユタ姫が一言言えば解決なのに、こういうところで性格悪いっ。

「アユタが辛い料理以外の物も、文句を言わずに食べられるようになったのはシュリの頑張りが確かにある」

「でぇ？　シュリの仕事は成功ってことか？」

「アユタの辛い物好きはそのままだけどね！」

アユタ姫は堂々と言い切る。ネギシさんとコフルイさんは溜め息をついてた。

まぁ……好きなものは好きなままでいいんじゃないですかね。ただし僕がここを離れるまでに少しはマシにしておかないと、残された料理人さんたちが大変すぎる。

というのは言わない。脱出の意思ありと判断されたら、殺されそうだからね。

「ビカさん。僕の報告を聞くだけで大丈夫なんですか？」

「いやぁ。一週間はここにいる。その間にアユタ姫の様子とお前の仕事ぶりを確認して、御屋形《おやかた》様に報告できるようにしてから帰るわ」

御屋形様……この場合は信長さんではなくギィブさんか。ややこしくなってきた。

つまり、僕の仕事ぶりをギィブさんへ報告することがこの人の仕事か。監視？ 監察？

信用されてない……のはまぁ当然だろうね。向こうが誘拐してきたもんだから、僕としても向こうを信用できないし怒りはある。だから逃げようとしてるわけだし。

「じゃあ、さっそく見せてくれよぉ。仕事ぶりをよ？」

「いや、さっき食事を運んだばかりなので」

残念ながらアユタ姫はすでに食事が終わってる。僕は申し訳なさそうに答えた。

アユタ姫もシュンとしている。

「ごめん。ビカが来るとは思ってなかったから、もう食事は終わってる」

食事が終わってることを聞いたビカさんは、困ったような表情を浮かべた。

「やっべぇ。来る時間を間違えたな……俺が到着して最初の仕事の監査を逃すとは」

考えてみればこれは、失態でしょう。時間を間違えたせいで監査ができないってのも情けないのでは？

だけどビカさんはすぐにニカッと笑った。

「まぁいいやぁ。アユタ姫、これから兵士の訓練だろぉ？　俺も参加するから、よろしく頼むわ」

「いいの？　ビカの訓練参加はみんなのためになる」

「ハハハ！　リュウファに選ばれ損ねた俺だが、それでも強いからな」

ビカさんは立ち上がると窓の近くに歩み寄り、下の訓練場を見た。

「よし、じゃあ先に行くわぁ」

「え」

僕が呆《ほう》けた声を出した瞬間、なんとビカさんは窓から飛び降りてしまった。

動けなかった。ここは四階相当の高さの場所だ。なのに飛び降りるなんて理解できなかったし、そんなことをするのが信じられなかったんです。

一瞬固まってしまいましたが、ようやく死ぬレベルの高さから飛び降りた、という事実が理解できて、僕は恐怖のあまり叫びながら窓へと走った。

「おわぁぁあ!?　何を!?」

窓から下を見た瞬間、驚いた。

なんとビカさんはすでに建物の半分以下の場所まで落ちている。

このままだと死ぬ！　そうとしか思えなかった。

ところがビカさんは砦《とりで》の壁に手と足を当てて減速しつつ、適度な高さまで下り、壁から跳ねた。

そこから地面を転がり、なんでもない様子で立ち上がっていた。僕は知ってる、あの転がり方はヘリコプターからパラシュート降下をした人がやる、五点着地ってやつだ。

だけど、パラシュートなんてない異世界で、砦《とりで》の壁を手と足で掴《つか》むようにして減速してから地面に着地するなんて人間技じゃない。だいたい壁を伝いながら手と足を使ったって、大して減速なんてできないはず。

なのにビカさんはそれをやりきった。怪我《けが》一つなく、平気な顔をして立ち上がっている。

体の使い方の習熟度が異常なんだ！　そうでなければ、こんな高さの建物から飛び降りて、無事でいるはずがない。

「相変わらずだ、あいつ」

アユタ姫が呆《あき》れながら言いました。え？　と思ってそちらを見ると、アユタ姫は僕の視線に気づいたように溜め息をつきながら言いました。

「さっきの話にもあったとおり、ビカはリュウファを決める争いにおいて負けた。それから自分を追い込みすぎてる。ああやって飛び降りるのも、鍛錬のつもりだと思ってる」

「一歩間違えれば、ただの自殺になりませんか？」

僕の言葉に、アユタ姫はゆっくりと頷《うなず》いた。

「そう、ただの自殺。あいつは、死にたいのかもしれない」

アユタ姫はそれだけ言うと、肩を回しながら扉の方へと歩き出します。

「ネギシ、コフルイ。あいつの稽古、付き合ってやろう。あと兵士の中で希望者を募れ。せっかくだ、六天将の一人で武天と呼ばれる男と稽古をさせてやろう」

「かしこまりました、姫様」

コフルイさんは恭《うやうや》しく頷く。ネギシさんは面倒くさそうに頭の後ろで手を組む。

僕の横を通り過ぎてアユタ姫の後ろを付いていく二人。

ちょっと呆《ほう》けていた僕は、慌てて三人の後を追いかけました。


砦の屋外訓練場に着いたアユタ姫たちと僕。

そこではすでにビカさんが手には槍《やり》を持ち、地面に手斧《ちょうな》と木剣を置いている。

どうやらビカさんは特にこだわりのある武器で戦う、ということではないらしい。武天、という名前からして武器ならなんでも使える、ということなのでしょうか。

ビカさんは膝を曲げ伸ばしして、肩の関節をほぐしていた。

「おせーぞー、ネギシぃ」

すでに臨戦態勢に入っているビカさん。声をかけられたネギシさんの後ろ姿からは、徐々に戦意がわき上がっていくのがはっきりとわかった。

「仕方ねーなー」

ネギシさんは手首のストレッチをすると、砦《とりで》の壁の方へと歩いて行く。そこには剣、槍《やり》、弓などの武器が立てかけられていた。

おそらくこの訓練場で使う、訓練用の武器を置いているんでしょう。種類も大きさもさまざまな武器がある。

その中で一際異質な槍が一本、立てかけられていた。

ネギシさんの身長の二倍くらいの紫壇《したん》の柄に、穂先は無骨《ぶこつ》で巨大な刃《やいば》……それだけで剣として使えそうな、黒い鉄が使われたもの。太陽の輝きに反射して輝いてなお、その黒い鉄の不気味さは消えない。

普通ならば大の大人三人で運ぶべきものである巨大な武器を、ネギシさんは軽々と片手で持ち上げ、肩に担ぐ。とんでもない膂力《りょりょく》だ、信じられない光景です。

「そんじゃ、いつも通り寸止めで?」

「あぁ。手加減無用だぜぇ」

「了解だ」

ネギシさんとビカさんは短い会話だけ交わし、揃《そろ》って武器を構える。二人とも槍を持っているので、構えは似たものになる。

しかし、間合いが圧倒的に違う。

ビカさんの訓練用の槍だって結構長いものだけど、その槍と比べたらネギシさんの槍の長さは全然違う。ネギシさんの槍の方が圧倒的に長い。

槍と槍。なのに間合いの勝負が話にならないほどです。

「じゃ、いくぞぉ」

瞬間、ビカさんの姿が消えた。

ネギシさんに向かって真っ直ぐにではなく、左斜め前方への前のめりでステップ。

それはネギシさんの突きの軌道から外れつつ、間合いを最短で詰められる角度だ。

当然だけどネギシさんはすぐに照準を修正し、両腕に力を込める。

とんでもない圧力だった。これから刺突が放たれる――来ることがわかっていても、巨大な槍による攻撃を想像するだけで、普通の人なら体が竦《すく》むことでしょう。

ボッ。空気が弾《はじ》ける。

筋肉が隆起するほどに力を込めて握られた槍は、巨大武器のそれとは思えないほどの速度でビカさんの眉間に向かう。

あんな速さの槍、寸止めできるのか!?　と思ってしまったが、ビカさんは首を僅かに逸《そ》らすだけで躱《かわ》してしまった。

そのままビカさんはネギシさんへと飛びかかり、槍による刺突を放つ。

ネギシさんの眉間目掛けて放たれた一撃。左右の目のどちらかに偏るものではなく、左右の目の正中線真っ直ぐ。

これは視覚的に感覚が狂う！　と思ったけどネギシさんの視線はビカさんから離れない。槍《やり》には全く向けられていない。

ネギシさんはビカさんの目だけを見ていた。視覚的感覚を狂わせる一撃を前に、狂わせる要因となる槍へ視線を向けないという対処法。

ビカさんはそのまま槍を突き——と思ったところで槍から手を離して地に伏せる。先ほどよりもさらに、もはや地面に倒れたと思ってもおかしくないほどに。

瞬間、ビカさんの頭上で巨大な槍が薙《な》ぎ払われる。

なんとあの体勢、攻撃後の硬直状態から瞬時に筋肉を隆起させて、ネギシさんは次の攻撃を繰り出していたのだ。それも、ビカさんの体を砕く勢いの薙ぎ払い。

この攻撃を読み、すぐに行動を移す。攻撃の機会を捨てたとしてもです。

判断の切り替えが早い！　そこからビカさんは地に伏せた状態からネギシさんの足目掛けて手を伸ばし、その足首に指を絡める。

ビカさんは立ち上がりながら指と手首を使って捻《ひね》る。

するとネギシさんは足をすくわれたように体勢を崩し、槍を振り抜いた形も相まって完全に宙で行動不能状態。

さらにビカさんは立ち上がった勢いのままその場で回転、放つ技は勢いを付けた右踵落《かかとお》とし。宙で横倒し状態になっているネギシさんの横腹に蹴り込む！

「ぐっ！」

ネギシさんは地面を跳ねてから止まり、脇腹を押さえていました。

ビカさんは油断せず、徒手空拳のまま構えを取って残心。

場を支配する静寂。ネギシさんは動けない状態で、ビカさんは残心を決めて油断なし。

この勝敗は決した形となりました。

「おーぅ、大丈夫かぁ？」

残心を解いたビカさんはカラカラと笑いながら、ネギシさんへ手を伸ばしました。

「か！　いってぇ……ちょっと威力高すぎねぇか？」

「これでも手加減したぞぅ。本気だったら、肋骨《ろっこつ》砕いて肺を破いてんだよぅ？」

「それもそうか……くそ、やっぱり速攻勝負のビカは強《つえ》ぇな……」

ネギシさんは好戦的な笑みを浮かべ、ビカさんの手を取って立ち上がりました。

試合稽古とはいえ刃物と木槍を使ったものなので下手をすれば大ケガに繋《つな》がる。

だから極限まで集中していたのでしょう、終わった今になるとネギシさんは息を切らし、汗を流していました。

なのに……僕はビカさんの様子を見てふと疑問が出てしまう。

ビカさんは確かに息を切らしてるけど、汗は流れていない。呼吸もどこか乾いたものでヒューヒューと異音が聞こえてくる。

喘息《ぜんそく》？　とちょっと考えました。学生時代に喘息を患《わずら》っている人がいて、吸入器が手放せなかったので、それと同じような印象を受けたのです。

だけど、それとはなんか違う。違和感がある。

理由はわからないけど、ビカさんはどこか体を壊しているのでは？　と不安が胸に去来する。

「んじゃあ、次はコフルイぃ。頼むぜぇ」

「承知した」

アユタ姫の隣からコフルイさんが進み出ると、ビカさんが地面に投げっぱなしにしていた木剣を一本拾い上げ、刀身の歪《ゆが》みと柄の握り具合を確かめている。木剣にそこまでの確認が必要かと思ったけど、コフルイさんの目は真剣そのものだ。

「……ふむ、こんなところか」

コフルイさんは木剣を片手で振るう。ひゅん、と小さな音が鳴った。軽く振っただけなので、速度もないし勢いもない。

見た感じネギシさんより強い印象は受けないのです。アユタ姫の側《そば》に仕える護衛役でもあるので、凄《すご》い人なのかと思ったけど……どうなんだ？

「やっぱやべぇよなぁ、コフルイはぁ」

ん？　と思ってると、すでにビカさんも木剣を一本拾っていました。

「小指一本で振ってその安定感だもんよぉ。どういう鍛錬をしてんだぁ？」

「なんもないわ。儂《わし》はただ年を取ってきただけ、人よりも多く、剣を振って生きてきた結果がこれだ。誇ることなどなにも」

「そうかい」

小指一本？　と思うと、コフルイさんはもう一回木剣を振っていた。

観察して驚いた。なんと、小指以外の指を開いた状態にして、小指だけで木剣の素振りをしている。しかも、その軌道や速度、終わりの止めまで、小指一本だけで振っているという印象は全く受けない。

コフルイさんは、小指の握力が常軌を逸しているのがわかりました。

あんなの普通はできない。僕は料理をするとき、確かに包丁の握りは気にしている。握り方、重心の意識の仕方で食材の切り口が全く変わるからです。

でも、それはちゃんと手で握ってるからです。小指だけで今までと同じ包丁の扱い方をできるか？　と問われるならできない、と答えるでしょう。

それなのに、コフルイさんは小指一本だけで実現している。

「では、やろうか」

今度はコフルイさんも、木剣を平正眼《ひらせいがん》で構える。

それに対してビカさんは、左上段の構え。大きく見せる形で、威圧感があります。

「あ」

すると、アユタ姫から声が漏れました。

そして僕の腕を引っ張りながら、下がっていきます。

「どうしました？」

と僕が聞くと、周りで見学していた人たちまでも下がっていく。まるで二人から離れようとしているかのようです。

それは、稽古の空間が狭いから気を遣っている、という類いではありません。ただ単に、二人の戦いが怖いから。

そんな退《ひ》き方をしていました。

「シュリ」

「なんでしょうかアユタ姫様」

「ここからは相当荒れる。覚悟した方がいい。アユタも今、コフルイに近づきたくない」

アユタ姫がそう言うほど、この場は危険になっているらしい。

ふと、目を前に向ければその理由はすぐにわかった。

こちらから見るコフルイさんの背中に、明らかな怒気を感じたからです。

達人クラスの剣術家であることが予想できるコフルイさんが、激怒している。だけど、いきなりなんで？

「儂《わし》は前に言ったはずよな、ビカ」

「ああ」

「稽古の折、格上を相手に上段を構えるのは非常に失礼に当たる、と」

「前にぶちのめされて説教されたからぁ、よく覚えてるぅ」

「そうだな。儂はさらに言ったはずだ。『未熟ものが道具を頼りにしたり、見栄で上段の構えなど取るべきではない。上段の構えは三十年も四十年も、武術を修めたものがするものである。格上を相手に稽古をするならば攻撃と防御を学ぶために上段以外の構えでやれ』と」

「一言一句、全部覚えてらぁ」

「そうか」

コフルイさんの左足の指先が、地面を掴《つか》むように動く。

「自惚《うぬぼ》れたガキめ。覚悟はできておると判断した」

爆発。コフルイさんが一足飛びでビカさんへと迫る。

ビカさんが上段の構えから一番力を込めて振ることのできる間合いは潰された、逆にコフルイさんが中段の構え、平正眼《ひらせいがん》から剣を振るうにはちょうどいい間合い。

それでもビカさんは後ろ足を下がらせながらも腰を入れ、上段から剣を振るった。

が、ビカさんの両腕の隙間を縫うようにコフルイさんの木剣が真っ直ぐ突き抜ける。

「んっ⁉」

ビカさんは驚き、首を逸《そ》らしながら避《よ》けます。が、避けきれずに首の皮を削《そ》がれる。

鮮血が散る。ビカさんの目に驚愕《きょうがく》が宿った。僕自身、なぜビカさんが負傷したのか理解できない。

コフルイさんの剣は、見た目にはビカさんほどの速度や威力はない。あれほどの深い傷は、木剣で与えられるようなものではないはずです。

僕が理解できない間にも、ビカさんはそのまま剣を振り下ろせず、大きくバックステップ。コフルイさんと距離を取ろうとする。

容赦のない一撃から殺気を感じ取り、すぐに対処をする。ビカさんの動きに迷いはない。

だけどコフルイさんはさらに速い。手元に戻した木剣を左片手に持ち、それで再び突きを放ちました。

左片手に大きくスタンスを取った踏み込み、肩を入れた遠距離突き。

ビカさんが反応する前に、突きはビカさんの鳩尾《みぞおち》に深く突き刺さりました。

「ぐぉ、おおぉ！」

ビカさんは目を剥《む》きながら呻《うめ》く。吹っ飛ばされながら、痛みと苦しみの表情を浮かべました。

兵士さんたちが見物の輪を広げるように下がった理由がわかります。

下がってなければ、とっくに兵士さんたちとぶつかるほどにぶっ飛ばされてる。

やはりおかしい！　こう言っては何ですが、コフルイさんの一撃はここまで威力があるような速度とは思えない！　ゆっくりとは言わないけど、ビカさんなら余裕で避けて対処できるはず、それぐらいの速度でしかない！

なのにコフルイさんの技にビカさんは対応できていない。さらに一撃を受けた体は明らかに異常なほどのダメージを負う！　なんだ、コフルイさんはどういう技を使っている⁉

「わからないって顔をしてる、シュリ」

僕が考えてると、隣からアユタ姫が話しかけてきました。

「無理もない。見た目ではコフルイの技は見破れない。あれは、見破るような技じゃない」

「技じゃない？」

見破れない何かがある技ではなく、見破るような技ではない。

言葉の意味がわからずに困惑する僕に、アユタ姫はコフルイさんを指さしました。

「コフルイはアユタの側用人になる前は、戦場でその技を振るってグランエンドの勝利に貢献し、引退後はグランエンドの武芸指南役をしていた。同時に国主一族を守る側用人として、活躍していた」

「武芸指南役、ですか」

「コフルイは自分自身のことを天才とは思っていない。よくて秀才、自分はそれくらいにしかなれない凡人と思って鍛錬を積み続けた。実際、コフルイが今までの戦いで使ってきた技なんて、技とは呼べない。

剣術の基本である呼吸の読み、足さばき、そして小さい体でも大きな敵を討ち倒すために鍛えた握力。コフルイの力は、この三つの剣術基礎だけで成り立っている」

握力。それを聞いて先ほどの光景を思い出しました。

同時にアユタ姫が指さしているのは、正確にはコフルイさんの手元であることを理解する。

そう、コフルイさんは握力が異常なんだ。特に、小指を鍛え上げている。

木剣を小指一本で完璧に操作できるレベルの握力と器用さ。

アユタ姫の言葉を聞いてコフルイさんの動きも見えてきます。滑らかな足さばきや攻撃するタイミングは、相手の呼吸と動きを読んで、対応できない、もしくは対応が難しい状況をふまえたもの。

これがコフルイさんの強さか！

剣を相手に切りつけた瞬間に手首を締め、体重と威力をそのまま相手に叩《たた》き込む。

だがコフルイさんの手首の締めと握りは常人のそれよりも正確で力強い、だから見た目の速度がなくとも、威力はとんでもないことになるんだ！

「さて、ビカよ」

コフルイさんはさらに目を細めて言った。

「思い上がったその性根、叩き直してやろう」

間合いをゆるり、と詰めていくコフルイさん。歩いているように見えるが、いつ反撃されても余裕で対処する、という未来が見えるほどの迫力。

ビカさんはよろめきながら咳《せ》き込む。だけどすぐに大きく息を吐いて無理やり呼吸を整えました。

「さすが、『老獪刀《ろうかいとう》』……!!　やっぱ強《つえ》ぇなぁおい!!」

ビカさんは叫びながら八相の構えへ。

「『天災槍《てんさいやり》』と並ぶ、アユタ姫様を守る最強の護衛の一角だぁ!!　ぶっ潰しがいがあるぜぇ!!」

そこから繰り出されるは雷速のような斬撃。腰の捻《ひね》りと腕の伸びを使ったもの。

コフルイさんの首へ叩き込まれそうだったが、コフルイさんは慌てることなく木剣の鎬《しのぎ》に片手を添えて、一撃を防御。柄を両手で持った防御とは違うもので、木剣の破壊を防ぐ目的もあるものです。

ばきゃあ!!　と大きな音がする。思わず目を瞬《しばた》かせて、耳をつんざく爆音に驚いた僕。

普通に生きてたら聞くことはないだろう音です。

ビカさんはさらに腰の捻《ひね》りと踏み込みで、コフルイさんの体を吹き飛ばそうとしました。

けど、コフルイさんはピクリとも動かない。

バカな！　肉体的な若さからすると、ビカさんの方が力が強いはず、コフルイさんが耐えられるのは不自然すぎる！

「儂《わし》をぶっ潰す？」

コフルイさんは冷静に一言。

「それはビカ、違うぞ」

コフルイさんが吹っ飛ばない理由、動かない理由。

それは、コフルイさんの足のスタンスが、すでに攻撃に備えたものとして適切な幅と踏み込みになっているからです。十分に力を込められる体勢だからこそ、ビカさんの力ずくの行動に対処できている。

ビカさんの力が緩む。

「儂が、お前の性根を叩《たた》き潰すのだ」

木剣の鎬《しのぎ》に片手を添えた形のまま、剣を捌《さば》いて地面に縫い付けたコフルイさん。

さらに木剣を踏みつけて動かないように固定。

二呼吸ほどビカさんの動きが止まる。そこに、コフルイさんが両手突きでビカさんの喉を突いた！

真っ直ぐ喉に突き当たる。木剣であるが故に貫かれることはないけど、明らかに手加減をしていない！

「……っ！」

声にならない悲鳴でビカさんが涎《よだれ》をまき散らす。

「まだだぞ」

コフルイさんは大きく足を上げて、ビカさんの剣を踏みつける。喉へのダメージで力を込められない状態になっていたビカさんは、剣を落とすしかなかった。

「……！　……!!」

ビカさんは声を出せないまま、コフルイさんへ突っ込む。凄《すご》い精神力だ。呼吸ができず激痛で呻《うめ》いてるはずの状態なのに、動きは武術のそれが保たれたまま！

「自惚《うぬぼ》れたガキよ」

コフルイさんはもう一度木剣を平正眼《ひらせいがん》に構える。

「反省せぃ」

ず、とビカさんの正中線ど真ん中の腹にコフルイさんの木剣が突き刺さる。真っ直ぐ水平の形ではなく、斜め下から突き上げるような形。

あれはキツい！　吹っ飛ばすような突きではなく、上へと突き上げられる。後ろではなく上へと威力が貫通するため、己《おのれ》の体重で木剣の威力が増す。後ろへ威力を逃がせないので、衝撃がそのまま体全体に走るのです。

ビカさんはその場で呻《うめ》き、口の端から泡が噴き出す。

コフルイさんはそこから、全く容赦をしなかった。

腕を、足を、腹を、喉を、額を、鼻を、頬を、耳を。あらゆる箇所へ突きを放つ。そのたびにビカさんは傷つき、血を撒《ま》き散らす。

最後の突きがビカさんの胸骨ど真ん中へ叩《たた》き込まれ、ビカさんが後方へ飛ばされて仰向《あおむ》けに倒れたところで、ようやくコフルイさんの動きが止まった。

残心を取ってから、コフルイさんは大きく息を吐く。

「わかったか、ビカよ。お前はまだ弱い、儂《わし》から全ての技を盗むためにも上段は使うでない。まずは上段以外の構えを極めぃ。儂自身、上段の技を使わぬのだからな」

ぶん、とコフルイさんは木剣を振ってから納刀するような所作をする。そして倒れたビカさんへ向かって一礼しました。

美しい。武人としての所作が完璧なそれです。

これで終わり、コフルイさんはアユタ姫の前に立ってから頭を下げました。

「申し訳ございませぬ、姫様。見苦しいところをお見せしました」

「いや、久しぶりに『老獪刀《ろうかいとう》』の本気の技を見られたのは良かった。コフルイは元々、突き技が得意だったし」

「いえいえ……冷静さを欠いてしまったのは、儂も修行が足りぬ証拠です」

コフルイさんは恥ずかしそうに、悔いているような感じで答えました。

まぁ普段のこの人の様子を見てたら、こんな荒れ狂った感じで相手をぶちのめすことなんて想像できないですよね。僕も背筋が凍りましたから。

アユタ姫とコフルイさんが話している間、ネギシさんがビカさんに近づきました。

「馬鹿野郎。コフルイに対して稽古の礼儀を欠く奴は、容赦なくぶちのめされてるのお前も知ってるだろ。コフルイに勝てるのはリュウファか、クアラか、王天《おうてん》のミコトくらいなもんだ。間違いなく最高戦力の一人に数えられれんだからよ」

ネギシさんが哀れむような顔でビカさんへ言う。

……ん？　ネギシさんの言葉によると、クアラさんは相当強いってことか……？

さらに六天将の長、ミコトさんも強いと。リュウファさん、クアラさんとミコトさん、その次にコフルイさんが位置するって考えられるのでしょうか。

グランエンドで四人目……四人目？　とカウントしていいのかわかりませんが、まぁそれほど強い、と。

「がは⁉」

いきなりビカさんは大きく息を吐いてから痙攣《けいれん》。体をビクンビクンと跳ね上げ、口から血を噴き出してから、動きが落ち着いた。

ビカさんの目に、生気が戻ってくる。服が血だらけになってるけど、顔は笑顔のままです。凄《すご》い怖い。

「が、はぁー……はぁー……‼　はぁ！　やっぱり強《つえ》ぇなぁ、コフルイはよぉ……！」

「で？　満足したか？」

「ああ、満足したぜぇネギシぃ！　また技を一つ、盗めた感じだぁ」

ビカさんは口の端からボダボダと血を吐きながら、喜んでいます。

……とんでもない稽古バカかもしれない……この人は……。と、僕は気づくのが遅かったことを知る。

「さて、続きだぁ。次は誰だぁ？」

「いや……お前……」

軽い身のこなしで立ち上がったビカさんは周りを見て、吠《ほ》えた。

ネギシさんは心配するように声を掛けますが、ビカさんは無視して落ちている斧《おの》を拾う。

「大丈夫大丈夫ぅ。まだできるさぁ」

あれだけケガを負ってなお、戦えるビカさんの精神力は凄いな……。

僕は呆然《ぼうぜん》としていたが、横目でコフルイさんとアユタ姫様が難しい顔をしているのに気づく。無理もない、ケガだらけなんだ、止めるべきだと思います。

「マズいな」

「ええ、姫様。止めるべきでしょう」

「余計な口出しかもしれませんが、ビカさんは傷だらけです。治療と休憩は必要だと僕も思います」

ヤバい、思わず余計な口を出してしまった。僕はアユタ姫の料理を作ることが仕事なのだから、稽古内容に口を出すべきじゃなかった。

少し後悔したけど、このままほっといたらビカさんは死ぬまでやりそうな雰囲気があったから、我慢できなかったのも事実です。

だけど、二人の様子は僕の予想とは違いました。てっきり怒られるか同意されるか、この二つだと思ってましたが。

「いや、傷は問題ない」

「姫様の言うとおりだ。あの程度の傷で動けなくなったら、戦場ではあっという間に殺されるからな。儂《わし》は教えてきた弟子に、多少の傷でも動けるような訓練と応急処置の方法は教えている。グランエンドの兵士なら、程度の差はあれども負傷したまま戦う」

「だが……ビカへの心配はそこじゃない」

「コフルイさんは目を細める。

コフルイの言うとおりだ。どっちみち、ビカは『限界時間』だ。そろそろ動けなくなる」

……『限界時間』？　いきなり出てきた言葉の意味を考える僕でしたが、そのあとを見て理解する。

止める間もなく、ビカさんは稽古を続けた。日が暮れるまで、ずっと。

夕食の時間まで食堂で働き続けて、兵士の皆さんとアユタ姫の料理を用意しました。

厨房《ちゅうぼう》では他の料理人さんたちも働いています。僕が作った料理以外にも食事を用意してくれました。量は十分にあります。

兵士さんたちはビカさんとの稽古でヘトヘトになるまで頑張っていました。

もともとこの砦《とりで》の人たちは稽古に対して面倒くささとかを感じていないらしく、全員が全力で打ち込んでいる。この姿は正直凄《すご》い。本来、こういう集団の中には怠《なま》ける人もいそうですけど、いないんですよね。

全員が満足したような顔をしているので、今日の稽古は実りあるものだったということなのでしょう。

しかし、この場にビカさんはいない。

ビカさんだけが、食堂に来ていないのです。その理由も、稽古のときのアユタ姫とコフルイさんの言葉の意味も、稽古を見てよくわかりました。

「ビカさんは大丈夫でしょうか」

僕はアユタ姫が食べ終わった食器を片付けようと手に取ったところで、アユタ姫に話しかけました。今日、彼女に作ったのは辛さを抑えたものです。徐々に慣れてほしいので。

アユタ姫は僕の質問に対して、難しい顔をしました。

「大丈夫ではある。だけど、明日までは動けないのは確実。アユタは何度かビカと稽古したことがあるけど、頑張りすぎてああなるのはいつものことだからわかる」

呆《あき》れたような諦めたような、そんな言い方。

ネギシさんとコフルイさんも同様に、難しい顔をしています。

「そう、ですか」

「今は水を飲ませて、休ませて、明日の朝から食事を取らせる。そうするしかない」

アユタ姫がそう言いますが、僕も同じ感想なので頷《うなず》きました。

現在、ビカさんは用意された部屋のベッドで寝ております。なんというか、気絶しているような眠り方をしているので不安になるほどです。

……ビカさんの稽古は、後半になればなるほどグダグダになっていきました。

最初にネギシさん、その後にコフルイさん、アユタ姫と稽古をして、さらにたくさんの兵士さんと稽古を続けました。

だけど良い動き、洗練された技を出せていたのはアユタ姫までです。

四人目からは、明らかに動きが悪くなっていました。体力が尽きた、という言葉が生易しく思えるほどに。

というのも、すぐに息切れをする。腕が上がらなくなる、足さばきのキレが悪くなると。

最後の方になると、兵士さんの攻撃を凌《しの》ぐだけで精一杯って感じが強かった。

「……ビカさんは、こう、何かの病気なんですか？　内臓系に何か、こう」

僕は遠慮がちに言葉にする。

だって聞きにくいですからね。あまり親しくないような相手の病歴を聞くとか、プライバシーの詮索の中でも最悪レベルだと思います。

僕の質問にコフルイさんが大きく溜め息をつきました。

「あやつは病気など患《わずら》っておらぬよ。知る限り、今まで罹《かか》ったのは子供の頃の風邪くらいなもんよ」

「今までは、ということですよね。でも、どう見てもおかしいですよ」

これは少し踏み込みすぎたか……言葉にしてから僕は片眉をひそめる。

ネギシさんは僕を見て、眠そうな目をして答えてくれた。

「まぁ、簡単に言えば稽古のしすぎだ」

「稽古のしすぎ？」

これは予想外だ。てっきり病気か、体質かと思ってたけど……帰ってきたのは稽古のしすぎときたもんだ。

「それは、日中全部鍛錬につぎ込んでるってことですか？」

「睡眠時間まで削ってやってるんだ。一日中筋力鍛錬、立ち会い稽古、走り込みと、肉体を追い込み続けている。だからこそ、最初の体のキレは半端ない。鋭い。

だがなぁ、シュリも見たろ？　それも最初だけだ。短時間しか、あの動きは維持できない」

「アユタもやめろと言ってるんだけど、聞かない。ずっと稽古をしている。アユタもあいつから学ぶことは多いけど、なんか……死のうとしてる感じがする」

アユタ姫も心配そうに、机に肘を突いて視線を伏せました。

鍛錬のしすぎ。という単語でちょっと思い当たることがある。

「質問していいですか？　ビカさんの様子、篠目……じゃなくてウィゲユは何か言ってましたか？」

「ん？　ああ、あいつは『あれは明らかなオーバートレーニング症候群だ。休まないと確実に死ぬ』って言ってた。アユタもウィゲユの話に興味を持って詳しく説明を聞いたけど、ビカの様子とその後の体調不良を全部言い当ててた。あいつ、医者よりも医者らしい」

やっぱりな。篠目も同じ結論に至ってたか。というより、現代地球で生きてる多くの人は知ってることでしょう。

オーバートレーニング症候群。もう名前のまま、スポーツの練習をして、疲労が十分に抜けない状態なのにさらに練習を重ね、慢性疲労状態になってしまうものです。

この世界での剣術武術の鍛錬は、そのまま戦場での生還率に直結する。僕が想像するよりも過酷で過激な稽古と鍛錬を重ねているのは間違いないです。

だけど体の回復がちゃんとできていないのに無理をするのは、本当に危ない。

初期症状では日常生活にそこまで大きな問題は起きません。あくまで鍛錬の中での不調がみられるようになるくらいです。だけど中期、後期、末期となると話が違う。

軽い運動でも疲労を感じるようになる、疲れやすくなる、日常生活の些細《ささい》な動作でも倦怠感《けんたいかん》があり、体が思うように動かなくなっていきます。

怖いのはここからで、心拍数が増加、血圧上昇と血圧回復の遅延、集中力低下、体重減少、食欲がなくなり眠れなくなってしまう。この体調不良はそのまま心にまで影響を及ぼし、精神的な疾患まで患《わずら》うことになる。

最悪の状況にまでなると、うつ病、貧血、摂食障害、肺気胸《はいききょう》、横紋筋融解症《おうもんきんゆうかいしょう》まで併発する。で、最後は死ぬ。

僕は医者ではないので聞いた話でしか判断できませんが、明らかにビカさんの痩せ細った体や精神状態、日頃の稽古への取り組み方から、オーバートレーニング症候群としか思えないのです。

なんで僕がここまで詳しいか？　それは昔、最悪の状況になった子を見たことがあったからです……。

「ウィゲユは……このままだといろんな病気を併発して死ぬかも、とは言いませんでしたか？」

「散々言ったらしい。休めと。だけど無視されたらしいよ。アユタも言ったけど無視された。だから諦めた」

「そうですか。お話、ありがとうございます」

僕はアユタ姫たちに頭を下げてから、皿を手に厨房《ちゅうぼう》に戻るために歩き出す。

これは、ほっとけないよ。ビカさんは敵国であるグランエンドの人間だが、このまま死なれるのは気分が悪すぎる……。

って来た皿を洗いながら、悩んでいた。

……僕は悩みに悩んで呻《うめ》き、厨房《ちゅうぼう》に戻って皿洗い場に行く。溜まっていた汚れた皿と持ってきた皿を洗いながら、悩んでいた。

そして、悩むのをやめた。

夜中、仕事が終わってから僕は、ビカさんの部屋の前に立つ。外はすっかり真っ暗闇、新月の晩なので明かりもほぼない。曇りなので星の光すらない。

真っ暗な晩に魔工ランプを片手に持った僕は、ビカさんの部屋の扉をノックした。

「起きてますかー？」

コンコン、と小さくノック音が響く。もうほとんどの人が寝てるだろう時間なので、音は控えめです。なんでこんな時間に来るんだ？　と思われるでしょうが……。

これからする話は、本人以外には聞かせない方がいいだろうという配慮。

もう一つは、この時間でもビカさんは起きてしまっているから問題ないという確信。

「起きてっぞぉ？」

やっぱり……と僕は悲しくなった。この人は睡眠障害を患《わずら》うまで、オーバートレーニング症候群が進行してしまってるんだ。

「入っても？」

「いいぞぉ」

中から気の抜けた声で許可が。なので僕はゆっくりと扉を開け、大きな音が出ないように気をつけます。

で、驚いた。なんとビカさん、ベッドから起きて倒立腕立てをやってやがる。

あんな細腕と細指のどこにそんな筋力が!?　と思うほどの見事な倒立腕立て。見事さに見惚《みと》れてしまうほど、フォームがキチッとしていました。じゃないんだよっ。

「ビカさん、何を？」

「んぉ？　起きちまったからさぁ、筋力鍛錬やってんだよぉ。昼間は、まだ鍛錬が足りなくて体力が尽きちまったからよぉ」

思わず目眩《めまい》がする。僕は額に手を当てて天井を見上げました。

この人、マジで言ってる。自分の体の不調を全部無視しての発言だ!!　じゃなかったら、こんな夜中に眠れないからって倒立腕立てなんてしない！

「……そうか、篠目が諦めた理由も、ここだろうなぁ」

僕は遠くにいる、かつての友人にして現在はライバルである、ウィゲユこと篠目のことを思う。あいつもアユタ姫の話を聞く限りじゃ、ビカさんのことを心配して忠告をしたんだろう。

倒立腕立てを夜中にしているあたり、忠告は無視されてる。で、僕と同じようなものを見て、今の僕と同じ気持ちになって諦めたんだろうな。

僕は天井を見上げるのをやめて、ビカさんの倒立腕立ての様子を観察する。フォームが完璧で鍛錬としては最上級だろう。

だけど、相当な回数をこなしてるはずなのに、ビカさんは汗を流していない。乾ききってる、というのが目に見えてわかる。

呼吸も乾いたもので、どこか痛々しい。深い呼吸ができないのか、浅く短い呼吸を早く多く行っている。

……どうする、ともう一度僕は考える。

正直、僕はとっととグランエンドから逃げたい。そのための方法を探し、今日も生き残るために仕事をしている。ただそれだけだ、ここにいる理由は。

なのでビカさんがこのまま……最悪死んでも、問題は、ない、と思う。そうなったら逃げやすくなるし、ガングレイブさんも脅威となり得る人が減るから助かるだろう。

でもここで放っておくの、人としてどうなの？

この人の様子を改めて見て、放っておくことができないと思う自分もいる。

それはガングレイブさんの部下で乱世の異世界に染まり、この世界に適応したシュリ・アズマとしての考えではない。

地球で実家の飲食店を継ぐために修業をし、たくさんの人に自分の料理で元気になってほしいと頑張っていた、東朱里《あずましゅり》としての僕の考えだ。

放っておくな、見捨てるな、目を背けるな、と。

目の前で放っておけば……確実に死ぬだろう人を、僕が説得すれば改善の余地がありそうな人を、国の利益だけ考えて、数字だけを見て放っておくのがいいと判断するのはいけないことだと言っている。

……僕は、ガングレイブさんたちの仲間ではあるけど、こういう気持ちだけは捨てたくないです。ごめんなさい。

「ビカさん。あなたの体力不足は、ただ単に鍛錬のしすぎです。オーバートレーニング症候群と呼ばれるものです。このままでは死にますよ」

僕の言葉に、ビカさんの動きが止まる。

ゆっくりと倒立腕立てをやめて、直立しました。

「ふぅ……」

ビカさんは大きく息を吐き、呼吸を整えました。その呼吸も、深くしているつもりなのでしょうが浅い。さっきよりもゆっくりと呼吸しているだけ。

呼気も乾いていて、音も乾いたヒューヒューという音。水分が圧倒的に足りていない。なんでこれで脱水症状になってないのかわからないです。

そうして心を落ち着けてから、ビカさんは僕を見る。

目が昏《くら》い。淀《よど》んでいて、明らかな敵意を感じる。ゾッとするような目だ。

「お前まで俺の稽古にぃ、文句をつけるのかぁ？」

静かだけど、激しい怒気を纏《まと》った声色。返答を間違えたなら、暴力をふるわれるのは間違いないという予感がある。

でも僕も引けないので、堂々と胸を張って言いました。

「はい。文句というか、反論します。

あと過去に、ウィゲユがあなたに僕と同じことを言ったと聞いています。そのとき、ウィゲユはなんと言って、あなたはなんと返したのですか？　今と同じ返答を？」

僕がハッキリと言うからか、ビカさんはちょっと拍子抜けしたような様子。

だけどすぐに元の目に戻ってから答えてくれました。

「同じだぁ。お前と同じ、オーバートレーニング症候群とかいう名称を出して、俺が今後どうなるかを言ってたからなぁ」

「で？　同じになりましたか？」

「……まぁ、同じだなぁ」

ばつの悪そうな顔をして目を背けるビカさん。

……助かるよ、篠目。お前のかつての説得が今になって効いてくる。

「慢性的な疲労、日常生活の動作も鈍くなる、目眩《めまい》やだるさを覚えるってな。その通りだあ……当たってるよぉ」

「他にもウィゲユは続けてたはずです。何を言ってましたか？」

僕は目を細めてビカさんに問う。篠目がこの程度の症状だけを説明して終わるはずがない、絶対にその後の……末期の症状までちゃんと説明しているはずだ。

誤魔化せない。ビカさんはそれを悟ったらしく、まいったと言わんばかりに手を上げました。

「あぁ、あぁ、そうだよぉ。ウィゲユはその後の俺の症状まで言い当ててたさぁ。眠れなくなる、物が食べられなくなる、精神が落ち着かず不安と焦燥が強くなって不安定状態になるってなぁ。あと、なんか病気のことも言われたよぉ。眠れないと食べられない、落ち着かないまで全部同じだぁ」

やっぱりな。ビカさんの症状はそこまで進んでいたんだ。篠目はビカさんがそこまで酷《ひど》くなることがわかっていたからこそ、説得した。だけどビカさんは聞き入れなかった。

ここまで症状が進んで、ようやくビカさんも自覚して後悔してるってことなんですね。

ですがビカさんは覚悟を決めた表情を浮かべました。

「でもなぁ。俺には、もう時間がねぇんだよぉ。もう時間がねぇ」

「時間がない？」

「俺自身でもわかるさぁ。このまま続けてたら死ぬってよぉ。俺は弱いからさぁ、誰よりも努力をしなければいけねぇ、鍛錬を積まねぇとよぉ……リュウファに、追いつけねぇんだよぉ」

そんなことはない！　と言おうとしましたが、ビカさんの顔を見て言い淀《よど》んでしまいました。もう諦めたような、いや、覚悟を決めた顔をしている。自分が死ぬことを認め、受け入れ、悟ってるような顔。

普通の生活をしていたならば見ることはないだろう顔です。

「だから、生きてる間は鍛錬を積むだけさぁ。鍛錬を続けて続けて……死ぬ前に、俺自身の強さを証明したいんだぁ」

この顔、この悲痛なビカさんの様子や雰囲気を、僕は地球にいた頃に見たことがある。

思わず口を開いていました。

「ビカさん。聞いてもらえますか？　僕が昔、経験した話なんですけど……」

これは昔、修業時代の最初の頃の話です。

あれはとある飲食店で働いていたとき。その飲食店は、上京したばっかの僕をバイトとして雇ってくれ、料理を教えてくれました。あの縁があったからこそ、その後にいろんなところで修業ができたのです。あの店主さん、顔が広かった。

その飲食店はある高校の近くにあり、店主さんは高校生が満足する栄養満点で旨い料理を出したいってことから、店を構えたのです。

客として訪れる近所の住人や高校生たちはみんな、良い人たちだった。挨拶も礼儀も店でのマナーも、文句のつけようがなかった。

あそこでの経験があったからこそ、その後働いたいろんな店でクレーマーやら理不尽な上司に絡まれても、心強く対応できました。良いお客さんもいるんだその人のために頑張れ、と。

ですが、ある日から部活帰りに来る高校生たちの顔が曇っていることが増えました。

なんでも途中で転勤してきた部活の顧問に問題があるそうです。その高校のとある部活は、近隣の中でもハイレベルであるらしく、力の入れ具合が凄《すご》かったらしいです。

今まではおじいさん先生が顧問をしており、おじいさん先生はその道で名将と言われるほどの人でした。部員からも他の先生方からも慕われ、見事な結果を残したとのこと。

寄る年波には勝てず、おじいさん先生は定年退職して引っ越してしまい、転勤してきた新しい教師こと顧問のお兄さん先生が、全ての間違いの始まりでした。

なんでも、この若いお兄さん先生……？　顧問はそのスポーツの世界で活躍した有名人らしく、小学校から大学までの間に優秀な成績を数多く収め、日本代表選手にもなり、海外留学までしていたほどの輝かしい経歴の持ち主でした。

最初の頃は高校生……部員たちも期待を胸に、どんなことを教えてくれるのかとワクワクしていたのを思い出します。

だけど……希望に満ちた笑顔は一週間で消えた。

次の週になると、部員たちが店に来る頻度が激減しました。最初は「なんだろ、新体制になったから部活動が忙しいのかな？」としか思ってませんでした。

……思えば、あのとき異変に気づいて行動すべきだった。店主さんはこの時点で異変に気づき、部員たちを心配してたので……ずっとその地域にいる店主さんにとっては十分に異常事態だったのでしょう。だからソワソワと心配そうにしてた。

たまに来る部員たちの顔から、元気がどんどんなくなっていることに気づくのは難しくはありませんでした。

なんせ、目が死んでる。疲れ果てて体がだるそう。眠そうになってて食事も進んでない。

店主さんは驚きながら部員たちに何があったのか聞くのですが、彼らは一様に話したがらない。口を閉ざして何も話さない。

しつこく聞いても悲しそうな顔をして黙っていて……僕は背筋に寒気を覚えました。

日にちが経《た》てば経つほど、部員たちから快活さが消えて、元気がなくなり、口数が少なくなり、いつも賑《にぎ》やかな店内が静かになっていくのがつらかったです。

僕でさえつらかったので、店主さんはさらに暗くなって元気がなくなっていって、凄くつらい。

負のループに入ってた。今更ながら思います。

そして二か月後。三人の部員が来て、料理を注文しました。

もはや暗くなっているどころか、今にも心が折れそうなほどのつらさが見えてました。心が死にかけていて、折れかけていて、もう見てらんなかった。

黙って食べている部員たちを心配して見ている店主さんの横を過ぎて、僕は食事中の部員たちに声を掛けました。

何があったの？　と。

部員たちは僕の質問に言葉を濁しながら何も答えません。店主さんもハラハラしながら見ている。ここで僕は部員たちの目を見て、ようやく気づいた。

彼らの目にあるのは疲労ではない。恐怖と怯《おび》えと、つらさでした。

僕は店主さんに頼んで、店を閉店してもらいました。それから外をキョロキョロと見回し、誰もいないことを確認する。念のために道の角や路地裏まで確認しましたよ。

そうやって聞き耳を立ててる人が誰もいないことを確認してから、もう一度部員たちに聞きました。何があったの？　と。

だけど部員たちは口を開かない。怯えたような顔で周囲をキョロキョロと見回し、まるで監視されてることに恐怖してるような……。

ここまでくると店主さんも、今の元気のなさはなぜなのか本気で部員たちに話を聞こうと、必死に問いただす。それでも部員たちは口を開かない。

……おかしい、あまりにもおかしい。僕が外に出て、誰もいないことや聞き耳を立ててる人がいないことを入念に確認していたのは、部員たちも見てました。

なのに、なにに怯えてるんだ？

そこまで考えて、まさかな……と思いながら周囲を観察。

目を疑った。ずっとこの飲食店で働いていたけど、見覚えのない電源タップがある。

吐き気がするほどの恐怖が出てきたけど、店主さんと部員たちに気づかれないように、店の中のコンセントをチェックする。

なんとお客さんが食事をするところにある三つのコンセントに、全部電源タップが存在してたのです。

つまり、部員たちは盗聴に怯えていたんだ。部活について外で話さないように監視されてるって!!　それに気づいた瞬間、僕は怒りのあまり近くの椅子を蹴り飛ばす。

店主さんと部員たちが驚いた顔を見せるけど、僕は荒い息を整えながら、落ち着いて近くのぞうきんを手にして、指紋が付かないように……これを設置した奴の指紋が消えないように慎重に電源タップを全て取り除く。それを部員たちの前に置きました。

で、言った。「これで顧問の耳はどこにもねーぞ」と。怒りを堪《こら》えて。

店主さんは何が起きたのかわからないって顔をしてましたが、部員たちはようやく安心しきった顔をして大声で泣き始めました。すっごく泣いた。高校生だなんて思えないほど、子供返りしたみたいに。

泣き疲れて、ようやく落ち着いた部員たちが口を開きました。

曰《いわ》く、あの顧問は鬼だ、と。

まず朝練の時間が、馬鹿みたいに早くなった。以前は朝七時頃から始めて八時前には終了。朝礼が始まる十何分か前には教室に入れるような長さです。

汗が落ち着き、その後の授業に支障がないように。それがおじいさん先生の指導方針で、朝練そのものもおじいさん先生は指導に出ていますが、基本的に自由参加。練習内容も部員たちの自由裁量で、おじいさん先生の指導が必要ならお願いしていた。

だけどその新しい顧問は違う。朝六時から朝礼ギリギリまでの練習を課した。

しかも強制参加。朝練に出てこない奴は試合に出さないし、練習でも干すと宣言しやがったんだ!! 本気と思わなかった三人の部員が本当に干されて、泣く泣く部を去ったのだという。

おじいさん先生の頃は昼の練習はなかったけど、顧問は昼休みまで練習させるようになった。しかも時間に遅れたらまたも干す、と。

たちが悪いのは、普通にやってたらお昼ご飯を食べる時間がないってことだ。だから授業中に早弁するしかない。当たり前だけどそんなことしたら怒られてしまう、昼ご飯抜きも珍しくなかったと。昼の練習も次の授業ギリギリまで行われる。

夕方の練習は地獄そのものだ。

おじいさん先生の指導方針は、怪我《けが》をするのは論外ってことだった。だから準備体操は入念にするし、無茶な練習をしない。長年顧問として携わってきた確かな説得力ある技術指導を行い、筋力トレーニングと柔軟体操で壊れにくい体作りもしていた。

さらには豊富な知識に慢心せずに最新のトレーニング理論を研究し、近隣の学校の部活の練習内容の情報を集めた。またスポーツ界での動きや部員たちの認識の変化、部員たちの保護者たちにも気を払い、指導のために必要な資格などの知識を得ることに努めた。

とにかくおじいさん先生は、自分の体験や経験だけに頼った指導は絶対にしない。自分の昔の栄光をひけらかすことをしない。昔と違う今の情勢を認識しつつ、今を生きる若者の指導を真剣に、熱意を持って取り組んでいたらしい。

また、おじいさん先生は試合の勝敗そのものを問題にしたことはない。勝とうが、負けようが、内容を重視していたとのことです。

試合に対する姿勢、試合会場での礼儀作法、日常生活で忘れてはいけない誠意も教え、試合内容が勝利だけを目指したその場しのぎのものにならないように、ちゃんと教えてくれてたそうで、結果として近隣の学校や住人からの評価が高くなったのです。強さだけでなく、人としても。

聞けば聞くほど凄《すご》い先生だなぁ、と当時は感動してました。そんな聖人みたいな達人が近くにいたのか……と震えるほどに。

だけどその新しい顧問は違う。夕方の練習は、とにかく勝つために必要なものを徹底して詰め込んだ。

技術、筋力トレーニングは無茶の一言。怪我《けが》をしたらそれは本人が悪い。ひたすら走って、練習して、同じことを繰り返し、できなければ延々とやる。

さらにはどこから持ってきたのかスポンジ棒まで使って、できない部員を殴ることもあったと。

たちが悪いのは、指導と言いながら罵倒しかしない。なんでできないんだ馬鹿、こんなこともできないのかクズ、と相手の尊厳を踏みにじる言動が多い。

何かを話すのではなく罵倒してくるだけだし、そもそも叫ぶばかりで何を言ってるのかわからないことが多い。指導するんではなく、できないことを怒るだけ。

ヘトヘトになるまで練習して練習して、毎日毎日勝つためだけに練習して……とうとう顧問はこう言った。

試合に勝つためには情報戦も必要だ。練習内容を外で話すな。何をしてるのか口にするな。話せば部から追放して、自分のあらゆるツテを使って永遠にこの世界から追い出してやる、と脅しやがったのだと。

お前らの言動は常に、あちこちで見張ってるからな！　と盗聴のための電源タップを見せつけてきたのだと。

この頃になると、部員たちはどんどん退部してしまっていた。意地と根性でしがみついてる部員も、度重なる暴力と暴言で精神が摩耗して洗脳状態となり、逆らうことができなくなったと。

ここまで聞いて、僕と店主さんは怒髪天《どはつてん》を衝《つ》くほど怒り狂っていて。どう考えても顧問はゲスでクズで外道《げどう》だ。そんなもん、校長先生や保護者、ＰＴＡに訴えて退職させるべきだと。

部員の話によると訴え出た奴もいるらしい。だけど、顧問の経歴が眩《まぶ》しいほど輝かしいので、校長先生は聞き入れなかったし、保護者も信じてくれずに頑張れとしか言ってくれなかったのでした。

理由はわかる。高校の部活で高い成果を収めるようになり、それが当たり前だと認識されてしまうと、高校の特筆すべきアピール点として使われるようになる。

高校生……子供たちによりよい将来のための経験となるべき部活動が、学校経営、ひいては金銭目的のために利用されてしまう。

これに加えてもう一つ問題がある。保護者の人たちだ。

保護者が子供の部活動、スポーツ活動に理解を示すのはとても大事なことです。勉強だけしていればいいとか、放任主義とか、子供がやってることに反対したり無関心な態度を取ると、子供のスポーツ活動の難易度は二段階も三段階も上がる。

だけど、関心が高すぎるのも問題です。具体的には、熱意がありすぎること。

もっと言えばプロスポーツ選手として華やかで多額の金銭を余裕で稼げて、一定以上の社会的地位まで保証されるほどのレベルになると、欲をかいた保護者が暴走する危険性がある。

子供の異変、体調不良、精神的苦痛、悩みなんかは無視して、もっと頑張れとしか言わない。プロになってほしいと思って無理をさせるし、子供の苦痛を無視して見て見ないふりをする。

それどころか現役時代に輝かしい経歴がある者を、指導者として確かな結果を積み重ねた人を、何も考えずに信頼する。そこまで酷《ひど》いことをするはずがない、この人に任せれば自分の子供にも自慢できる経歴ができるかもしれない。

子供に過剰な期待をしつつ無関心でいる。さらに指導者を、顧問を妄信して、見て見ないふりをする。

この状況が悪化すると、その顧問が何か不祥事を起こしたとしても、子供の保護者が顧問を庇《かば》ってしまうんだ。

部活中に事故を起こしても、学校の外で事件を起こしても、日常生活や仕事場である学校の中で不祥事を起こしても、庇ってしまうんです。

これがさらに悪化していくと、子供が取り返しのつかない怪我《けが》をしたために顧問が信頼を失い、いや、洗脳が解けた保護者がその顧問に責任を取らせるように働きかけても、他の保護者が止める。

顧問がいなくなれば自分の子供のスポーツの実力は上がらず、自慢できる経歴が得られず、部活自体がなくなる可能性がある。スポーツで活躍しようと頑張る子供にとって、努力をする環境を失うことになってしまいます。

だから保護者は顧問の不祥事を庇ってしまう。

状況悪化が積み重なった最悪の暴走の結果、命を落とす子供だっているでしょう。

なのにその顧問は転勤しても、別の学校でまた同じ部活動の顧問をする。

……やり過ぎたことは反省材料にするにしても、もっと酷いことをしても、隠蔽《いんぺい》方法もより狡猾《こうかつ》になる。

顧問の指導の暴走、学校側の方針の暴走、保護者の熱意の暴走。三つの暴走が重なった結果、こうして部員たちが苦しむ羽目になる。

これを聞いた店主さんは激怒を通り越して、今からでも顧問を殺しに行きそうなほどになっていました。

あれは今思い出しても、背筋に寒気が走りますし、夢に出たらうなされるほどです……本気の本気、本当の殺意を滾《たぎ》らせた人って、怒り顔を通り越して無表情になるんだなって……思い知りました。

ともかくこのまま店主さんを暴走させたら大変なことになる、というのは目に見えているので、部員たちの話をもう一度、スマホの録音機能を使って保存。

もしかして、と嫌な予感と最悪の予感が重なったので部員に服を脱いでもらった。あ、もちろん脱いでもいいと了承してくれた男子の部員だけ。

タンクトップ一枚だけになっても、目を背けたくなるほどの大量の青あざの痕。部活動での怪我《けが》もあるだろうけどそれも酷《ひど》い。普通にやってたら、おじいさん先生がいた頃では絶対にそうはさせなかっただろう怪我の数々。

僕は顧問を殺しに行こうとする店主さんを押さえつけ、急遽《きゅうきょ》救急車を要請し、警察へ通報。

店に来た救急隊員たちと警察官たちは、部員……高校生たちの健康状態と様子と怪我、小さな飲食店に仕掛けるにしては過剰な盗聴電源タップの数を見てドン引きしてた。

急いで救急隊員は部員たちを救急車に乗せて病院へ。警察官は僕と店主さんから事情を聴取。録音された音声と、指紋を消さないように気を付けて抜いた電源タップを提出。

通報内容と盗聴器、部員たちの怪我の程度や心理状態、部活動の内容、学校側と保護者側の対応……これらを全部聞いた警察官たちは冷静に対応してるように見えたけど、去って行く背中には怒りが感じられたし、一人は拳を強く握りしめていました。

僕はすぐに店主さんに「この店の奥に引っ込んで、明日の朝顧問が捕まるまで鍵のかかる場所に閉じこもった方がいい」と言いました。顧問の行動があまりに異常なので。

店主さんはこの提案に疑問を持っているようでしたが、見つけた電源タップの多さと執《しっ》拗《よう》なまでの情報封鎖の方法を考えると、僕は電源タップ以外の方法でも盗聴している可能性があると思いました。それを伝えると怒りの表情を浮かべ、何かするつもりなら逆にぶちのめしてやる!! と。

僕も帰り道は顧問が襲いかかってこないか怯《おび》えるほどでした。幸い遭遇はしなかったのですが。

次の日、ついに凄《すご》い騒ぎが起こった。顧問は、なんと朝から普通に部活動に来ていたのです。昨日、部員たちが救急車で病院に搬送されたというのに。

嘘《うそ》だと思うでしょ？　これ本当なんだよ……。

で、何も知らないで来た部員が練習に参加して……とうとう救急車が数台来るほどの重大事故が起きてしまった。骨折、だそうです。

顧問は救急車が来ても練習を続けようとしたのですが、救急車の要請が来た段階で救急隊員が警察にも通報してたのでパトカーまで来る騒ぎ。顧問は連行されました。

……残って頑張ってた部員たちは、全員病院へ連れて行かれて精密検査。

結果として、全員がどこかしら怪我をしており……オーバートレーニング症候群の末期と診断されました。全員がうつ病にまで至り、睡眠障害で精神はボロボロ。もはや部活動は不可能とまで言われました。

学校側は責任を追及されて校長と教頭が解任。保護者たちの中で、顧問の異常性を聞いていながら無理に練習をさせていた家庭はほぼ全てが崩壊して離婚騒ぎになり、その人たちが、僕たちに話してくれた部員や警察に通報した部員の家族を責める姿は、常軌を逸していたそうです。

そして、問題の顧問がなんでこんなことをしたのか？　と聴取されて答えたのが……。

自分もそうやって鍛えられたから、それが正解だと思っていたのだそうだ。

確かに僕が幼い頃のスポーツ活動の現場は、ともかく空疎な根性論や精神論が蔓延《まんえん》する無秩序空間だったと聞いてます。

水は飲ませない、休憩はさせない、やる気がなければ殴る、声を出さない奴には叱責、失敗したらみんなの前で吊《つる》し上げ。

顧問もまた、その当時のとんでもない慣習に呪われた一人だったのです。

結局一週間経《た》ってから、学校側はその部活の廃止を決定。退部していた部員たちが戻ってまたやりたいと言っても、聞き入れなかったそうです。

臭いものに蓋、不祥事があった部活動はとっとと消して噂《うわさ》が消えるのを待つ。

こうして、残ったのはオーバートレーニング症候群で苦しむ高校生たちだけでした。

……長々と語りましたが、思い出してもつらい。

店主さんと一緒に、入院することになった部員たちのところへ見舞いに行ったことがありました。だいたいの保護者たちは僕たちに感謝してくれていた。

あの部活動から子供を救ってくれてありがとう、子供の異変に気づいて通報してくれてありがとう、子供を失わずに済んだのはあなたたちのおかげだ、と。

自分たちが子供へ向けるべき心配の目を欠いていたことも悔いていました。

しかし、一部の保護者と子供たちは違った。

一部の保護者は、部活動がなくなったのはお前たちのせいだ、これからどうしてくれる、うちの子は将来有望だったんだぞ、と責める責める。子供がつらい目に遭ったのに、あくまでも部活動で栄光を手にすることしか考えていない。

そして、子供たちはオーバートレーニング症候群とともに燃え尽き症候群になっていた。

あれは、凄《すさ》まじかったです。目が虚《うつ》ろで、体を起こして外を見ているんだけど、どこを見てるかわからない。反応も薄く動きも鈍い。張っていた気が緩んだのか頬はげっそり痩《こ》けて老けてるように見えた。

オーバートレーニング症候群で体を酷使して壊し、燃え尽き症候群で精神を壊す。

うつ病に睡眠障害とさまざまな症状が併発し、疲れ切った顔をしてる。

店主さんが部員たちに声を掛けても、何も返さず表情も虚《うつ》ろでした。

……帰り際、病院のロビーで店主さんは泣き出して……部員たちの様子に気づけなかったことを悔いていました。

その後、店主さんも店を続ける意志をなくしてしまい、店じまい。そのときに顔の広さと人脈を使って、僕をあちこちのレストランに紹介してくれたわけです。おかげで修業はキチンとできた。

さて、ビカさんの話に戻そう。

「……ということがありました」

僕はこの地球での経験を、できるだけサブラユ大陸の話に言い直して語る。

部活動は騎士団とか、店は酒場とか、顧問は教官とか、保護者や家族も加えたり、盗聴の類いは教官が自分で調べたり街の人を利用したり、とか置き換えて。

全て語り終えたあと、僕はビカさんの顔を見る。

神妙な顔をしていた。何を考えてるのかわからないけど、何か思うところはあったのだと思いたい。この話がどこまでビカさんに届いたのかわからないけど、どうか、と願わずにはいられない。

「……それで？　お前は俺に、具体的に何をしたらいいって言うんだぁ？」

ビカさんが僕に聞いてくる。そんなもの、返答は決まっている。

「稽古を休んでください。だいたい、一か月以上」

僕の言葉を聞いた瞬間、ビカさんの顔が憤怒に染まった。

「てめぇ!!　ふざけんじゃねぇぞぉ！　俺に稽古をさせないで、弱体化させるつもりかぁ!?」

そのままビカさんは怒り狂いながら僕を罵倒し続ける。僕はそれを馬耳東風《ばじとうふう》と聞き流しながら、平気な顔をする。

むしろ可哀想な奴を見る目を続ける。この人、稽古に取《と》り憑《つ》かれてる状態なので、その口から出るのは正気のそれじゃないので、聞く必要はありません。

「スッキリしました？」

ビカさんが罵詈雑言《ばりぞうごん》を吐き続ける途中で、僕は口を差し挟む。

「強くなるためにはまず、健康な体が必要なのは当たり前では？」

この言葉に、ビカさんの言葉が止まった。

そう、この前提を忘れてはいけません。何かを身につけようと努力するならば、まず健康な体は必要不可欠なのです。風邪をひいていたり、怪我《けが》を負っていたりしたら、その傷病をまず治すことから始めるのが大前提。

なのにビカさんは健康な体を損ねてまで稽古をしている。論外なのです。

「健全な精神は健全な肉体に宿るという言葉をご存じで？　あなたの不健康な肉体に、果たして武人としての健全で清廉な精神がありますか？」

畳みかけるように僕が言うと、ビカさんはさらに言葉を詰まらせました。

これで最後。

「ビカさん。強くなりたいんですよね？　一時的な強さより、長期的な……この先一生役に立つ強さが必要なはずでは？」

この言葉で、ビカさんはとうとう怒りを収めてばつの悪そうな顔をしました。

うん、これまで語った言葉は全部、地球にいた頃に漫画で読んだり、アニメで見たりしただけで、自分の体験ではないのです。

武人としての精神なんて僕にはないので、借り物の言葉でしか語れません。

だけどまぁ、なんかビカさんには届いたようで、とうとう落ち着いた表情を浮かべました。

「……それで？　俺は具体的に何をすればいいんだぁ……？」

やったね！　とうとうビカさんが折れてくれたぞ！　グランエンドの戦力増強とかやっちゃ駄目なんだけど、やっぱり不健康そうな痩せた体をした人をほっとくのは無理！

と割り切って、僕は真剣に言いました。

「まずは食べましょう」

「……わかってるんだろぉ？　俺はあんまり飯を食えねぇんだぁ。勘弁してくれぇ」

「駄目です。ともかくあなたの体は摂食障害で栄養失調に近いかもしれません。僕は医者ではないのでどこまでできるかわかりませんが、少しでも改善できるように頑張りましょう」

ビカさんは困った顔をしたまま頷《うなず》きました。

これでビカさんも、体を治すために頑張ってくれるでしょう。よし、ではさっそく。

「食べる前に寝ましょうか、まず。今は夜中なんですよ」

次の日、僕は朝早く……というか僕が自分の部屋に戻って三時間寝てから、すぐにビカさんの部屋に向かったところ。

僕はビカさんの部屋へ、ノックなしで飛び込む。

「やっぱりな!!」

なんとビカさんは今から腕立て伏せをしようとしていました。

ビカさんは驚いていましたが、僕はすぐにビカさんの肩を掴《つか》んでやめさせます。油断できねぇなぁ！

「もしかしてと思って戻ってきたら、やっぱり鍛錬をしようとしてましたね！　やめましょうね！」

「でも、眠れなくて、落ち着かなくてよぉ……」

「それもオーバートレーニング症候群の一つです！　さぁ、ベッドに横になって！」

僕はビカさんに言い聞かせて、ベッドに横たわらせました。

「眠れねぇんだよぉ」

「目を閉じてください」

有無を言わせず僕は言う。

「眠れなくても、落ち着かなくても、まずは目を閉じることです」

「お、おお……」

僕の迫力に押されたのか、ビカさんは目を閉じました。

「そのまま、ゆっくりと呼吸をしてください」

「おぅ……」

「自分の呼吸音が、規則正しくゆっくり落ち着いたものになるように意識してください」

「あぁ……」

ビカさんの呼吸音が落ち着いてきて、穏やかな表情を浮かべました。

多分、ビカさんはちゃんと眠れない。すぐに眠れないのは当たり前でしょうけど、眠る直前の微睡《まどろ》みも感じられないかも。

だけど、まずは目を閉じて体を休ませる感覚を思い出す。そこからです。

「すまんなぁ、俺はぁ」

「何も言わずに、まずは目を閉じて黙ることです」

何か言おうとしたビカさんにぴしゃりと言いつけ、黙らせる。これでようやく眠る格好にはなりました。


で、外が完全に明るくなるまで僕はビカさんの傍《そば》にいないといけなかった。なんせ目を離すとすぐ、起きようとするので。

落ち着かせて、外が明るくなってからビカさんの行動を許可する。許可するって言い方も変だけど。

で、食堂にて。

「……これを食え、と？」

「はい」

僕がビカさんに出したのは、とにかく胃に優しい料理。そして疲労回復に効果のあるものをチョイス。

今日はキノコの雑炊《ぞうすい》です。シメジ、ニンジン、鮭《さけ》、醤油《しょうゆ》、塩、卵、ネギ、ご飯で作ったものでして、シメジを子房に分けてニンジンを小さく切っておいて、炊いたご飯をさらっと水洗い。鍋にシメジ、ニンジン、鮭を入れて煮立たせ、ご飯を入れてから醤油、塩で味付け、溶き卵を投入。あとは仕上げにネギを散らして完成。

「……あのさぁ、もっと腹に溜まる物をよぉ」

「その、腹に溜まるものでは量を食べられないし、胃が疲労して受け付けないでしょ」

僕が言うとビカさんは、う、と唸《うな》って黙る。この人の体内は今、慢性的な疲労でクッタクタのはずです。精神の強さであの動きができてるだけです。

「ほら、食べて食べて」

「……仕方ねぇなぁ。食べるわぁ」

ビカさんは面倒くさそうに匙《さじ》を持ち、雑炊《ぞうすい》に手を伸ばす。

と、僕が監視してる横にアユタ姫が現れて、不思議そうな顔をしました。

「シュリ、何してる」

「ビカさんの治療、みたいなことです」

アユタ姫がびっくりした顔で僕を見ます。次に雑炊を食べるビカさんを見てから言いました。

「とうとう……治す気になった、と？」

「あぁ。まぁ、あんだけ言われちまったらよぉ。やるしかねぇよなぁ」

ビカさんは淡々と雑炊を口に運びながら答えます。

なんというか、ここまで素直に従ってくれてるのに驚くのは、僕も同じです。てっきりもう少し抗《あらが》うかと思っていましたが、そうでもないらしい。

この一連の流れで最も動揺していたのはアユタ姫らしく、アユタ姫は僕に腕を回し、肩を組んで顔を耳に近づけてきました。

「……なんといって説得したの？　誰もビカを止めること、できなかったのに」

アユタ姫の声から明らかに伝わってくる、何したんだお前と問いただそうとする強い疑惑の念。

「強さは健康な体があってこそと」

質問に対する僕の答え。

アユタ姫はこの言葉に、肩を組むのをやめながら静かに頷《うなず》きました。

「まぁ、それもそう。というか、それが正しい。健康な状態を維持して、どんな時でも最高の結果を出せるようにするのは当たり前」

「ですよね？」

「逆に言ったら、あんな骨と皮に近い状態だったビカが、今までちゃんと任務を果たしてたのが超人的なんだけど。まぁ、健康になるならそれに越したことはなしってね」

アユタ姫は話を聞いてスッキリしたのか、僕から離れて食事を始めました。

今日の食事は、僕があらかじめ作っていたアユタ姫専用の辛い料理。徐々に辛みは減らしてますがそれでも辛いよ、あれ。

「うん、まぁ、旨いわなぁ」

ビカさんは穏やかな顔をして雑炊《ぞうすい》を食べ続ける。

「胃に優しい料理なのはよくわからぁな。卵と味付けのおかげで物足りないってこたぁないし、ネギもいいわぁ。ちょうど良い薬味ってやつ？　この苦み。キノコとニンジンも、雑炊にしては豪華だしよぉ。旨いよ、うん旨いよ、けどなぁ」

「もう一度言いますが、ビカさんはまだ胃が回復してません。いきなり肉とかドカ食いしたら、それこそ体調が悪化するかもしれませんので我慢してください」

「おめぇは医者か何かかぁ？　先日の話もそうだがよぉ、ずいぶんと詳しいなぁ」

「医者ではないので、こういう医療行為を聞いたまま行うのは抵抗がありますが……僕でもわかるのは、オーバートレーニング症候群で一番必要なのは休養なので、それに合わせてやってるだけです」

「まぁ、お前を信頼すると決めたからよぉ、ちゃんとするさぁ」

ビカさんはちゃんと食事を最後まで取ろうと、雑炊を食べ続ける。

「それに……健康な体を維持するのも強さってのは、理解できなくもねぇからよぉ……」

ぽつり、と呟《つぶや》いたビカさん。

「こうしてちゃんと食事が取れるなんざ、本当に久しぶりだしよぉ……するすると食べることができて、胃に食べ物が入る安心感って、こうだったんだな……」

食事が終わったあと、僕はビカさんを監視しながら部屋に戻る。

ビカさんは体を伸ばしながら僕に聞く。

「それで？　今日は何すんだぁ？」

ワクワクしている様子のビカさん。僕がこれからオーバートレーニング症候群に向けて本格的に何をするのか、期待しているのですね。

ですがビカさんには悪いけど、最初から言ってるとおりやることは決まってる。

「寝てください」

「は？」

「寝てください。今日はまず、寝るところからです」

僕の返答に、わけがわからないという顔をするビカさん。

だけど、僕は構わずにビカさんの背中を押して、ベッドの前に立たせました。

「今日、初めにやることはさっそく寝ることです。さぁ、どうぞ」

ビカさんはベッドの前で、もの凄《すご》く嫌そうな顔をする。

「いや……こう、もっとなんかないんかぁ？」

「体を治さないことには何も始まりません」

「だけど、体が衰えちまわぁなぁ」

「もともと骨と皮みたいな状態なので、これ以上衰えようがありません」

僕はビカさんの言葉をすっぱりと切り捨て、ベッドへと突き倒しました。意外にもビカさんはおとなしくベッドに飛び込む形となり、諦めたように体から力を抜きました。

「わぁーったよぉ。信用すらぁ」

そのままビカさんはベッドに横たわり、寝る姿勢になる。不安そうな顔のままで。

なので僕は言うことにしました。

「知ってますか、ビカさん。人間には、マッスルメモリーってやつがあるんですよ」

「は？　マッスルメモリー？」

「はい。たとえ一度鍛錬から離れても、また再開したときに以前の筋肉に戻しやすいってやつです。体を治すために安静にしても、治してから鍛錬を再開すれば肉体の性能を元に戻す日数は短くて済むというものです」

「……そうかぁ」

僕の話を聞いて安心したのか、ビカさんはおとなしく目を閉じて休もうとしました。

よかった、おとなしく寝てくれるか……。これで体を治す努力をしてくれるだろう。

ちなみにマッスルメモリーの話は、正直言ってうろ覚えの内容です。本当のところはわかりません。なんせ、ビカさんは長年オーバートレーニング症候群で肉体を削ってた状態なので、元の体に戻るというのが実現するかどうかはわかりません。

ついでに言えば、繰り返し自分に言い聞かせてますが……僕は医者ではないので、この処方が合ってるのかもわかりません。資格がなく知識が中途半端な僕が医療行為をすること事態、やってはいけないことです。

なので僕ができることは、食事をさせて休憩させ、稽古から遠ざけて、体と心を休ませること。それっぽいことを言って守らせることだけです。それっぽいことを言うのも、本来は駄目なのですが……。

「……でも、料理人としてこんなガリガリになってる人、見捨てるわけにはいかねぇんだよなぁ……」

骨と皮だけとなり、精神の強さが肉体の限界を超えた状態にあるビカさん。早晩、この人は自分の稽古に殺される。食事も取れず、眠れないままに。

僕は腰に手を当て、大きく息を吐きました。

誰にも聞こえないように手を口元に当ててから、ポツリと呟《つぶや》きます。

「……ごめん、ガングレイブさん。やっぱり僕は、目の前でお腹空《なかす》かせて困ってる人を見捨てるの、無理です」

謝罪をして、それから厨房《ちゅうぼう》へと向かう。

ビカさんのための料理を用意しないとね。

昼食の時間。

兵士さんたちが仕事と訓練から放れて休憩のために食堂に集まってくるころ。わいわいガヤガヤと食堂が賑《にぎ》やかになっていきます。

「……それで？　肝心のビカはどこ？」

それと同じように、訓練を終わらせたアユタ姫とネギシさん、コフルイさんが食堂に来て食事を取る。三人とも汗や泥を拭ってきたのか、身綺麗《みぎれい》にしていました。

「はい。今は部屋で寝させています」

「そうか」

コフルイさんはどこか安心したような顔。やはり、ビカさんの姿に思うところはあったのでしょう。

「コフルイさんから受けた稽古の傷もあります。一緒に治せばよろしいかと」

「うむ。そこはシュリに任せる。儂《わし》が言えた義理ではないかもしれんがの」

コフルイさんは食事に戻り、姿勢を正して黙々と食べ始めました。

「だけどよぉ。ずいぶんと楽をするよなぁ」

と、聞き捨てならない言葉を言うのはネギシさん。

「そんなもん、今までの訓練の量を減らすだけでいいだろうよ。この砦《とりで》に来て一人だけ部屋で寝てるだけってのも、楽してんなぁ」

「それは違いますよ」

　ネギシさんはこちらを軽く睨《にら》んできますが、僕もそれに鋭い視線で返す。

「オーバートレーニング症候群においての敵は、自分自身の焦りもそうですが周りの無関心、無知による心ない言葉です」

「あぁ？」

　ネギシさんはさらにこちらを睨んでくるが、僕は動じない。

「……あの人の体の故障は、もはや稽古量や訓練の負担を減らして自然回復するのを期待できる段階を大きく超えています。ああなったらもう、完全に稽古や訓練、というか激しい運動そのものと、運動に関する嫌な思い出から完全に切り離さなければ治りません。見た目の体の細さに騙《だま》されがちですが、内臓にも支障が出てるし、睡眠障害も患《わずら》っている。精神的な落ち着きや体の平衡も、ギリギリで保っているだけなんです。治すためには、とことん本人の負担を減らして、安静にさせること。なのに周りの人が急《せ》かしたり心ない言葉を浴びせれば、それだけで本人の心と精神に消えない傷が刻まれてしまいます。この傷は、治っても消えないし完全に治ることはありません。ふとした拍子に開く。

　ちょうど、あなたの今のような言葉のせいでね」

　説教と皮肉をこれでもかと籠めた言葉。

ネギシさんは最初、気に食わないことを言う奴だと僕へ攻撃的な視線と態度を見せていましたが、僕の言葉が続けば続くほど落ち着いていき、最後には反省している態度を見せていました。

「……悪かったよ。俺だって、ビカには治ってもらいてぇ」

「なら本人がいるところはもちろんのこと、本人がいないところでもそういうことは言わない方がいいです。回り回って、必ずビカさんの元へ届いてしまいますから」

「あぁ……そうする」

ネギシさんは反省したまま俯《うつむ》いていました。自身の言葉に何か思うところがあったのか、それとも別のことを考えているのか。それはわかりません。

最後にアユタ姫は、食事の手を止めて僕を指さしました。

「一連のことはわかった。シュリとしては、どこまで手を出せると思ってる？」

「アユタ姫様、僕は元々医者ではありません、手を出すも何も、今できるのはビカさんをなだめて休ませて、胃に優しくて消化が良い料理を出すことだけです。

これ以上、無理に医療行為に手を付けることはできません」

「それでも、期間は？」

「……少なくとも、ビカさんが普通の食事を取って睡眠を取れるようになるまでです。そこまで治れば、あとはビカさん自身の健康管理でなんとかなるかと、僕は思います。ただ……念のために医者にかからせた方がいいです。見た目の健康は戻っても、医者でないとわからないこともあるでしょうから」

「わかった。そのように手配しておこう」

アユタ姫の言葉に僕は安心する。ガツガツと辛めの料理を食べるアユタ姫は狂犬じみたところもあるのだけど、こういうところはこの砦《とりで》の長《おさ》なんだなと思う。

さて、仕事に戻るか。僕が踵《きびす》を返したときに、

「腹減ったぁー」

と、ビカさんが食堂に現れました。

眠そうな様子も何もない。

「ビカさん。おはようございます」

「おう。てか、まだ寝てねぇけどな」

「そうですか」

なんてことのない顔で言うビカさん。

だけど僕は正直、悲しい気分でもありました。結局、ビカさんは眠ることができてませんので、体が癒やされるのは当分先でしょう。

表情に出しても仕方がないので同情したような顔はしません。今は淡々と自分がやることをやる。

ビカさんは椅子に座って、背もたれに体を預けて楽にしてる様子。

「はい。ではさっそく、こちらを食べてください」

僕がそんなビカさんの前に出したのは、またも雑炊《ぞうすい》。

今回は大根おろしを入れた、胃に優しくて栄養満点な雑炊です。

ご飯、生姜《しょうが》、大根、卵、ネギ、水、昆布《こんぶ》、シイタケ、醤油《しょうゆ》、みりん、塩。

鍋に水と昆布とシイタケを入れて火にかけ、出汁《だし》を取ったら昆布とシイタケを鍋からあげてご飯、生姜、すりおろした大根、醤油、みりんを入れて煮こむ。塩で味を調え、溶いた卵を流し入れてひと混ぜし、火を止めたら蓋をして蒸《む》らして出来上がり。

あとは器に盛って、切ったネギを散らして完成です。

「おや、前のとは違うなあ」

ビカさんは背もたれから体を離し、雑炊を前にします。ワクワクした様子を見せている。

僕はビカさんに匙《さじ》を差し出して、一言。

「ええ。明日も明後日も、胃に優しい料理が続きます。だけど全く同じ料理っていうのも飽きるし、ビカさんにとってつらすぎるかと思います。

なのでできるだけ工夫をし、飽きないようにします」

「そらありがてぇなぁ。毎日、体を治すためとはいえ同じ料理はつれぇわぁ。体を治すと決めたって言ったんだけどなぁ……」

「誰だってそうです。体を治すために何もしないって日々は、やきもきするもんです」

まぁ、僕も似た経験はあるので、とだけ。

「そうかぁ。じゃあ、さっさと食べるわぁ」

ビカさんは雑炊を食べ始め、黙りこくってしまいました。黙々と食事を進める。

その様子はまるで、食事を通して体の内部を確かめ、負傷部位や不調部位を見定めて集中的に治そうしているようでした。

イメージトレーニングは、時として人体にとてつもない効果をもたらすことがある。

もしかしてビカさんはそれを行おうとしてる……？

「ビカ」

「なんだぁ」

「そんなに美味しいか」

「ああ。黙って食事をするくらいにはなぁ」

前言撤回。アユタ姫の質問でわかった。ビカさんはただ黙って食べたいだけだった。

「美味いよぉ。本当に前のものとはまた違うなあ。しっかりと取られた出汁で作られた雑炊に、いろんなもんをぶち込んでくれてる。

大根と生姜がまたいいなぁ、これ。俺、これ好みだわぁ」

「そうですか。ありがとうございます」

ビカさんはそのまま黙々と食事を終わらせて、椅子から立ち上がりました。

「ビカさん、どちらへ?」

「寝るわぁ。それが大切なんだろぉ?」

欠伸《あくび》をして、ビカさんはとっとと食堂から出て行く。追うべきか、追わざるべきか。あの人のことだから、隠れて鍛錬をしそうで怖い。

……欠伸? 僕はビカさんが欠伸をしたことに疑問を持ち、追おうとした足を止めました。欠伸をした、ということは……眠いってこと?

「シュリ」

僕の背中に、コフルイさんが声を掛ける。

「追うな」

「……はい」

「それでいい。あいつも、わかっている」

振り返ってコフルイさんを見ると、目を閉じて腕を組んでいます。

「儂《わし》は、あいつが欠伸するのを久しぶりに見た。疲れた様子で、眠たそうな様子で、休みたそうな様子を見たのは、ここ数年なかった。

この変化は希望のそれだと、儂は思いたい。任した」

「任されました」

僕はコフルイさんに短く返答し、歩き出す。明日からの予定も考えるため厨房《ちゅうぼう》へ。

やると決めたなら、最後までやってみせますよ本当に。


そこから一か月近く。僕はアユタ姫の食育を進めながらビカさんの治療を進める。

とにかく寝させる。運動をさせない。休ませて、静かな場所で淡々と話を聞く。

メンタルケアのためには、その人の話に対してちゃんと相づちを打ちながら聞くのが大事だって、前に修業してたレストランの上司が言ってた気がするので、実践してるんです。

「……じゃあ、ビカさんはもともとリュウファの『僕』さんと幼馴染《おさななじ》みで友人だったんですか？」

「あぁ。俺とあいつぁ、腕を競い、共に遊び、夢を語らった仲だぁ。今はもう、そんな関係じゃなくてよぉ……」

「そうですか……」

気になる話がちょいちょい出てくるんですが、詳しく聞くことはしません。その人が話したいことを、静かに共感しながら聞く。適度な相づちと質問を行い、ビカさんが記憶と感情を整理するのを手伝う。

果たしてこの方法が合ってるのかどうかわかりません。聞いた話を実践してるだけで、資格があるような身分でもなく、詳しい知識もないので大きな顔をしてこれを行うことに抵抗はあります。

ただ、これをやらないとビカさんは延々と感情を整理できずメンタルが乱れたまま……罪悪感と力不足を感じながら、僕も頑張り続ける。

ある日。僕がいつも通りビカさんの部屋に行くと、目を疑った。

「ビカさーん、朝ご飯……!?」

そこには誰もいなかった。がらんとしていて、いつもビカさんが寝ているベッドは乱れたまま。

まさか、と思い僕は部屋を飛び出して走り出す。なんとなく予感があったのです。

「さてはビカさん、訓練してるな！」

治療を開始してから随分と経《た》つ。最近はビカさんの体調はものすごく良くなっていました。

本人の精神状態も落ち着きながらも、どこかテンションが高くなっていました……この治療が終わる日を楽しみにするような感じ。

このときが一番危ない。体が回復を始め、効果を実感できるようになって、体の動きが明らかに良くなっている状態。この状態で油断して、また前みたいに動くと……再び体を壊します。

しかも、前よりも酷《ひど》く壊れてしまい、今の回復状態まで戻らなくなるような場合もある。

なので、本当に訓練をしていたら止めないといけません！

慌てて訓練場に行くと、そこにはすでにビカさんとネギシさん、コフルイさんの三人がいて、ビカさんはネギシさんとコフルイさんの稽古風景を見ながら座っている。二人の戦いぶりをつぶさに観察し続け、額から汗を流していました。

そばには木剣が落ちていたので、僕は思わずカッとなる。この人、やりやがったな！

僕はズンズンとビカさんに近づく。

するとビカさんは僕が近づいているのに気づいて振り向きました。

「ビカさん！　稽古をしては……」

僕は叱ろうとしましたが、言葉を詰まらせる。

なんとビカさんが立ち上がり、僕に向かって頭を下げたのです。あまりの予想外の行動に、言葉を続けることができなかった。

さらにビカさんは頭を下げたまま言いました。

「すまんなぁ、シュリ」

なんと謝罪までしてくれました。ふざけた様子はなく、真剣そのもの。

「これからはもっとお前の言うこと聞いてよぉ、ちゃんと静養すっからさぁ。あと一か月だけでいいからよぉ、俺の治療に協力してくれねぇかぁ？」

なんという殊勝な言葉。いったいビカさんに何があったのか。どうしてそんな穏やかな顔をしてるのか。

何がなんだかわからないまま立ち尽くして混乱していた僕ですが、そこに稽古を中断させたらしいネギシさんとコフルイさんが近づいてくる。

二人とも額から汗を流し、肩で息をしています。この炎天下の日によくやるよ、と思わなくもない。

「シュリ、そいつの言うことは信用していいぞ」

「儂《わし》も保証する。今後は大丈夫だ、ちゃんと体を治すだろうさ」

二人が自信満々に言い放つ。どうやら二人して、ビカさんの殊勝な態度に関して大丈夫だという確信があるみたいです。

……二人してここまで言うなら、もう大丈夫かもしれません。

「わかりました。ビカさん、もう少し頑張りましょう」

「ああ、頼むわぁ」

ビカさんは頭を上げてから言った。

「俺ぇ、ちゃんと体を治すからさぁ」

清々《すがすが》しく言うその顔に、もう焦りなど微塵《みじん》もなかった。

そうですか、と僕は返して厨房《ちゅうぼう》へと向かう。

まぁ……ビカさんもやる気になったのなら、もう大丈夫でしょう。

それからさらに一か月、ビカさんの治療に尽力し……大丈夫だと思った頃、ビカさんはグランエンドの首都へと帰っていきました。なんだかんだで体の治癒力が凄《すご》い人でもありました。あれだけ体を痛めつけてたら、数年単位で治療しないとダメだと思ってましたから。

帰る頃には、前に見た骨と皮のだけような顔つきが少しだけふっくらとし、普通の痩せ型の体つきになってましたね。

九十五話　オーバートレーニング症候群と各種雑炊《ぞうすい》～ビカ～

俺はよぉ、ずっと罪悪感と挫折の悔しさを抱えて生きてきたんだわぁ。

どうしてあのとき止めなかったのか、どうしてあいつの気持ちを察してやれなかったのか、どうして、どうして、ってなぁ。

どうして俺は目標を達成できなかったのか、諦めちまったのか。どうして、ってな。

俺の名前はビカ。グランエンドの六天将、武天の地位にいる人間だ。

かつての俺は、今はリュウファの『僕』になっている……ルゥヒとは幼馴染《おさななじ》みだった。

小せぇ頃から一緒に遊んで、稽古して、近くの山を冒険して、夢を語ってたんだよなぁ。

俺もルゥヒにも夢があったんだぁ。

それは、リュウファになること。

リュウファ・ヒエン。グランエンドの最高の武を体現する存在。その正体は六人の達人が一つの体に融合した、超生物。

一人一人が最強と言っても過言ではない、圧倒的な実力を持った存在だったんだぁ。

だからいつか、もし新しいリュウファァを募集することになったらそれに選ばれることを夢見て、二人で努力を重ね続けてきた。

でも、だ。

俺たちにはリュウファァになるって夢があったんだが、それはあくまで夢は夢……俺たちの目の前には、明確な目標がいたんだよなぁ。

それがルゥヒの兄、クアラ・ヒエンだ。

クアラは凄《すご》かった。頭も良く、性格も人柄も良く、武も優れてたんだよなぁ。

俺とルゥヒが一緒に戦っても、一本も取れなかったのはショックだったよなぁ、本当によ。でも、それだけクアラは強かったんだよ。憧れだったんだ。

そのうち、リュウファァの一人が死亡したことが報じられた。これにより、新しいリュウファァを選ぶ必要が生じた。信じられなかったが、事実だったんだよ。

そしてクアラはリュウファァの最有力候補だった。新たなリュウファァになるのは間違いないって言われてたところだったなぁ。クアラの家の人らも誉れとして、俺もルゥヒも祝ったもんだよ。

あの頃は幸せだった。憧れと夢があったんだ。

だけど、その憧れはいなくなっちまったんだよぉ。

クアラ・ヒエンが、眼病を患《わずら》って失明しちまったんだ。

この悲劇が起きて、ヒエン家はショックで誰もが呆然《ぼうぜん》としちまった。

それどころか、目が見えなくなったクアラを、ヒエン家は冷遇しやがったんだぁ。あれだけ持ち上げといて、失明したら扱いが悪くなっちまった。

ブチ切れた俺とルゥヒは暴れたが、クアラに迷惑をかけちまっただけだった。済まなそうな、泣きそうな顔で感謝と謝罪を言ってきたクアラの顔は、今でも忘れられねぇ。

そこからルゥヒは変わっちまった。自分がリュウファになるんだと、今まで以上に稽古に打ち込み、強くなっていってなぁ。

俺も強くなっていったルゥヒに勝ち、あの頃のクアラを超えることを目標に稽古に打ち込んだ。

俺とルゥヒの仲の良さは、絆《きずな》は、この頃から軋《きし》み始めちまった。

そして、とうとう新しいリュウファ選定の儀が、武の達人と称されるごく少数の人間に通達されたんだぁ。

今でも覚えてる。あれは……俺たちが遊んでた山だった。夜遅く、その山の隠し洞窟の奥で開かれた、リュウファ選定の儀。

選ばれた武術家は八人。俺とルゥヒも入っている。そしてそこにはリュウファがいたんだ。

行われたのは試合だった。リュウファが審判をする、一本先取の試合だ。用いられた武具は木製だ。寸止め試合であるが、当たっちまうのは仕方ねぇっていう危ねぇもの。

だけどリュウファは達人の中の達人だったからなぁ。審判は完璧だった。誰も文句を差し挟めなかったほどの、完全無欠な判定だ。

試合は総当たり戦で、全員が全員と戦う。

最後に勝率が高いということで残ったのが……俺とルゥヒだったんだ。

他の奴らはもちろん強かったさぁ。次のリュウファ候補として、クアラの代理として選ばれるほどの武芸者連中、一筋縄ではいかない戦いの連続だぁ。

木剣の寸止め試合とはいえ、それでも接触はある。というかリュウファの考える一本の判断は完璧だが、完璧故に約束稽古でやるようなぬるい一本は有効とは認めてくれねぇ。一戦一戦、全力で戦うしかリュウファの一本を得られる方法はねぇ。

当たっちまうのは仕方ねぇっつったよなぁ？　実際、当たってたんだよなぁ。あちこちに青痣《あおあざ》を作ってた。骨にヒビまで入っちまってたかもなぁ。

それでも俺とルゥヒは残ったんだ。最後まで。

最後に勝った一人がリュウファとなる。

「なぁルゥヒぃ」

「なんだ、ビカ」

あの日、俺たちが人間同士だった頃の最後の会話。

「悔いのない戦いにしようぜぇ」

「……あぁ、そうだな。僕とお前の、最後の戦いだ」

俺は獰猛《どうもう》な獣のように歯を見せながら笑い、ルゥヒは薄く笑って目を細めた。

互いにボロボロだったが、ここで戦えることは嬉《うれ》しかったからなぁ。

さぁ、これが俺の集大成。木剣を握る手と、地面に食いつく足の指に力が入る。慌てるな、力を抜け、目の付け所を間違えるなよぉ俺。

だけども、最高の舞台でルゥヒと戦える興奮に、知らず知らずに気が逸《はや》る。

ルゥヒもまた薄い笑みを浮かべたまま、静かに木剣を構えた。

あとは開始の合図があれば――。

「そこまで」

しかし、その願いは叶《かな》うことはなかった。俺とルゥヒは驚いてリュウファを見る。

今のリュウファは『俺』と呼ばれている人格。リュウファの中で最強の男。

その男が、俺とルゥヒの間に立った。

「選定の儀はここまでとする。次のリュウファは決まった」

なんと？　と俺とルゥヒは驚いてリュウファを見た。

「死んだ『我』は愚かな男だった。リュウファになりながらリュウファとしての研鑽《けんさん》を怠《おこた》り、己《おのれ》の才に自惚《うぬぼ》れ、戦いで驕《おご》り、その強さで油断した結果……あの戦《いくさ》で死んだ。情けないことだ！　『リュウファ・ヒエン』とは一つの目的のために作られた、達人が永遠に研鑽を続けるための歯車にすぎん。なのに『我』はリュウファになれたことで満足してしまった……。

だから、この選定の儀では……強さ以外の面も見ていた」

強さ以外の、面？

参加していた俺以外の武芸者たちも驚きながらリュウファを見つめていた。次にリュウファの口から出てくる言葉、それを聞き逃さないようにするために。

もちろん俺も同様だぁ。強さだけでなくそれ以外も見られていた、というなら緊張もすらぁ。だけど、俺は確信していた。

選ばれるとしたら、俺かルゥヒに違いねぇ、と。

なんだかんだ言ったってリュウファになるにゃあ、強さが大前提だ。強くなきゃリュウファになれねぇ。リュウファになるってことは、リュウファに取り込まれて達人の人格の一人になるってこった。

グランエンドではそれは、武芸者にとって最高の誉れってされてんだぁ。たとえ名をなくそうが、自分の体を失おうが、リュウファに選ばれること自体がこの大陸の最強の一人として名乗りを上げられるってことだからなぁ。

その誉れのために、俺もルゥヒも努力を続けてきたんだ。最後まで残ったのは俺とルゥヒだ。

だから、俺たち二人のうちのどちらかだ。

そして、選ばれるのは、俺だぁっ。俺の方がルゥヒよりも強《つえ》ぇかんなぁ！　強さ以外の面だって自信はある！

俺は努力家だ。ここに来るまで、血反吐《ちへど》を吐くような努力を続けてきた。

一日も休まず弛《たゆ》まず、油断せず驕《おご》らず、ひたすら鍛錬を重ねてここまできたんだぁ。

だから、リュウファの基準で言えば俺が選ばれるはずだ！

「次のリュウファは、こちらのルゥヒとする」

……はぁ？　俺は思わず呆《ほう》けてしまっていたんだぁ。あんぐりと口を開けて、情けない声が出ちまった。

「ルゥヒはリュウファとしての素質は十分。強さもある。ふさわしいと判断する」

「え、いやぁ……あのぉ……」

「リュウファ様。何故《なにゆえ》僕なのですか？　僕はビカと同じくらいの強さ、そしてビカは鍛錬を黙々と、毎日毎日続けていける忍耐力と向上心、克己心《こっきしん》があります。あなたの言った事を基準とするなら、僕よりもビカの方がふさわしいはずです」

ルゥヒがしっかりとリュウファを見て言った。

俺は、それを目を見開いて何も言えないまま驚いて聞いてたさぁ。こいつが俺の努力を、稽古を、ちゃんと見て知っていたなんて思わなかったからよぉ。

だが、それはルゥヒだって同じはずだぁ。俺と違って毎日やってるわけじゃねぇよぉ、そりゃあ。でも、体が壊れないように、疲れが残らないように、体と技と精神が成長し続けられるように適度な間《ま》を取ってやってるのは知ってらぁ。

俺が継続の天才ならば、ルゥヒは効率の天才だぁ。

「いや、俺も、その、ルゥヒがちゃんと、休憩もしながら稽古してんの、知ってて、なぁ」

俺ばかりがルゥヒから良いことを言われてしまっては、俺のプライドが傷つくわぁ。だから俺も、たどたどしくルゥヒのことを褒めようとした。言葉は、その、照れくさくて詰まっちまうけどなぁ。俺は褒めるのが下手くそだからよぉ。

リュウファは俺の言葉を聞いて、頷《うなず》いた。

「二人の稽古のことは知っている。ビカは努力を続けられる。ルゥヒは効率よく動ける。リュウファにとって必要な素質だ。『俺』自身、二人のどちらをリュウファとして迎え入れるか悩んだほどだ」

「なら、なんでルゥヒを」

「ビカ」

リュウファは俺を見て言った。

「リュウファとなる、ということは……人間の寿命からは外れる。『俺』自身も、もはや人間の寿命のそれからは大きく外れている。お前のように努力を続けられる人間がリュウファとなれば、お前は自分が壊れるまで努力を続けるだろう。それは、リュウファとして迎え入れるには大きな問題がある。人の寿命から外れるほどの時間を全て鍛錬に費やし勝手に壊れる。我らは肉体を共有しているのに、自爆する者など迎えられない」

頭を大槌《おおづち》で殴られたような衝撃が、俺を襲った。

そりゃそうだぁ。努力を否定されたんだからなぁ。勝手に壊れる奴、そう思われちまってたってこったぁ。

「俺、は」

震える唇で言葉を吐き出そうとするが……無理ぃ。衝撃が強すぎて何も言えねぇ。

その間にも、リュウファは俺の目を見る。

「事実、お前の体は崩壊寸前だ。あと少し、何かが狂えば破滅する。今はギリギリのところで堪《こら》えてるだけだ、それがいつ破綻《はたん》するかわからない。運がいいだけだ。

『俺』からお前に言えるのはただ一つ。体を虐《いじ》めるだけが鍛錬じゃない。心しておけ」

リュウファの言葉は俺の耳に届くが、頭ん中までは届かねぇ。

俺の努力の形が、結末が、こんな形で否定されて終わるのか、と。絶望して立ち尽くすしかなかった。

動けないままの俺の前で、リュウファはルゥヒと相対する。

「ルゥヒ」

「はい」

「おまえを新たなリュウファとして迎える。覚悟は、できているか？」

リュウファの言葉に、ルゥヒはその場に膝をついて頭《こうべ》を垂れる。

穏やかな声で、返答をした。

「はい。僕はリュウファ様の一部となります」

「わかった」

リュウファはルゥヒを抱きしめた。両手を広げ、しっかりと胸のうちに抱くように。

「では、お前は今日からルゥヒという名前を失う。お前は今日から、リュウファ・ヒエンの人格の一人……『僕』と名乗れ」

リュウファの言葉と共に、ルゥヒの体が徐々にリュウファの体へと吸収されていく。

まるでそれは、リュウファという巨大な湖にルゥヒが沈んでいくような。

ルゥヒは一切抵抗せず、リュウファの体に呑《の》み込まれていったんだぁ。

「……よし」

ルゥヒの姿がなくなり、リュウファだけがそこに残った。

リュウファは姿勢を正すと、顔を隠すように手で覆う。

すると、体中が不自然に隆起を始め、体つきに変化が起こった。

あまりにも不気味で、あまりにも不自然。唖然《あぜん》とする俺をよそに、リュウファは……体も、顔も、ルゥヒになった。

「……ルゥヒ、かぁ？」

俺はルゥヒの顔になったそいつに声をかけた。

頼む、ルゥヒだと言ってくれぇ。

俺の幼馴染《おさななじ》みが、親友が、好敵手が、超えたいと思った男が。

こんな形で、戦うこともなく競うこともなく、離れていっちまったんだと信じたくねぇんだぁ。

俺の悲痛な声に、リュウファは……ルゥヒは俺を見た。

感情のない、目つき。無表情な顔。

ルゥヒは口を開いた。

「いや、僕はもうルゥヒじゃない」

俺の体から、体温が全て抜け落ちたかのようだった。

ルゥヒは続ける。

「僕は、『僕』だ。リュウファ・ヒエンの六人の一人……『僕』という人格だ。もうルゥヒという男はどこにもいない」

何も言えなかった。

何もできなかった。

俺たちは確かに、リュウファを目指した。リュウファになることを目的としていた。新たなリュウファの一人となって、武の達人であることを証明し、武を極め、最強の人間になりたかった。それは嘘《うそ》じゃねぇ。

もしこれが。もしも、だ。

俺とルゥヒが尋常に戦い、互いに勝敗に対して納得できた結果なら俺は何も言わねぇよぉ？　当然の結果だ。

そして、リュウファになるってことは人外《じんがい》になる、そういうことだと俺も知ってたし覚悟はしてたつもりだぁ。詳しいことは知らねぇが、それも受け入れるってよぉ。

でもどうだ？　好敵手と戦うこともなく敗北と判断され、努力を否定され、生き方を否定された。

「聞け！　みんな！」

その間にもルゥヒ……いや、『僕』が全員に向けて口を開いた。

「新たなリュウファは『僕』となった！　選定の儀はこれにて、終わりとする！

リュウファとなれなかったことに絶望する者もいるだろうが、ここに呼ばれるだけの者たちなら他の道もある、実力があるから出世も思いのままだろう！　折れるな！　逃げるな！　戦いのために生きてきたなら、まだ生きて戦え！」

「「「はっ！」」」

全員が大きな声で返事をし、目に光が戻っていく。

他の奴らはリュウファになれなかったことで、自分の道が閉ざされたと思って暗い顔をしていたが、今の『僕』の言葉にまだ頑張れると思ったんだろうな。

だけど、俺は違うんだよなぁ。

もうリュウファになろうなんて思ってなかった。ただ、この最高の場でルゥヒと決着をつけたかった。その機会を永遠に失ってしまった。

絶望感だけが、俺の体を包みやがったんだぁ。

終わってから、俺は自宅に戻った。家族は俺がリュウファになれなかったことに残念がってたが、俺は別の目的を見つけて頑張ることにしたんだぁ。

布団の中で今日のことで泣いて泣いて……泣きまくって、寝て、朝起きて朝日を浴びてるときに閃《ひらめ》いたんだよなぁ！

国主であるギィブ様の側用人になることだぁ。

「いや、お前にゃ無理だろう」

「俺ぁやるぞ！　俺はクアラさんを超えるんだよぉ」

次の日、俺は親父の前で啖呵《たんか》を切るように言い切った。家に併設された道場の床に、あぐらで親父と対面するように座って、話してた。

しかし親父は俺の目標を聞いて……俺と似てるが老けてごつくてシワのある顔で悩み、考え込むようにしてから言った。

「まぁ……ルゥヒがリュウファになったから、やけくそになる気持ちはわかるけどよ。だからって側用人はねぇだろ、側用人は」

「なんでだよぉ！」

「側用人は単純に、ギィブ様を守る武力だけありゃいいってもんじゃねぇぞ。頭の良さだって必要だ」

「うっ……」

親父の言い分は正しい。俺は言葉を詰まらせた。

側用人ってのはギィブ様の護衛って意味だけじゃねぇ。ギィブ様の予定の把握や仕事の時間配分、他の人の話を精査してギィブ様へ伝えたり、上がった報告書や情報から推測を立てたり、関係部署との連係だってある。

頭の良さと要領の良さ。この二つも必要になるぅ。

なのに俺は武術ばかりやってたから、頭が良くねぇんだよ。勉強が苦手でよぉ。

だけど……。

「俺ぁ……ルゥヒと決着をつけられなかった……心残りがあんだよぉ。

クアラさんは眼病を患《わずら》っちまって決着どころじゃねぇ……だから、クアラさんがリュウファの選定の儀に選ばれる前に、かつて後任として声を掛けられてた側用人に俺がなれりゃあさ、クアラさんを超えられると思うんだよ。

それをやって、やっと俺ぁルゥヒとクアラさんの隣に立てるんだよぉ」

俺の悲痛な言葉に、親父は悲しそうに顔を伏せた。

リュウファになる目標を失った。親友と好敵手はいなくなった。

残ったこれだけが、俺の生きる道なんだよ。

「……わかった」

親父は悩みに悩み……そして、口を開いた。

「やるだけやってみろ。今の側用人も、もう年を取ってるからな。さらにクアラはあの調子だ、別の後任を急いで探してることだろうよ」

「親父！」

「だが、だ」

親父はにんまりと笑った。

「お前にはとことん勉強と稽古を頑張ってもらうぞ。なんせ今まで、リュウファになるってことで勉強は免除してたんだ。それが側用人になるってんなら……勉強は不可欠だ」

俺は、この目標を思いついた俺自身を秒で恨んだ。


ひたすら勉強をした。稽古も積んだ。

今までやってこなかったからなぁ、ほぼほぼ一から勉強してるんだ。

読み書き計算、書類の書き方見分け方、事務作業に書類仕事に礼儀作法。

他にも上げればキリはねぇが、ともかく側用人になるための勉強を容赦なく、これでもかと詰め込まれたなぁ。

「寝るな！」

「眠いんだよぉ……」

慣れない机での作業に、俺はすぐに眠気に負けそうになるんだよぉ。勉強してたら眠くなることって、あるだろぉ？　そんな感じだぁ。

俺は机の前で書き取りしたり家庭教師に教えてもらったりしてたんだ。家庭教師も、俺の勉強不足やバカなところに溜め息をつくほどだった。

俺の前で親父とこんな会話をするくらいだ。

「失礼ですが、ビカさんに勉学は向いていないかと……それよりも武芸を極め、武芸指南役を目指した方が」

「俺もそう思ってるがよ。今の武芸指南役はコフルイ様だ。あの人は生涯現役を謳《うた》ってるし、アユタ姫の護衛という地位に就いていらっしゃる。今までの実績や地位も、実力も、知識も立ち回りも、経歴も……何から何まで、今のビカじゃあコフルイ様には敵《かな》わねぇよ。そっちは無理だ」

「そうでしょうけど……」

俺の頭の悪さは認めるがよぉ……そんなことを俺の目の前で話し合わなくてもいいだろっ、と心の中で叫びながら二人を睨《にら》み付けてたさ。

それでも時間は、日にちは過ぎていく。側用人になるための勉強、護衛を全うするための稽古。どっちも死に物狂いで頑張った。

家庭教師も俺の努力を見て驚くほどだぁ。

「正直、ここまで頑張るとは思っていませんでした。途中で投げ出すかと思っていましたし、せめて読み書き計算と事務作業がちょっとできればいいな、くらいを目標に設定していました」

「まぁお前さんの見立ては正しい。俺もそう思ってた。でもな、こいつは努力と継続の天才だ。やると決めたことはとことんやる。だから頑張れるんだよ」

家庭教師が出す試験の得点が伸びていく頃に、俺の前で二人が会話をする。一年の努力で俺の頭はだいぶマシにはなった。

俺自身も試験の得点を見て驚いたし、親父と家庭教師も満足そうにしてた。

でも……。

「しかし、側用人になるためにはまだ努力が必要です。ようやく基礎をたたき込めた状態なので、ここからはひたすら知識を積み上げていく必要があります」

「えっ」

俺は驚きのあまり家庭教師を見る。

でも親父は当然だって顔をして、腕を組み溜め息をついた。

「当たり前だろ。お前が身に付けた教養は、まだ基礎の段階だ。いや、一年で今までやってなかった基礎を覚えることができたってのも立派なんだが」

「そうですね。普通は幼少の頃からビカさんの年齢まで、時間をかけてじっくりと覚えていくものですから。それをたった一年で修めたのは凄《すご》いことです。

でも側用人になる人は、ビカさん以上の時間をかけてビカさんよりずっと質の高い勉強を積んでいます。生半可な努力では、なれませんよ」

二人してにまーっと笑いやがった。

「じゃ、もっと頑張ってもらいましょうか」

まだまだ俺の地獄の勉強は続くらしい。大きな溜め息をつきながら筆を取る。

さらに半年。このままの進捗《しんちょく》では側用人になるのは間に合わないと思った俺は、睡眠時間も削って勉強を続けた。毎日毎日、稽古と勉強だ。

あまりの努力具合に家庭教師と親父は俺の体を心配してたんだが、時間がないのは二人ともわかってる。だから、俺の体調を気遣いながらも勉強に付き合ってくれた。

その甲斐《かい》あって……俺は側用人になるための試験に間に合った。

この告知は、勉強が終わった日ちょうどに行われたんだよ。

つっても、俺の家には告知書類は来てない。まぁ、俺自身が勉強していなかったから、側用人の試験を受けないと思われてたんだろうな。

この試験は単純明快、今の側用人に欠員が出たから行われてる。側用人っつったって一人だけじゃねぇ、ギィブ様の一番近くで仕事をする奴もいれば、別の要人の側用人になる奴だっている。

でも試験に受からなければ、どのみち側用人にはなれねぇ。ともかく狭き門なんだぁ。

ちなみに詳しい試験のあれこれは俺は知らん。だいたいを親父から聞いてるだけぇ。

「行ってくる」

「行ってこい」

「頑張っておいで！」

俺の出発を、親父とお袋が見送ってくれた。お袋なんて泣いてんだよなぁ。

お袋は俺が勉強しないで稽古ばっかりしてたから心配してたんだが、この一年と半年の勉強への努力具合を見て、感動のあまり泣きまくってるんよぉ。

意気揚々と試験会場に着いた俺は、自分にあてがわれた席に着いて待っていた。

大会議場の畳の上に机が並び、大勢の男が来ている。こいつら全員が敵だ、という気持ちで見てたなぁ。

時間まで集中しようと思ってたら、突如として試験会場がざわめいた。

「嘘《うそ》だろ……」

他の奴らの驚きの声に反応して振り向くと、そこにいるはずのない人物がいたんだ。

クアラさんが、そこにいた。

目を閉じたまま、杖《つえ》をついて足下を確認しながら歩いている。

まさか、ありえない、なんでここに？

俺が驚愕《きょうがく》して動けないままなのに、クアラは目が見えているかのような感じですらすらと歩く。

そのまま俺の隣に座ってから……何かに気づいたように俺を見た。

「この感じ……もしかしてビカか？」

「あ、ああ。俺だぁ、クアラさん」

なんで俺のことがわかったんだ……？　どうやって？　目が見えてないんだろぉ？

困惑したままの俺に、クアラは笑いながら言った。

昔、俺とルゥヒをぶちのめしながらも笑いながら俺たちへ指導をしてくれた……あの頃のクアラのまま。

「あぁ、なんで某《それがし》が目が見えているかのように動けるか、ってことか？」

「そうだよ、クアラさんは目が……」

「決まってる」

クアラは顔を前に向けてから、笑みを浮かべたまま言った。

「訓練したんだ」

「訓練……？」

「そうだ。訓練だ……かつてグランエンドにいた、盲目の剣士。彼女の伝承を読んだことがあったのを思い出してね。その伝承を元に、訓練してたんだよ」

盲目の女剣士。

クアラさんが語るそれは、グランエンドの英雄譚《えいゆうたん》で昔の話だぁ。

昔々のグランエンド、当時の国主様の側用人にまで上りつめた女性がいた。

でもその人は生まれつき目が見えなかったと言われている。周りの口さがない奴らに何か言われても、両親は彼女に教養と、目が見えなくても生きていけるための術《すべ》を一所懸命に授けたと。

　そして彼女は教養と腕っ節を身に付け、美しい女剣士に育ったって話だったなぁ。そこから自分を育ててくれた両親に報いるために側用人の試験を受けて合格し、最後には国主様の側用人にまでなったって。

　女剣士は目が見えないながらも、目が見えてる人間以上の知覚能力を発揮して国主様を支えた。

　最後は愛する人と結婚して幸せになったって話だったが……あれを本当だと思って訓練してたってことかぁ？

　正直、正気じゃねぇと思ったよ。

　なんせその昔話の中で女剣士は、自分の周囲を探る術として優れた三つの力を持ってたって話だ。

　一つは耳の良さ。周囲の音全てを判断でき、どんな小さな音でも、どんな遠くの声でも、どんなに似通った音でも聞き分けることができたという。その聴力で周囲にある全てを知覚していたとか。

　二つ目は肌の感覚。触覚の敏感さとか風の感触を掴《つか》むとかそういうもんだけでなく、剣士として感じる気……みたいなもんを感じて、自分の意識とは別に自然に動けたらしい。殺気や闘気だけじゃなくて悪意とか、善意とかまで肌で感じてたとか。

最後の三つ目は杖《つえ》。これは耳と肌の合わせ技らしく、詳しいことは知らないが……杖を突いたときの音の反響を、耳と肌で感じ取るって話だ。これによって目で見る以上の情報を得られるとかなんとか。さすがに昔話の中での言い伝えだろ……と思ってる。

三つの技を本気にして訓練してたってことか？

「クアラさん、確か女剣士って三つの技がどうとやら」

「ああ、そうだね。某《それがし》も目が見えてた頃は嘘《うそ》だろって思ってたよ。さすがに後の世で創作されたものだろって。

でも……目が見えなくなった某は、創作の話だろうがなんだろうが、それに縋《すが》るしかなかったんだ」

そして、とクアラがこっちを見る。目は閉じてるはずなのに、首がこちらに僅かに向いた動きで『目で見ている』と錯覚させられるんだ。

「伝説のような話の中にしかないこの三つの技に縋り、訓練を続けた結果……その感覚に目覚めることができた。だから某は、こうして試験を受けられるってわけだよ」

クアラは何でもない様子で答えるが、俺は背筋に氷を突っ込まれたかのような寒気と、冷や汗が流れる感触を覚えた。

この人がそれに目覚めるまで、どれほど血反吐《ちへど》をぶちまけるような努力を重ねてきたのかと思うと泣けてくるし、何が何でも復活してやろうという決意と覚悟に圧倒される自分がいる。

俺は自分のことを努力の天才だと思ってた。継続の天才だと思ってた。

でも違う。

本当の天才は、このクアラなんだよ。

武術、学問、人柄、頭脳だけじゃない。努力、継続と執念、覚悟の天才。

本当の天才が目の前にいた。

それに比べて俺は……どうだぁ？　たかだか一年半、自己満足の努力を積み重ねただけ。それも学問だけだ。

けどクアラは勉強もやってただろうし、目が見えないながらも日常生活を送るための動作、武術を身に付ける稽古、目が見えないまま文字を読むための訓練を続けた。

あらゆる努力を、執念と覚悟を持ってやり遂げてここにいる。

まるでお前の努力なんて、その程度だと言わんばかりに。

「さて、そろそろ試験だ」

クアラは何でもない顔をして言った。

「今回合格するのは三名らしい。ギィブ様の側用人と、他の要人の方々についている側用人の二名が退職なさる。頑張ってこの狭き門に入らないとね」

多分、クアラは俺を気遣ったんだろうなぁ。三人の中に入って、一緒に働こう。その程度の励ましだったんだと思う。

だけど、俺にとってはこの上ない皮肉に聞こえてしまっていた。

ただの励ましだともわかるし、三人の中に入れてもギィブ様の側用人の座はクアラに決まってると牽制《けんせい》されてる気分にもなるし。

結局、俺は集中しきれないまま試験に挑むこととなってしまった。


試験が終わった後、俺は放心状態のままクアラと話すこともできず帰宅。

親父とお袋の言葉が聞こえないまま自分の部屋に籠もり、泣いた。

気が抜けたまま……数日後の結果発表。

そこに、俺の名前があった。

当然だがクアラの名前もあった。

一緒に試験結果を聞いた親父は俺の合格を聞いて喜びながら、クアラも試験を受けて、しかも合格していたことに驚いていた。

まぁ、そのことは俺が何も話さなかったせいだけどなぁ……。

「クアラも、クアラも試験を受けていたのですかっ？　合格もしたとっ？」

「そうです」

道場の床に、俺と親父とお袋、対面に試験官が座って話をしている。

親父の質問に試験官は粛々《しゅくしゅく》と答えてくれた。こういうとき、秘密にするもんじゃないのかとも思ったが、試験官は饒舌《じょうぜつ》に語ってくれたよ。

「こちらとしても予想外でした。クアラはもともと、ギィブ様付きの側用人であるあの方が目に掛けて、後任として推薦していた。でもクアラがリュウファ選定の儀に選ばれたことで残念がっていたが、さらに眼病を患《わずら》って失明してしまった。あの方にとって、自分の後を託せる後継者がいなくなってしまい、悲しみはとても深《ふこ》うございました」

「それで……訓練と稽古の末に、目が見えている以上の動きができてると聞きましたが」

「間違いありません。こちらとしても確認しました」

試験官は持っていた紙のうちの一枚を取り出し、目を通す。

「眼病で失明した後、クアラは家からとても酷《ひど》い扱いを受けていたそうです。食事は出すけど、一切の介助を行わなかったとか。だからクアラは自力で、目が見えない中でも生きる術《すべ》を身に付ける方法を編み出し、習得する必要があったそうです」

「なんと……」

「こちらの調査の結果、虐待の痕も確認できました。背中や肩に、青痣《あおあざ》と切り傷がたくさんあったんですよ。あれだけの才人に対して、見えないところを狙って攻撃を加え、無体な扱いをするとは……！」

試験管の目に、明らかな怒りがあった。話を聞いた親父とお袋だって、怒りを露《あら》わにしている。

だけど、俺はそれをどこか醒めた目で見ていた。

「ですが、クアラは目が見えずとも目が見える者以上の動きができるようになり、側用人の試験に合格しました。ルゥ……いえ、リュウファとしての新たな人格、『僕』も輩出した家です。本来なら手厚く遇するのが当然でした。

しかし、クアラに対するあまりの扱いの酷《ひど》さと、『僕』さんへの無関心な態度と、親としての適性が低いことが、調査の結果明らかになりました。故に、あの家の当主はクアラとし、先代当主関係者は一門を背負う資格なし、ということで隠居させます。

これは、ギイブ様が話を聞いて怒り、またクアラの努力を聞いて天晴《あっぱ》れと評価したことにもよります」

「良かったなぁ、クアラは」

親父は安堵《あんど》している。クアラは親父にとっても、俺と遊んでくれたり稽古を付けてくれたりした恩人だ。心配するのは当然だ。

お袋だって安心してた。お袋もクアラのことは気に掛けてたからな。それでいいと思う。世話になった相手の心配をするのは、人としての当たり前の優しさだ。

俺もその気持ちはわかる。二人の気持ちはわかるし、話を聞いてクアラへの印象も良くなった。

ただ、それだけだ。

クアラが側用人の試験に受かった。それが示す事実はただ一つ。

「一つ聞いていいかぁ、試験官」

「何かね？」

試験官は不思議そうな顔をして俺を見たが、すぐにギョッとした。

俺の顔は、このとき無表情すぎて人形のようだったと、あとで言われたわ。

「クアラさんが合格したってことは、ギィブ様付きの側用人はクアラさんってことかぁ？」

俺の言葉に、親父とお袋が泣きそうな顔をして俺を見る。試験官も同じ、悲しそうな顔をした。

──ああ、そうだろうな。ありがとうよ。その顔だけで全てを察したわ。

「そうかぁ」

俺は一言だけ残し、立ち上がる。

「待て、どこに行かれる」

試験官が慌てて俺を止めようとしたので、その場に立ち尽くした。

「どこにもぉ。部屋に籠もるだけだ」

「……ビカは合格したんだ。胸を張っていいんだぞ。

知っている、君がギィブ様付きの側用人を目指していたと。死に物狂いでこの一年半、勉強していたと。君が雇った家庭教師は私の友人で、君の頑張りをいつも聞いていた。君の合格を一番に望んでるのはあいつ――」

「やめてくれぇ」

俺は、俺はもう続きを聞きたくなかった。親父もお袋も、俺が何を言うのかを察しているのだろう。つらそうだが、何も言わないでいてくれる。

試験官が立ち上がり、俺の腕を掴《つか》んだ。

「いいか！　君は合格したんだ！　狭き門の中のさらに狭き門を、たった一年半の努力で、だけど死に物狂いの努力で合格したんだ！

胸を張っていい！　誇っていい！　自慢できるし結果は出てる！　だから」

「試験官さんよぉ」

俺はもう、泣きそうな顔のまま言った。

「俺ぇ、合格を辞退するわぁ」

ようやく出せた一言は、もう心折れた男の声。

好敵手であった親友を失い、見つけた目標も挫折した。

俺ぁ、もう、何を頑張ればいいか、わかんねぇや。

そこから数年間の記憶はまともにない。喪失と挫折の衝撃がでかすぎたんだ。毎日荒れ狂い、かと思えば部屋に閉じこもり、狂ったように稽古をし続け、最終的には街をふらついていたおっさんを半殺しにした。

そのおっさん、なんとグランエンドの六天将の一人、武天であったという。元々コネで六天将になった奴だったらしく、実力は俺より遥《はる》か下だ。

……と、思っていたのだが……このおっさん、コネで六天将になったとはいえ、それでも強者であることは間違いなかったらしい。俺はおっさんの後釜に座る形で六天将の武天の座に就くこととなった。

初めてギィブ様に謁見《えっけん》を許された日のことさえ、よく覚えてなかった。ギィブ様は何か、お褒めの言葉をくれたと思う。

だけどギィブ様の隣にいたクアラの顔を見て、俺は過去の挫折と喪失を思い出してまともに返答ができなかったなぁ。あとでクアラが話しかけてきたみたいだったけど、内容も覚えてねぇ。

そのまま武天として戦い、稽古を続け、名声を上げて……親父とお袋は俺が立ち直り、六天将の座に就いたことを喜んでくれてたなぁ。

俺の心は空っぽのままだったのによ。

そして数年後。俺は六天将の長であるミコトの命令を受けて、アユタ姫のいる砦《とりで》へと向かった。

「面倒くせぇことを命令するよなぁ、ミコトもよぉ」

俺はアユタ姫のいる砦《とりで》に到着し、肩を回した。

あの日から……もう数えるのもやめてしまうほどの年月。俺の体は急激なまでに変わっていた。

というか、痩せ細って皮と骨になっちまってた。

稽古のしすぎだろうか、それとも精神的疲労からくるものだろうか。

よくわからねぇが、俺の体はすっかり死人みてぇになっちまったんだよ。

だけど頭は妙に冴《さ》えてたり体は動いたりする。持久力や筋力はすっかりなくなっちまったが、その代わりに精神が肉体を完全に掌握する領域まで到達してるんだぁ。

なので、首都からここまで走ってきた。汗は流れねぇし息切れもねぇ。これも鍛錬だ。

「シュリの様子を探ってこい、反逆の兆しが見えたら容赦なく殺せ、か」

俺は砦の前に立って腕を組む。ミコトが命令してきた内容を頭の中で整理し、何が言いたいのか、その裏に求められてることを察しようとする。

皮肉にも、あの勉強の日々が俺に思案して判断する習慣をつけることになった。頭はそこそこ良くなってるはずだからなぁ。

「シュリ、ねぇ」

　砦に入る前に、俺はシュリのことを思い出そうとする。

　シュリ。ある日、いきなりギィブ様が探してたっていう料理人っつうことで、六天将への根回しも何もなしに紹介された男だ。

　見た目はそこら辺にいる、優男って感じだったなぁ。それにしてはミコトとアユタ姫以外では初めて見た黒髪だったけども。

　さらに変わった服装もしてた。あの材質、見たことがねぇ。

　結局あの後、六天将を先に下がらせたことでミコトの機嫌がめちゃくちゃ悪くなっちまって、俺は逃げたけどな。ミコトは俺たちの中でもギィブ様への忠誠心が一番厚い奴だ。だから、自分を差し置いてギィブ様と仲よさそうにするシュリが心底気にくわねぇって感じがありありと見えてたなぁ。

　そして、数日前。ミコトが六天将の長として、俺に正式な命令書を持ってきて、シュリを監査しろって言ってきたわけだぁ。だから俺ぁここにいる。

　で、ミコトの目的を察しようと思考をめぐらせれば……出てくる答えは二つある。

　俺ぁ腕を組んだまま、顎に手を沿えて呟《つぶや》く。

「一つは新参者が怪しい動きをしてないかの監視、もしくは証拠を発見してシュリを排除……だなぁ。もう一つは単なるミコトの嫉妬……」

シュリが間諜《かんちょう》である場合。これを理由に俺をここに派遣して監査させようってのは、一応理由としては正しいと思うし道理に適《かな》ってる。

……国主のギィブ様はああ言ってるし、安心しろみたいな感じではあったけどよ。

なんというか、シュリはなぁ……信用できねぇとかじゃねぇんだけどよぉ。

ほっとくと、とんでもないことをやらかすような予感がする。

シュリ自身は見た目通り、戦えもしないただの料理人で、その本質はただのお人好し……だと思いてぇ。ただ、どこか違和感がある。

まるで、自分たちと同じ形をしてるから人間だと判断してるけども、根っこの部分では別の生物って感じ、かなぁ？　ともかく、俺たちとはどこか違うんだよなぁ、あいつ。

そういう得体の知れない『何か』の違和感があって、さらにギィブ様の推薦とは言えども新参者。ミコトが警戒するのもわかる。

しかもそいつはギィブ様の娘……アユタ姫に仕えることになってるんだから気が気じゃねぇってのは無理もねぇ。アユタ姫は国主様一族の血を引く尊きお方だぁ。普段があんな荒くれ者みたいな生き方をしてるから、つい忘れがちになるがなぁ。

でだ……そういう意味では警戒するのはわかる。が、戦えもしない奴相手に俺を送り込むなんて大仰な真似をするかねぇ？　なら、嫉妬の方かもな

ミコトの嫉妬とは何か？　もう一つの理由としてあげちまうのはなぜか。

「でもなぁ……あいつのギィブ様への忠誠心は人一倍強《つえ》ぇ。六天将の長の立場を逸脱するほどになぁ。だからシュリが自分の与《あずか》り知らぬ形でギィブ様と話をする、優遇されるってのが気に食わねぇ、とかか」

俺は溜め息をつく。実はこのミコトの忠誠心の厚さの話は六天将だけじゃなく、グランエンドの軍部にいる者の間ではかなり有名な話だ。新入りが先輩から聞かされる、定番の話の一つだから。

俺はもう一度大きく溜め息をついて、腕を腰に当てる。正直、それが正解ならくだらねぇ。俺はもう呆《あき》れたような表情を隠すことはできなかった。

ついでに腰を反らして体をほぐす。

「まぁ、仕事なら、仕事なんだから、やんねぇとなぁ」

俺はニマッと笑った。

「ここにゃネギシとコフルイもいる。出稽古に来たとでも思やいいだろぉ」

俺はそう思いながら、砦《とりで》へと足を踏み入れた。

「……という経緯でここに来たんだよぉ」

「わかった。アユタはお前の滞在と、シュリを監査することを認める」

アユタ姫と面会した俺は、ここに来た経緯をアユタ姫に話していた。

俺が語る間、アユタ姫はこちらをじっと見ていた。まるで俺から、ミコトの意図を探ろうとしているかのような、そんな目つき。

椅子に座るアユタ姫の後ろに控えるネギシとコフルイも同様だぁ。俺の語り口や態度から、今回の任務の裏を探ろうとしてやがんのよ。

だがなぁ。

「一つ言っとくがぁ、俺がお前らに報告したことが全てだぁ。ミコトからは本当に、シュリが怪しい行動をしてないか調べろ、必要ならば殺せ。そうとしか言われてねぇ」

俺はおどけた様子を見せながら両手を挙げる。無駄な肉が全て削ぎ落とされた腕には、垂れる肉なんて一つもねぇ。

だが、アユタ姫は違った。

「怪しい。あのミコトがそれだけのことのためにビカを動かすとは思えない。ミコトは確かに忠誠心は強いけども……無駄なことはしないと思ってる。監査が必要なら、もっと無駄がないように……静かにアユタの砦《とりで》に普通の部下を送り込んでつぶさに、悟らせずに報告させるはず。

なのに直接ビカを送り込んでくるなら……それはもう、監査なんてただの名目だろう」

「儂《わし》も同じ考えです、姫様」

アユタの後ろに控えていたコフルイが口を開いた。

「ミコト殿は武も学も器も兼ね備えた方。直接ビカを送り込んで監査するなんて、誰の目から見てもそれとわかるような形でやるとは思えません。

なら、ビカを送り込んだ理由は無駄を一つ省いただけ、となるでしょう」

お、コフルイもアユタ姫もわかってるな。二人して嫌そうな顔をしてるが、まぁ正直俺もそう思っちまったなぁ。下らないから考えないようにしてたわ。

ネギシだけがちょっとわかってなさそうだ。わかったふりして口を開かないようにしてる。話し合いの邪魔にならないようにする配慮だろうな、それはそれで空気を読んだ賢さがあるってもんだ。

ただ、わからないままなのは可哀想だ。あえて答えを言ってやろう。

「だろうな。もうシュリを殺せってことだぁ」

ネギシは驚いたように目を見開き、体を震わせた。

アユタ姫とコフルイも直接、はっきりと言葉にしたことでさらに顔を歪《ゆが》ませる。見ようによっては俺を睨《にら》んでるとも言える。

二人の推測と俺の推測、三者の考えは同じってこったぁ。

シュリを殺せ、できれば大義名分を作って。それだけだ。

あいつのギィブ様への忠誠心の厚さは折り紙付きだ。同時に……六天将や近しい奴から見ればわかることもある。

なんか、ミコトはギィブ様に懸想《けそう》してる節がある。

あいつがギィブ様に声を掛けられたとき、褒められたとき、それどころか叱られたときなんかも嬉《うれ》しそうにしてるところがある。

別にそれはいい。部下が主君に懸想するなんて古今東西、あらゆる物語にだって記されてることだ。実に浪漫《ロマン》ある話だなって終わるだけだぁ。

でも、あいつのそれは忠誠心で無理に隠そうとした結果……おかしな方向に進んでしまうところがある。今回の件もその一つであり、過去にも何回かあったもんだ。

直近でいえば……ウィゲユのときだな。あいつは今、ギィブ様付きの料理人だ。クアラと同じようにギィブ様と近しいところで仕事をしてる。

ミコトはそれが気に食わないんだなぁ、これが。

具体的に言えば、ミコトはウィゲユが何かミスをしないかと逐一観察してたところがある。何か悪いことをしてたかと言えば全くしてない。まぁ……他人のミス探しは陰険なんだが、ミスを誘発したりいじめを焚《た》きつけるような真似は、してない。保証する。

事実、ウィゲユがいじめにあったりその弟子であるネィエが陰湿な攻撃をされたとき、その報告を受けて激怒していたくらいだ。やらかした奴らを処分するのにそれとなく手を貸していたなぁ。

で、結局ウィゲユはミスらしいミスはしてないし、むしろギィブ様付きの料理人として立派に働いてっから、もう諦めたらしい。最近は「まぁ、ギィブ様が喜んでるからいいか」と気持ちを切り換えていた。

「ウィゲユのときはまだ堪《こら》えていた。だけどシュリは無理だったんだろうなぁ。なんせ、ミコトをはじめとする六天将に席を外させてシュリと秘密の話だ。

だから我慢ができなくなったんだなぁ」

「はぁ……ミコト、本当にもう……困った人だ」

アユタ姫は疲れて呆《あき》れたって感じだ。

「ビカ、言っとくけどシュリを害するのは許さないよ」

「へぇ？　情《じょう》が移ったかぁ？」

口笛を吹きながら茶化す俺。

「情か。移ったかと言えば、移った。シュリはアユタの食育を担当してくれるんだってさ」

「食育？」

俺は訝《いぶか》しむ。そういえばアユタ姫は極端な激辛好きだったぞぉ。

シュリが、そんなアユタ姫の辛い物を求めて暴走するクセを、なんとかするつもりってことかぁ？　そりゃまた無謀な……。

俺が思わずコフルイに視線を向けると、静かに頷《うなず》いた。

「間違いではない。儂《わし》もその点に関して、シュリを信用するようになった」

なんとなんと。あのコフルイが……『老獪刀《ろうかいとう》』とまで呼ばれる武人が、シュリを信用するとはなぁ。俺は興味津々で、前のめりになってアユタに聞いた。

「へぇ。あいつ、そんなに料理が得意だったのか。まぁなんかウィゲユと知り合いっぽいらしいからな。繋《つな》がりで、あいつも料理が上手いってことか」

「……ん？　ウィゲユと知り合いってどういうこった？」

「謁見《えっけん》の時にな、ネギシ。あいつはウィゲユを見て驚いてたんだよ。ウィゲユも同様だったぁ。ありゃ……昔、知り合いではあったけどここで会えるとは思ってなかった、って顔だなぁ」

俺はあのとき、シュリとウィゲユが対面したときの二人の驚いた様子を思い出す。

「そのあとはどこか、憎い相手だが好敵手、互いに超えたいと思ってる喧嘩《けんか》友達って感じの空気だぁ、なんとも。何があったんだろうなぁ」

「……ギィブ父様が見つけてきたって？」

「正確にはリュウファが連れてきたってこったぁ。ガングレイブの元にいたのを、こう、攫《さら》ってなぁ」

「……ふーん」

アユタ姫はどこか興味なさそうな様子になる。椅子の背もたれに寄りかかり、天井を見上げた。

　が、俺たちは知ってる。これは、アユタ姫にとって思考中の態度なんだとな。

「……ウィゲユと同郷？　にしては……髪の毛が全く違う。ミコト以外にあんなに真っ黒な髪は見たことがないし服装もおかしい」

「俺は変わった格好だなと思ってたんだがな」

「儂も最初はそう思っておった。しかし……立ち振る舞い、考え方、料理の腕、仕草に肌の色、髪の色、顔つき……不自然や違和感に気づけば気づくほど、その考えは強くなってしもうた」

　アユタ姫とネギシとコフルイの三人が話し合う。三人とも、シュリのおかしいところには気づいていたけど、改めて、そう言えば、と疑うような顔をしてやがる。

「ここで話し合っても結論は出ねぇだろうなぁ。それこそギィブ様に聞かねえ限りは、真実はわからねぇかもなぁ」

　俺の一言に、アユタ姫たちはシュリに対する考察をピタッとやめてくれた。

「ごめん、話が逸《そ》れた」

「いいってことよぉ、俺もきっかけを作っちまったしよぉ」

「んで、改めて言うけどシュリを殺しちゃダメ。頑張ってるから」

　アユタ姫から再度の拒絶。視線を下に落とすと、アユタ姫は俺の言葉によっては、すぐ飛びかかれるように足に力を込めている。

ネギシとコフルイも同様だぁ。俺の一言で攻撃をしてくる雰囲気があらぁな。

……ここで三対一も面白ぇ。三人相手に俺がどこまでやれるかってのも試してぇ気持ちがあるぅ。

でも、今はミコトからの命令が優先だぁ。

「わかったわかった。ミコトの命令はあくまで〝シュリを殺せ〟じゃねぇ。〝反逆の意思があれば証拠を発見して殺せ〟だぁ。そういう様子がなけりゃ、俺も手を出すことはねぇよぉ」

「わかった」

アユタ姫たちの攻撃の意思が減るのを感じた。攻撃態勢も消えてるってことは、そういうこったなぁ。

「でぇ？　シュリはどこだぁ？　一応顔は合わせときてぇ」

「わかった、コフルイ」

「了解しました、姫様」

アユタ姫の命令に、コフルイはうやうやしく礼をしてから部屋を出る。あの上品な感じ、今の地位に至るまでによっぽど勉強して練習したっていう積み重ねが、これでもかと感じられるんだよなぁ。

さて、久しぶりにシュリに会うかぁ。


と、俺はそこから先の記憶を失った状態で目を覚ました。

「んぉ……なんだ、ここ」

俺はのっそりと体を起こして周囲を見る。大の男一人が寝るため休むためだけの部屋だ。ベッドと机と椅子しかねぇ。

体を起こして息を整えて、ようやく思い出す。

「ああ、そうだ。ネギシとやって、コフルイとやって、それから稽古を続けてぶっ倒れたんだったなぁ」

俺はようやく思い出して、顔を手で押さえて首を横に振る。疲れと乾きと空腹で、まいっちまうわなぁ。

俺は毎回こうだ。一生懸命、一生懸命と全ての稽古で全てを出し切り、気絶したらそこで終わり。という形で稽古と鍛錬を行ってんだぁ。

もう、こうするしかねぇって俺自身、思ってる。

ルゥヒとは戦うこともできず、リュウファには努力を否定され、クアラには道を奪われた。武天にはなれたが、ここは俺が望んだ場所じゃねぇんだよぉ。

今までの努力がダメなら……もっと努力するしかねぇ。鍛錬に鍛錬を重ね、鍛錬の中で休み、一日の全てが鍛錬になる。

時間と質、どちらも負けているならば、やることはどっちも頑張るだけ。

だから、寝る間《ま》も惜しみ、休む間も惜しみ、愉しむ間も悲しむ間も何もかもを捧げて鍛錬を重ねる。重ねる。重ねる。重ねる……。

いつの間にか俺の体は痩せ細り、骨と皮だけの存在となった。

持久力と筋力がなくなってしまい、俺は最初絶望したなぁ。なんせ今まで積んできたものの全てが、崩れたからなぁ。

結果として術理はこれでもかと体に叩《たた》き込めた。技の術理が体の全てを構成してると断言してもいいほど、俺の体は術理に従って動ける、と思ってるぅ。

けどまぁ、コフルイやミコト、リュウファとクアラにゃ勝てねぇ。六天将の中でミコトに次ぐ強さ、グランエンドでも上位五名の中に入っているという自負はあんだよぉ。

「……やるかぁ」

俺はベッドから下りて、床に手を突く。ゆっくりと力を込めて、倒立状態へ。

さらにゆっくりと、倒立腕立てを行う。腕への負荷、使ってる筋肉、動いている関節の一つ一つを意識するぅ。

「……筋力はねぇのに、こういうことができるのはなんでだろうなぁ」

鍛錬を行いながら、余裕があるように俺は呟《つぶや》く。床に近づき、離れ、近づき、離れ。

これを繰り返していくうちに無心になる。耳に聞こえるのは筋肉と骨の軋《きし》む音、自分の呼吸音、心臓の音だけとなっていった。

集中――と思っていたんだが、そこに闖入者《ちんにゅうしゃ》が現れちまった。

「起きてますかー？」

俺の意識が夢想の状態から現実へと引き戻される。

コンコン、と小さくノック音が響く。こんな時間に誰が来たんだぁ？

せっかく無心になれてたってのに、と俺は不機嫌になった。ここで鍛錬をやめて出迎えるかと考えたがそれはやめた。こんな時間なんだ、ちゃんと出迎える必要もねぇだろぉ。

……てか、今の声って聞き覚えがあんな？

「起きてっぞぉ？」

「入っても？」

「いいぞぉ」

気の抜けた声で許可を出す。ゆっくりと扉が開き、なんで聞き覚えのある声なのか理由がわかった。

「ビカさん、何を？」

シュリがいた。俺を見て驚いてる。

「んぉ？　起きちまったからさぁ、筋力鍛錬やってんだよぉ。昼間は、まだ鍛錬が足りなくて体力が尽きちまったからよぉ」

シュリは額に手を当てて天井を見上げた。

何かをぽそり、と呟《つぶや》いているが俺には聞こえねぇ。何を言ったんだ、こいつ。

何かを考え込み、覚悟を決めたように言った。

「ビカさん。あなたの体力不足は、ただ単に鍛錬のしすぎです。オーバートレーニング症候群と呼ばれるものです。このままでは死にますよ」

シュリの言葉に、俺は動きを止める。

ゆっくりと倒立腕立てをやめて、直立する。

「ふぅ……」

俺は大きく息を吐き、呼吸を整える。心を落ち着けてから、シュリを見る。

ダメだなぁ。心がざわめく。頭に血が上る。体がひどく熱い。

目の前のこいつを、何も知らないこいつをぶちのめして殺したい衝動に駆られ、なんとか押さえ込むのに必死だ。

「お前まで俺の稽古にぃ、文句をつけるのかぁ？」

俺はこれまで以上に、死に物狂いで鍛錬を積んできた。今までの俺の道を否定することは、もう許さない。

静かに激しい怒気が湧き上がる。返答を間違えたなら、この怒りを一身に受けてもらおうかぁ。さて、どう答える？

シュリは引かず、堂々と胸を張って答えた。

「はい。文句というか、反論します。

あと過去に、ウィゲユがあなたに僕と同じことを言ったと聞いています。そのとき、ウィゲユはなんと言って、あなたはなんと返したのですか？　今と同じ返答を？」

シュリがハッキリと答える。堂々たる態度だぁ……俺は予想外すぎて拍子抜けしたようなポカンとした顔になってたと思う。

てっきり怯《おび》えて謝ってくるかと思ったが……なんだろうなぁ、こいつの強気というか、いきなり胸を張ってハッキリと言える度胸って、どこからくるんだ？

だが、俺も言わなきゃいけねぇなぁ。こいつの質問に対する答えを。

「同じだぁ。お前と同じ、オーバートレーニング症候群とかいう名称を出して、俺が今後どうなるかを言ってたからなぁ」

「で？　同じになりましたか？」

「……まぁ、同じだなぁ」

ばつの悪そうな顔をして目を背ける俺。

そうだ。あいつは俺を心配して……いや、出世のためだろうな。俺の症状を改善し、ギィブ様の覚えを良くしようってかぁ？　穿《うが》った見方か？　今はどうでもいい。

「慢性的な疲労、日常生活の動作も鈍くなる、目眩《めまい》やだるさを覚えるってな。その通りだぁ……当たってるよぉ」

俺は言いたくはないが答える。歯切れ悪く答えるが、シュリは俺の動揺を見逃してなかった。

「他にもウィゲユは続けてたはずです。何を言ってましたか？」

シュリは目を細めて俺に問う。こいつ、全部知ってやがるな。さてはウィゲユから聞いたか？　こちらに来るまでの間に？　他の奴らのことも聞いてるのか？

だけど、誤魔化せねぇ。俺はそれを悟り、まいったと認めて手を上げた。

「あぁ、あぁ、そうだよぉ。ウィゲユはその後の俺の症状まで言い当ててたさぁ。眠れなくなる、物が食べられなくなる、精神が落ち着かず不安と焦燥が強くなって不安定状態になるってなぁ。あと、なんか病気のことも言われたよぉ。眠れないと食べられない、落ち着かないまで全部同じだぁ」

このときのシュリの顔は、なんというか答え合わせをしただけ、みたいな感じで平静だった。冷静に、思った通りの答えが出たのを確認しただけ。

シュリは多分、俺の終わりがわかってるんだろうなぁ。

だが俺は覚悟を決めた顔で言う。

「でもなぁ。俺には、もう時間がねぇんだよぉ。もう時間がねぇ」

「時間がない？」

「俺自身でもわかるさぁ。このまま続けてたら死ぬってよぉ。俺は弱いからさぁ、誰よりも努力をしなければいけねぇ、鍛錬を積まねぇとよぉ……リュウファに、追いつけねぇんだよぉ」

ああ、わかってるつもりだ。泣きそうな顔で俺は続けた。

「だから、生きてる間は鍛錬を積むだけさぁ。鍛錬を続けて続けて……死ぬ前に、俺自身の強さを証明したいんだぁ」

俺はあのとき、ルゥヒを止められなかった。決着をつけられず、リュウファになるのを見てるだけだった。

ああ、そうだ。リュウファになることは本来、喜ばしいことだってわかってる。俺だって目指してたんだ、その価値観は未《いま》だに変わってないつもりだ。

でも、ルゥヒが目の前で『僕』となり、俺の知ってるルゥヒは消えた。俺との戦いは、最高の舞台での決着は、永遠につけられない。その喪失感が、今の俺を形成している。

ふと拳を見る。昔よりも痩せ細り、肉がなくなり骨と皮ばかりになった拳。

鍛え上げた拳の骨が尖《とが》って見えるが、こんなものまやかしだぁ。下手に打てば骨が折れるんだよなぁ。

俺の体はもう、ボロボロだ。いつ死ぬかわからねぇ。コフルイ、ネギシ、アユタ姫にも止められたことがある。

アユタ姫からは、

「このままじゃ死ぬから休め」

とだけ言われた。ネギシからは、

「お前、どう考えてもこのままじゃ死ぬだろ。バカか」

と呆《あき》れられた。コフルイからは悲しそうな顔で、

「武天はかつて儂《わし》の弟子だった。そいつを超えて武天になったんだ。背負え」

と説教された。三人から心配はされてんだよなぁ。

だけど、俺はもう生きる気力がねぇ。

ああ、そうだ。やっと気づけた。俺はもう生きるのに疲れちまったんだ。

だからいつ死んでもいいからこそ、こんな無茶苦茶なことをしてんだぁ。そして、強敵に殺されりゃぁいい。

俺を見たシュリは、何やらつらそうな顔をしている。なんだ、同情したのかと憎々しく思っていたが。

「ビカさん。聞いてもらえますか？　僕が昔、経験した話なんですけど……」

唐突にシュリは、昔話を始めた。

なんとまぁ内容は酷《ひど》いもんだ。というか、明らかに嘘《うそ》だろって感じが強い。

昔、シュリがとある街のとある酒場で料理修業をしていた頃、その街には騎士団を養成してた訓練所があったってことだ。

ここがもう嘘くさすぎてダメだ。そんな訓練所のある大きな街って、国の首都くらいだろぉ。でもここで突っ込むことはせず、黙って聞いてみる。

俺を翻意させるために、どんな話が飛び出るか聞いてみようと思ったからだ。笑える話になれば、笑ってからシュリをぶん殴ろうと決めて。

だが、聞けば聞くほど内容に引き込まれていく俺がいたんだなぁこれが。

その騎士団ではとある老騎士が教官をしてたと。経験豊富で騎士見習いたちにも慕われてたとか。

しかし老騎士が引退して別の高名な騎士が教官となってから、地獄だったらしい。

酒場に来てバカ騒ぎしてた見習いたちが元気をなくしたことに疑問を抱いたシュリが、見習いたちに事情を聞いたところ……なんと教官がとんでもない訓練を課しているのだ。

朝の訓練は日が昇る前から始まり、とんでもないくらいの稽古量。訓練を休めばクビ宣告。昼休憩もほぼなく、訓練に次ぐ訓練。

夕方の訓練は死人が出ても死んだ奴が悪いって扱い。罵倒をしまくって殴って言うことを聞かせてひたすらやらせる。

死人が出ても、その高名な騎士は別の場所でまた教官職について、同じ事をさらに狡猾《こうかつ》にやると。

最後は告発されたことでクビになるが、見習い騎士たちはほぼ全滅、俺と同じ……それより酷《ひど》い状況になっちまった結果、訓練所は閉鎖されたんだとさ。

うーん、この嘘《うそ》くささ、とんでもねぇぞ。

まず、そんなとんでもないことをやらかしてる奴の話があるなら、俺が知らねぇはずがねぇんだよなぁ。グランエンドは鎖国的な体制を取ってるけどよぉ、一応は国外の情報だって入ってくんだよぉ。

俺ぁ確かに死ぬつもりで生きてるけどよ、弱い奴に殺されるのは勘弁だし御免被《ごめんこうむ》るわぁ。だから強い奴の情報はちゃんと目を通してるぅ。クウガとか、ヒリュウとかなぁ。他にもいるけどもぉ。

んで、その中には他国の軍事情報だってあるわけでよ。

確かに教官職で有名な奴はいるわぁ。やらかした奴だっている。賄賂《わいろ》をもらってたとか、森への行軍《こうぐん》訓練で遭難して部下を皆殺しにしたバカとか。

だからなぁ……シュリが話すところのとんでもねぇ教官とやらが本当にいるなら、報告書で見てるはずだし、グランエンドじゃすぐに笑いもんだ。

でもなぁ、俺はこの話を笑って切り捨てて、シュリを殴って終わらせることができねぇ。

シュリの顔がな、すごく悲痛だったんだ。

多分こいつ、自分が本当に経験したそれを、なぜかわからないが騎士団とかそういう形に置き換えて俺に言ってるなぁ。

なんのつもりか知らねぇがぁ……本質的な部分を、こいつは経験してんだろうなぁ。

こんな嘘くせぇ話でもどこか聞きたくなるのは、そういうこったぁ。

で、俺はこの話を聞いて考える。こいつは、必死に俺を止めようとしてんだぁってな。

同じような奴を目にして、同じ被害が出ねぇように必死こいてる。

……ちょっと気まぐれが、出ちまったなぁ。

「……それで？　お前は俺に、具体的に何をしたらいいって言うんだぁ？」

こいつが俺に何を言ってくれるのか。何をするつもりなのか。気になって聞いちまったわぁ。神妙な表情を浮かべて聞いてみた。

そしてシュリは真剣な顔で言うんだよぉ。

「稽古を休んでください。だいたい、一か月以上」

とんでもねぇことを吐《ぬ》かしたシュリに俺は激怒した。当たり前だぁ、続けてきた努力を一旦打ち切れってんだから、キレねぇ武芸者はいねぇよぉ。

なんだけど、シュリから諭《さと》されて仕方なく言うとおりにしてみることにしたわぁ。やるって言っちまったなら、やらねぇとなぁ。

なんだけど、次の日に目が覚めた俺はモヤモヤしている。

「落ち着かねぇ」

俺は目をぱっちりと開きながら呟《つぶや》く。

「落ち着かなすぎるぅ」

今日から何もするな。休め。一か月以上。

他の奴らにも似たようなことを言われて断り、とうとうシュリから言われて受け入れた言葉なんだがぁ……俺はなんともかんとも……落ち着かねぇんだよなぁ。

幼い頃から頑張ってきた。ルゥヒと競うように頑張ってきた。リユウファになるために頑張ってきた。リユウファになれなかったときも頑張った。心が折れてからも、妥協という惰性のままに頑張ってきた。

続けること。それが俺に残された才能なんだよなぁ。

「落ち着かねぇんだよなぁっ」

なのでここで少しやめろと、立ち止まれと言われても困るわけだぁ。俺は思わずベッドの上で身じろぎをする。

休む、そのために動かずに寝る。ジッとする。ボーッとする。

それができねぇ。無理だ。死ぬ。ジッとしてらんねぇ。

「体、解《ほぐ》すかぁ」

ベッドから起きた俺は体を伸ばした後、腕立て伏せの体勢を取る。軽くならいいだろ。

と、思った瞬間にドアが乱暴に開かれた。

「やっぱりな!!」

飛び込んで来たのはシュリだった。

俺が驚いて固まっていると、シュリはすぐに俺の肩を掴《つか》んで腕立て伏せをやめさせる。

小さく「油断できねぇなぁ」と呟いてるの、聞こえてっからなぁ。

「もしかしてと思って戻ってきたら、やっぱり鍛錬をしようとしてましたね！　やめましようね！」

「でも、眠れなくて、落ち着かなくてよぉ……」

「それもオーバートレーニング症候群の一つです！　さぁ、ベッドに横になって！」

という感じで無理やりベッドに寝させられた。

起きたら起きたで。

「……これを食え、と？」

「はい」

シュリが俺に出した料理はキノコの雑炊《ぞうすい》だった。シメジ、ニンジン、鮭《さけ》、醤油《しょうゆ》、塩、卵、ネギ、ご飯で作ったもの。上にはネギを散らしてあるぅ。

「……あのさぁ、もっと腹に溜まる物をよぉ」

「その、腹に溜まるものでは量を食べられないし、胃が疲労して受け付けないでしょ」

シュリの言葉に、う、と唸《うな》って黙るしかなかった。

「ほら、食べて食べて」

どんどん急《せ》かしてくるので、俺は観念するしかなかった。

「……仕方ねぇなぁ。食べるわぁ」

俺は面倒くさいながらも匙《さじ》を持ち、雑炊《ぞうすい》に手を伸ばす。

が、シュリの視線が気になる。ちゃんと食ってるのか確認するつもりなんだろうなぁ。

んで、その横にアユタ姫が現れた。なんか不思議そうな顔をしてる。ひょこっと現れたな、こいつ。

「シュリ、何してる」

「ビカさんの治療、みたいなことです」

アユタ姫がびっくりした顔でシュリを見て、次に雑炊を食べる俺を見てから言った。

「とうとう……治す気になった、と？」

「あぁ。まぁ、あんだけ言われちまったらよぉ。やるしかねぇよなぁ」

俺は淡々と雑炊を口に運びながら答えた。そうとしか言いようがねぇ。

この一連の流れで最も動揺していたのはアユタ姫みてぇだぁ。アユタ姫はシュリに腕を回して肩を組み、顔を耳に近づける。

二人して何かひそひそと話してんだが、俺には聞こえねぇ。まぁ、聞いてても仕方ねぇし。それよりも、食べることに集中してぇ。

この雑炊、かなり旨い。

米を使った雑炊も粥《かゆ》も、パン粥も食べたことはある。こんな体になってしまってから、年老いた親父とお袋は心配して俺の体でも無理なく食べられるものを、できるだけ用意してくれてた時期はあった。

あの雑炊とかも旨かったよ。それは事実だ。

でも、あのときと今とで大きく違うのは、俺に生きる気があるかないか、だ。

俺は今、この雑炊を食べながら猛烈に生きたいと思ってるぅ。

シュリが俺を思って作った雑炊。キノコや鮭《さけ》の旨みがたっぷりだ。食べてみれば、二つの食材が丁寧に処理されて、口の中でハッキリと歯応えとして伝わってくる。

食べ物をあまり食べられなくなった俺の顎にとって、ちょうど良い硬さの食材だぁ。そうだ、ものを食べるってこういうことだ。

今まで俺は、とりあえずスープとそれに入ってる適当な、食べられるものを胃に入れるだけのような食事を取っていた。長い間、食事とは噛《か》んで味わって食べるという喜びである、みたいなことを考えたことはなかった。

生きたい、という意思で食べる食事って、こんなにありがたいんだなぁってことを思い出したわぁ。

あと、卵でとじて醤油《しょうゆ》と塩で味を整えているのもいい。卵は滋養強壮に効果があるって聞いたわぁ。俺の体に不足してる力を、少しでも補おうとしてくれるのはありがてぇ心遣いだ。味付けと卵のコクも相まってスルスルと美味しく食べられる。

最後に乗せられた薬味のネギの爽やかな苦みで、口の中が雑炊《ぞうすい》の味だけに染まってしまうのを防いでくれてる。シャキシャキとした食感も効果があって、次の一口、次の一口と、食べる手が止まらなくなっちまうんだな、これが。

「うん、まぁ、旨いわなぁ」

俺は穏やかな気持ちで雑炊を食べ続けた。

俺が抱いた感想とか、シュリが食事に込めた俺への気遣いへの感謝とか……いろいろ言ってしまえば言える。たくさん言える。

まぁ、照れくさいからなぁ。これだけしか言えねぇ。

「胃に優しい料理なのはよくわからぁな。卵と味付けのおかげで物足りないってこたぁないし、ネギもいいわぁ。ちょうど良い薬味ってやつ？　この苦み。

キノコとニンジンも、雑炊にしては豪華だしよぉ。旨いよ、うん旨いよ、けどなぁ」

「もう一度言いますが、ビカさんはまだ胃が回復してません。いきなり肉とかドカ食いしたら、それこそ体調が悪化するかもしれませんので我慢してください」

……俺はこのとき、僅かだが食事を進める手を止めた。すぐに食事を再開したが、シュリに違和感を覚えさせてねぇことを祈るぅ。

こいつ、不思議なところがある。

「おめぇは医者か何かかぁ？　先日の話もそうだがよぉ、ずいぶんと詳しいなぁ」

そう、こいつは妙に詳しいんだぁ。俺はシュリを僅かに睨《にら》み、言動の変化やおかしいところを見逃さないように観察する。

シュリの言うとおり、俺の体は肉とかをドカ食いすれば、すぐに体調が崩れちまうんだぁ。胃が固形物を受け入れなくなりつつあるんだよぉ。

でも、普通の料理人がそれを知ってるもんかぁ？　少なくとも俺はそうは思えねぇ。

考えられるのは、こいつに医者の身内がいて経験談を聞いたかぁ。

もしくはこいつが医者としての知識を持ってるかだぁ。

……俺は一つ、思い出した。背筋に寒いもんを感じる。

ウィゲユも、こいつとほぼ同じことを言ってたことだぁ。

あいつも俺の体のことについて、こいつとほぼ同じことを言ってたんだよなぁ。あいつは俺の強情さから手を引いちまったが、もし……もしあの手を取って体の治療をしていたら、こいつと同じことをやってたんかぁ？

その可能性を頭の中であり得るかと考えて模擬的に実践、再現してみて……多分、そうなる可能性は高いとしか思えなかったぁ。

ウィゲユとシュリの知識は、どこか似通ってる。料理人としても、人としても、だ。となればウィゲユとシュリの故郷は似たようなところ、もしくは人生や知識、経験を得た場所が同じところって話になるぅ。

でも、あり得ないはずだぁ。

もしウィゲユとシュリがそういう場所にいたなら、俺たちが知らないはずはねぇ。何よりアユタ姫が知らないはずがないし、周りに知られてでもその場所の確認に動いてる。

料理の知識は群を抜き、しかも高度な教育まで受けられる土地。

そんなもの、俺は知らないぃ。

他の国が動いていない以上、そんな場所はないってことだぁ。

しかも、ウィゲユに至っては出自がハッキリしてんだからなぁ。二人が知り合いだった、という見方ができるのもおかしい。

「医者ではないので、こういう医療行為を聞いたまま行うのは抵抗がありますが……僕でもわかるのは、オーバートレーニング症候群で一番必要なのは休養なので、それに合わせてやってるだけです」

シュリは謙遜《けんそん》するように申し訳なさそうに言うがなぁ。そういう半端な知識に対する慎重さってのは、教育と知識の重要性と危険性を相当理解してないとできねぇんだよなぁ。

俺の中でシュリへの危険度、警戒度が爆発的に上がっていく。ミコトの命令がなくとも、もしかしたら危険性を察知して殺しにかかってたかもしれない。こいつは危険だ。危険なんだが……不思議とこいつには絆《ほだ》されるぅ。

「まぁ、お前を信頼すると決めたからよぉ、ちゃんとするさぁ」

俺は食事を最後までちゃんと取ろうと、雑炊《ぞうすい》を食べ続ける。

「それに……健康な体を維持するのも強さってのは、理解できなくもねぇからよぉ……こうしてちゃんと食事が取れるなんざ、本当に久しぶりだしよぉ……するすると食べることができて、胃に食べ物が入る安心感って、こうだったんだな……」

料理の味付け、できあがりは嘘《うそ》をつかねぇ。ウィゲユだってそうだ。あいつは国主のギィブ様専属の料理人だがよぉ。作る料理には必ず、ギィブ様への敬意と体を慮《おもんぱか》った心遣いがあるんだよなぁ。

遠目で観察してても、飽きないように体に不調が起こらないように食事を楽しめるように、と工夫してるのはわかる。ギィブ様が毎日、食事に満足してるからなおさらだぁ。

ウィゲユと同じ気持ちが、この料理には入ってるんだよなぁ。

そんなことを考えながら、俺は食事を楽しむのだった。

その後、俺はまた一眠り……をしたつもりになって起きる。

「ふぅ……まだ、眠れねぇな」

部屋のベッドに横になり、目をただ閉じて体を休める。

眠ってる、という感覚は全くねぇなぁ。ただ目を閉じて、呼吸を整えて、横になって体を休めてるだけ。眠ったときのような意識の消失はねぇ。

でも……確かになんか体が違うってのはわかる。

「……なまったか？」

少しだけ体が衰えてしまうことへの恐怖を覚え、体を震わせる。

よく考えたら体が衰えるもなにも、今の状態が昔と比べたら衰えてるんだと気づいてほくそ笑む。

「こんなに精神の余裕ができるたぁなぁ。シュリの治療も悪くねぇかもなぁ」

そんなことを呟《つぶや》いてからベッドを下りて、部屋を出る。いつもしていた筋力鍛錬もやめた。思わずやろうとしてしまうが、首を横に振って我慢する。

ここでやってしまったら、全て台無しになるぞと自分を戒めてなぁ。

食堂に着いた俺は、アユタ姫たちと話をするシュリを見つけた。何やら険悪なこともあったらしいが、その雰囲気が和らいでいる途中のようにも見える。

シュリは俺に気づくと挨拶をしてくれる。

「ビカさん。おはようございます」

「おう。てか、まだ寝てねぇけどな」

「そうですか」

なんてことのない顔で言う俺。椅子に座って、背もたれに体を預けて楽にする。

「はい。ではさっそく、こちらを食べてください」

シュリが俺の前に出したのは、またも雑炊《ぞうすい》。

だが、どこか前のもんとは違うのに気づく。

「おや、前のとは違うなあ」

俺は背もたれから体を離し、雑炊を観察する。思わずワクワクした様子が出ちまいそうだなぁ。

シュリが俺に匙《さじ》を差し出して、一言。

「ええ。明日も明後日も、胃に優しい料理が続きます。だけど全く同じ料理っていうのも飽きるし、ビカさんにとってつらすぎるかと思います。

なのでできるだけ工夫をし、飽きないようにします」

「そらありがてぇなぁ。毎日、体を治すためとはいえ同じ料理はつれぇわぁ。体を治すと決めたって言ったんだけどなぁ……」

「誰だってそうです。体を治すために何もしないって日々は、やきもきするもんです」

シュリを見ると顔は笑っているのだが、目がどこか遠くを見ているようなところがある。多分、こいつも似たような経験があるんだろうなぁ。

――ここでそれを聞いてみたいっていう欲求は、まぁあるぅ。

だけど、ここでは聞かねぇ。

聞いても仕方ねぇし、踏み込むのは今じゃないってことはこんな俺でもわかる。

「そうかぁ。じゃあ、さっさと食べるわぁ」

俺にできるのは、俺の体を治すことに集中することだけだぁ。

シュリが用意してくれた雑炊《ぞうすい》を、静かに、黙って、体の中をイメージするように。

目を閉じて、俺の体の中に活力が回るように想像するんだ。

ただ旨いから集中したいってのも、あるけどな。

「ビカ」

そこにアユタ姫が話しかけてくる。目だけそちらに向けると、どこか楽しそうだ。

「なんだぁ」

「そんなに美味しいか」

アユタ姫の声色はいつも通りに思えるが、長年アユタ姫のことがわかってる奴にはわかる。これは心配してるときの言い方だ。

シュリは気づいていないが、コフルイは目を閉じて口角を上げてる。側用人として、アユタ姫が人に心遣いをするのを見ることができて嬉《うれ》しいのだろう。

わかるから、俺はこう返すぅ。

「ああ。黙って食事をするくらいにはなぁ」

そういうことだ。食事を続ける。

「美味いよぉ。本当に前のものとはまた違うなあ。しっかりと取られた出汁《だし》で作られた雑炊に、いろんなもんをぶち込んでくれてる。

大根と生姜《しょうが》がまたいいなぁ、これ。俺、これ好みだわぁ」

短いが、これに尽きる。じっくり味わうと、前とは違う美味しさがこの料理にある。

もう長々と説明する必要もないくらいに、な。

シュリが作る雑炊はそういうもんだ。

当のシュリは俺の感想に、これでもかと嬉しそうな顔をしていた。

「そうですか。ありがとうございます」

そうか、と俺は心の中で返答しておく。

俺はそのまま黙々と食事を終わらせて、椅子から立ち上がった。

「ビカさん、どちらへ？」

「寝るわぁ。それが大切なんだろぉ？」

そのまま俺は自分の部屋へ帰ろうとする。廊下を歩きながら、ふと窓の外を見る。

青空が見えた。

こうして落ち着いて青空を見るのは何年ぶりだったかなぁ？　青空を綺麗《きれい》だと思ったのは、いつ以来だろうなぁ？

今までの俺は何もかもに余裕がなさすぎて、周りなんて何も見えてなかったんだな。

ようやく気づいた俺は、体を伸ばしながら欠伸《あくび》をする。

「ふわぁ……なんか、今日は休めそうだなぁ」

予感があった。今日は休める、眠れるって。

寝ることを楽しみにしながら、俺は歩く。

この日は、何年ぶりかに熟睡することになった。


一か月近く、こんな毎日を続けた。

なんせ、それ以外はやるなと言われてるからなぁ。

食って、休んで、寝て、食って、休んで、寝て……毎日毎日、まるで無職のプー太郎の如き日常。腕が鈍《なま》るのがハッキリとわかんだぁ。

でも、穏やかなんだよな。

努力、鍛錬、勉強、戦闘、仕事、事務……やることがいろいろとあった一か月以上前の俺から考えると、随分とのんびりとしちまった。

そんな俺を見てコフルイが何か言うかと思って身構えたが、俺の様子を見て一言。

「うむ」

とだけ言って、廊下の向こうに消えていく。それからは何も言わないが、日々俺を見る目が明らかに優しくなっていってる。

ネギシなんかは俺を気遣ってるのがあからさまだ。

「おう、元気、そうだな。てか元気になってるな、うん」

下手なことを言わないように気を付けてるのがバレバレだ。そのまま足早に去って行くもんだから、問い詰めようもない。この変化について誰かに理由を聞こうと思ったがやめておく。

アユタ姫はハッキリと言ったぞぉ。

「太った？」

となー
「ああ！　太ったよ！　明らかに筋力が落ちて太ったわぁ！」

「いい事じゃん」

アユタ姫の返答にきまり悪いやら驚くやらしていると、俺の肩をポンと叩《たた》いて一言。

「前に比べたら、明らかに生気に満ちてる」

そういって、再び訓練に戻っていった。

他の奴らが、俺の姿を見て健康そうになってよかったと陰で言っているのも、聞いたことがあんだよ。

複雑な気分ではあったなぁ。

ときどき、アユタ姫たちの稽古風景を見て焦燥感に駆られる。

シュリからは、稽古風景もできるだけ見ないこと考えないこと、と厳命されてはいた。

だけど見稽古だけでもしたいと、砦《とりで》の二階の窓から観察してんだよぉ。

この日も俺は、そうしてた。

「……そうか、あのときのコフルイの動きはそういう形か」

日々見稽古を繰り返し、頭の中で具体的な状況を想像しては自分の体をできるだけ鮮明に作り、仮想の敵を作って戦う。

頭の中で戦いはするが現実では全く体は動かしていない。俺は思わず、想像のままに手を動かす。

「ああ来るか……ならこういう形？　いや、一対一ならともかく戦場では周辺の状況や自然の利用も必要だと考えると……」

「ビカさん」

と、俺が体を動かしていると、廊下の向こうからシュリが現れる。

稽古を見ることも体を動かすこともやめろと言われてるから怒られるかと思ったのだ

が、実はそうでもない。

シュリは苦笑しながら言った。

「時間になっても現れないので探しましたよ」

「すまねぇ」

「気を付けてくださいね。では行きましょう」

俺はシュリの後ろを付いて行く。

シュリはこのように俺が稽古を見ていてもそれに合わせて体を軽く動かしても、強く注意をすることはない。なんでなのかはわからないが、そういう方針なんだろうなぁ。

俺の部屋に入り、シュリは椅子に腰掛け、俺はベッドに横になった。

「じゃ、いつもの会話をしましょうか」

「会話、ねぇ。お前と話すことになんの意味があんだぁ？」

「意味があるからやってるんですよ。じゃあ、僕の話を少々。アルトゥーリアでの内乱のことを話しましょうか」

シュリは俺と昔話をする。今回のシュリの話は、かつてあったアルトゥーリアでの王位継承に絡んだ内乱のことだ。俺はそれを、天井を見上げながら興味深く聞く。

なぜかシュリは俺に情報を流す。ニュービスト、アズマ連邦、フルムベルク、オリトルときて、今回はアルトゥーリアの話だ。これがなかなか面白い。

もちろん、中には話さないこともあるだろうがよぉ。そこら辺は、俺も事前に報告書を読んで覚えてたのがあるから、補完ができるぅ。

シュリは隠してるつもりだろうがよぉ。ニコニコと話してるがなぁ。こっちは情報を整理しながら聞いてんだぞぉ。もっと警戒しろよぉ。

とは思うのだが、

「そうか……あのガングレイブが恋に狂って戦ってたんかぁ」

「最後はフリュードと殴り合いをしました」

「ははは。まるで英雄譚《えいゆうたん》に語られる恋人との話だぁ。後世に語り継いで、芝居にでもして演じさせりゃあ金が取れっぞぉ」

俺は話を楽しく聞いていた。思わず笑い声を上げ、相づちを打って質問をする程度には夢中なわけだ。

面白いんだよな、こいつの話。本当に面白い。

話し方が上手いからよぉ。引き込まれんだこれが。

「……とまぁ、ここまでがアルトゥーリアの話の前半です」

「これで前半かよぉ?」

「前半です。後半をお楽しみに」

話が終わってちょっと残念になり、不満に思う程度には面白いんだわ。

「では次はビカさんです」

「俺かぁ」

この会話には決まりが設けられている。俺は難しい顔をして悩んだ。

最初はシュリが昔話をして、次に俺が昔話をするぅ。この話し合いはお互いの過去話を交互にするってこった。

シュリは割と躊躇《ちゅうちょ》せず、隠してるつもりの話をするがぁ……俺はそういうわけにはいかん。これでも六天将の一角の武天、まだ仲間とも言えない反逆者予備軍に、おいそれと情報はやれねぇ。

だが……。

「なんの話をしようかねぇ」

そろそろ当たり障りのない話に、限界は来ている。だから俺は話す内容に悩んでしまうんだ。

あらかた俺の昔話……グランエンドの重大な情報が紛れ込む恐れのない話題を出すには、ネタ不足ってこったぁ。

「……ビカさん？」

「ああ、そうだなぁ」

……仕方ねぇ。俺は大きく溜め息をついた。

すまん、ミコト。許せ。

「そろそろ、話すかぁ」

「ほぅ、どんな内容ですか？」

「俺とリュウファの『僕』……ルゥヒの話だぁ。あいつがリュウファになったこと、俺がなぜ武天になったか、という昔話だぁ」

俺の言葉にシュリは目を見開いて驚く。そうだろうなぁ、リュウファになるってことがどういうことか、どう選ばれるのか。聞きてぇだろうしぃ。

「いいんですか……？　結構国家機密に触れるんでは？」

「散々っぱら国家機密じみたガングレイブの昔話をしてた野郎が今更、何を言ってんだぁ？　今更言うけどぉ、お前は重大なところは隠してるつもりでも、こっちは聞いてる話と整合性……前から知っていた情報を補完しながら聞いてんだぁ。細かいとこはともかく、大雑把《おおざっぱ》でわからなかったところなんか、そうだったのかと思いながら聞いてたぞぉ」

え、本当に？　と困惑するシュリ。こいつ、わかってなかったな。

慌てふためくシュリを見て、俺はおかしくなって笑っちまったわぁ。こいつなぁんにもわかってねぇんだからなぁ。

「で、聞きたくないのか？」

「聞きたいです」

前のめりになりながら返答するシュリ。俺はさらに笑ってしまった。

「ははははぁ……じゃあ、話そうかぁ」

俺はゆっくりと話し始めた。

幼い頃の話はしてたから、途中からだな。

クアラが失明し、俺とルゥヒはリユウファになるべく競い合っていた。

選定の儀に選ばれた俺たちにとって、リユウファになるのが目標だったからなぁ。

「……じゃあ、ビカさんはもともとリユウファの『僕』さんと幼馴染《おさななじ》みで友人だったんですか？」

「あぁ。俺とあいつぁ、腕を競い、共に遊び、夢を語らった仲だぁ。今はもう、そんな関係じゃなくてよぉ……」

「そうですか……」

シュリは俺の話に同情しながら聞いてくれる。

「続けるぞぉ」

俺はさらに話を進めた。選定の儀で俺とルゥヒが最後まで残ったこと、しかしリユウファの『俺』によって、戦うこともなくルゥヒが選ばれて『僕』となったこと。

最高の舞台で戦えなかった俺は、ギィブ様付きの側用人を目指したこと。クアラがかつて推挙されていた地位に行けば、あいつらを超えられると思ったこと。

一年半の努力で試験に臨めばクアラが目が見えないまま動く術《すべ》を身に付け、合格してたこと。俺も合格したがクアラがギィブ様付きの側用人になることは明白だったから、心が折れて合格を辞退したこと。

「……そのまま俺は、挫折したまま荒れたなぁ」

「そう、だったんですか」

シュリは悲しそうな顔をしていた。同情、なんだろうな。完全に。

だから俺は苦笑して言った。ついでに手をプラプラと振って。

「ああ、お前が気にすることたぁねぇ。よく考えたら、俺はバカだったんだよぉ」

「バカだった？」

「おう。だってそうだろぉ？　考えてもみろよ。俺とクアラはまだ、側用人として最初の一歩を踏み出しただけだぞぉ？　俺が死に物狂いで頑張れば、もしかしたら……クアラを押《お》し退《の》けて、ギィブ様の側用人になれてたかもしれねぇ」

シュリはそれもそうか、と納得した表情を浮かべた。

対照的に俺は、自分で言ったことに自分で驚いちまった。目を見開いて、気づいちまったことに涙を浮かべちまう。

ああ、俺の言葉で気づいた。当たり前だ、俺とクアラは最初の一歩を踏み出しただけだったぞ？　なんで諦めちまったんだ？

クアラがいるならどうせ、と諦めて、逃げ出して、荒れた。

酒を飲んで親父たちに迷惑をかけた。世話になった家庭教師の顔に泥を塗った。『僕』には失望させちまった。クアラには幻滅されちまった。

諦めるべきじゃなかっただろうがよビカ！　俺は努力の天才だろう？　継続の天才なんだろう？　だったらクアラに勝てるように、頑張りゃ良かったじゃねぇか。

「ああ、なんで俺は、あんとき諦めちまったんだろう？」

クアラが元々推挙されてたからってなんなんだ。そんなの理由じゃねぇだろ。

とめどなく溢《あふ》れる涙を拭うこともせず、俺は湧き出てくる後悔の念で天井を見上げたまま呟《つぶや》き続ける。

「ルゥヒがリュウファに選ばれたとき、なんで俺はリュウファに言い返して、無理やりにでも試合をしなかったんだぁ？」

ルゥヒの方が向いてるって止められても止まる俺じゃねぇだろ。無理やりでも戦って、決着を付ければ良かった。

俺はしゃくりあげながら続けた。

「なんでぇ、俺ぁ、俺ぁ。あんだけ世話になってた親父たちを、俺の、決めつけと諦めで、苦しめちまったんだぁ……？」

ああ、俺は気づいたぁ。気づいちまった。本当の後悔ってやつをよぉ、心に刺さってたトゲがよぉ。

なんのこたぁねぇ。俺は、継続の天才とか言いながら諦めの天才なんだわぁ。愚者でしかねぇんだわぁ。バカだったんだわぁ。

続けることができるなら、諦めずに食いつくべきだったんだよぉ。夢なら、何がなんでも掴《つか》もうっていう粘りがねぇ。

粘り。俺に足りなかった力なんだ。粘りがねぇから、諦めて後悔するだけのアホになっちまった。

なんてこった。俺は。

「俺は、継続の天才だの、努力の天才だの、立派なもんじゃねぇ。繰り返すことしか能がねぇクセに、とっとと諦めてそれらしい理由を並べて逃げる、アホじゃねぇかあ」

シュリと話をすることで、俺自身に足りなかったものに気づいちまった。

そうなったらもうダメだ。涙が溢れて止まらねぇ、子供みたいにしゃくりあげるのを止められねぇ。

泣きまくった。

ただ泣きまくった。

「すまねぇ、すまねぇルゥヒ。俺はバカだった。すまねぇクアラ、俺はマヌケだ。俺が、俺が諦めなかったら、もっとマシな未来があったはずなのによぉ」

俺に降りかかった挫折の全ては、諦めたから。もっともらしい理由を付けて、本当に大事な人生の選択肢で動けなくて逃げ出したから。理由を並べて御託《ごたく》を並べて、同情を引いて正当性を謳《うた》う愚か者の醜い奴。

俺だ。ビカという愚かな人間が、俺なんだ。

泣いた。

泣きまくった。

ただ泣きまくった。

「親父ぃ、お袋ぉ、先生ぇ。すまねぇ。本当にすまねぇ。俺のせいだ、俺のせいで……先代の武天が再起不能になっちまったんだぁ」

思い出すのは、ある月夜のこと。

満月が浮かぶ夜空に、満天の星が輝く。

俺は酒を飲んで、飲んだくれて家路についていた。

「うぃ〜っく……くそがぁ」

俺はフラフラとした足取りで歩く。

「なんで俺だけ、俺だけこんなんなんだよぉ」

愚か者にふさわしい、他者への責任転嫁。この世で降りかかった自身への不幸は、全て他者のせいであり自分には全く非がないと言わんばかりの態度。

思い出しても反吐《へど》が出る。被害者面《づら》して選択肢を自分で潰して逃げ場を失い、責任全てを自覚しないクズ。軽挙妄動、軽慮浅謀、短慮軽率。

それが俺だった。

「んあ？」

前方から歩いてくる人物に、理不尽な怒りを感じたのも、そんなときだ。

身なりの良い武人で、体も大きい。まるで熊のような大男だった。

「……ムカつくなぁ」

腹の底から、グラグラと怒りが湧いてくる。黒い炎が燃え上がってくる。

俺は拳を強く握り、そいつを睨《にら》みつけた。

一人で夜道を歩くそいつは、武人としては俺以下ってのはよくわかった。なのにそいつは俺より贅沢《ぜいたく》な暮らしをしている。悩んで苦しんでる俺とは違って、幸せそうな奴。

妬ましい。

羨ましい。

ぶん殴りたい。

「ぶん殴ろう」

俺の頭が暴力一色に染まった瞬間、ふらついていた足どりは一瞬でしっかりとなり、跳躍した。

武人の男が俺に気づいて何か言う前に、胸骨の真ん中に跳び蹴りを打ち込んでいた。

「うぉ!?」

男は驚きながらも吹っ飛ぶが、倒れない。ギリギリで踏ん張って体勢を保つ。

着地した俺は後悔した。狙うならもう少し下、鳩尾《みぞおち》であるべきだった。同時に自分の筋力が落ちていることにも気づく。

飲んだくれて中途半端な稽古しかしていない体は鈍《なま》っていたんだなぁこれが。

だが、動けないことはない。足と手首の調子を確認してから、俺は男を睨《にら》む。

「おうおう、幸せそうな奴だなぁ」

体はシャンと動くのに、ろれつはちょっと回っていない。残念ながら言語能力までは覚醒していないらしいなぁ。

男は俺を睨みながら言った。

「何もんだお前」

胸元を押さえてる。だが骨折させた感触がねぇ。こいつ、なかなか骨太か。それとも俺の筋力がそれだけ落ちているってことか?

まぁ、どっちでもいい。

「誰だっていい。幸せそうな奴が気に食わない、ただの酔っ払いだよ」

男は明らかに激昂《げきこう》していた。顔を真っ赤にし、構えを取る。

身長は俺よりも頭二つ分高い。禿頭《とくとう》で横幅も広く、筋肉……の塊《かたまり》なんだが、浮き出るような筋肉じゃねぇ。どちらかと言えば、贅肉《ぜいにく》と筋肉を使って体を大きくし、短期決戦に向いた鍛錬をしたって感じか。拳だこはないが、手のひらが厚くマメも多い。

拳を握って戦う類いの武術じゃねぇな。掌底や張り手を中心としてる奴。

これ、見たことがあるな。どこだっけ。昔、出稽古に行ったときに……。

ダメだ、頭が回らん。俺は観察と分析をやめる。

「そうか。武天に喧嘩《けんか》を売るようなバカが。このオオトリ、お前の背骨を折って殺すと宣言してやる」

……ん？　ぶてん？　ぶてんって、なんだっけ。

知識を掘り起こす前に、オオトリと名乗った男が突っ込んでくる。

オオトリの構えはまるで、野生の熊が理性を持ったかのようなものだ。両手を広げて上げながらも、攻防一体のために脱力し素早く対応するために熊のそれより下げている。

しかもオオトリの突進は、熊のそれよりも早い。まるで大岩の直撃を彷彿《ほうふつ》とさせる突っ込み。

「正面からかぁ！」

バカが。武人を、武芸者を相手に正面から来るかぁ。交差法で仕留める。

俺は両手を下げ、脱力しながら腰を落として膝を曲げる。一瞬の跳躍、一撃のため。

オオトリが正面から右手の――やはり、張り手か。巨漢に似つかわしい巨大な手を広げたそれは、実際のものより巨大に見える。

「死ね！」

オオトリの張り手が、俺の顔面目掛けて打ち出される。空気を裂く音すら聞こえる張り手だが、バカ正直すぎる。

俺は張り手を最後まで見ていた。ジッと、静かに、待つ。

ギリギリまで差し迫った瞬間、俺の膝から力が抜けた。

同時に向かって左に体を倒しながら、オオトリの張り手を躱《かわ》す。外側に逃げる形となった俺を、オオトリの目が追っていた。

どうやら目はいいらしい。だが、こっちを見たのがお前の敗因だぁ。

「ぐおっ⁉」

瞬間、俺の右の拳がオオトリの鳩尾《みぞおち》に沈んでいた。

オオトリが目線でこっちを追ってきたときには、膝の力は溜め終わっている。一気に両足の膝の力を解放、跳躍。

オオトリの張り手の勢いと、意識が俺に向いたこと。俺の最大の速度と威力と体重を見舞った一撃。

交差法としては、完璧だぁ。

「お、おぉ……」

オオトリは鳩尾を押さえながらよろめく。

……本来ならここで終わってんだろうなぁ、と思ったが。

「くそがぁ、ぶっ殺してやる！」

オオトリは怒りながら俺に突っ込んできた。そうだな、拳を打ち込んだ感触が、いまいち十分じゃぁなかった。

技がダメだったわけじゃねぇ、俺の衰えが酷《ひど》すぎるわけじゃねぇ。

ただ、巨漢のこいつの樽《たる》のような腹が尋常じゃなく、威力を軽減されちまった。防御力が高い、打たれ強いってことかぁ。

「なら、これしかねぇかぁ」

オオトリは両手を広げて突っ込んでくる。逃げる余裕はない。正面にて一撃必倒が勝利条件。こいつ、俺に組み付いて投げるつもりだなぁ。

予想通りオオトリはがっぷり四つに組んでくる。やっぱりな、こいつそういう類いの武人だったか。両手を俺の腰に回し、ズボンの腰の部分をがっつりと握る。

確か、金剛掌《こんごうしょう》とか言ってたっけかぁ、この技。体をとにかく大きくし、拳じゃなくて掌底を鍛え上げる。接近戦では巨体を活かした組み技、投げ技を使う。こっちが倒れれば踏み潰しの踵落《かかと》としが来る。

　この技の稽古内容の特徴は、耐久力と打たれ強さをとことん鍛え、絶対に倒れないための足腰の鍛錬と、柔軟性を身に付けること。門派に入った新人が一番にやることは飯を食うことと柔軟体操だ。毎年、新人が柔軟体操で泣きを見て、食い切れない量の飯を食わされて吐く。

　一年の初めの風物詩だわ。

「そぉら！」

　オオトリはそのまま腰を捻《ひね》り、俺を投げようとする。腕に力が籠もる、その瞬間。

　俺はオオトリの手のひらの中に指を入れ、目的の場所を掴《つか》んでいた。

「おお、らぁ……っ⁉」

　投げられなかった。

　というより、投げさせなかった、だな。

　俺が掴んでいるオオトリの手の部分、正確には指を突っ込んでいる部分は、強い痛みを与えると力が抜けて痛みで体が硬直するツボだ。

　健理三針区《けんりさんしんく》と呼ばれるツボであり、掌《いて》の真ん中より下、左右筋肉の間にあるもんだぁ。

　こいつは肝臓《かんぞう》が弱いとめちゃくちゃ痛ぇんだわ。

「バカな、本気で握ってる手の隙間に、どうやって指を……！」

「それはもう、秘密だぁ」

実際、うちの道場では相手が力を込めた瞬間に、指を巧みに操り相手の急所を突く技がある。それを応用しただけだ。詳しいことは秘密。

「しかしよぉ、お前。ここが痛ぇってことは普段から酒飲みすぎだぁ」

「なにっ？」

「アホが」

オオトリの力が抜けた瞬間、俺は奴の顎の横に手のひらを当てる。

「油断しすぎだ」

そして、腰の回転と肩の回転、肘、手首を使った手のひらの回転を生み出しつつ、奴の顎を打ち抜く。

がこ、と鈍い音が響いた。

「が、あ？」

一撃で顎を外す。人間って奴は、顎を外されると力を発揮できなくなるもんだぁ。

オオトリはふらつきながら顎をハメようとするが、その前に俺は無言でオオトリの顔面を蹴り抜く。

オオトリはゆっくりと倒れ伏し、動かなくなった。

残心を決めてジッと観察する。オオトリは、動かねぇ。

「ほい、勝ったぁ」

俺は呟《つぶや》いたが、悪酔いしたように頭がクラクラする。

……何やってんだろうなぁ、俺。

「くっだらねぇ」

でかい虚《むな》しさが胸を支配する。罪悪感と虚無感が凄《すご》い。

俺は大きな溜め息をついてから再び帰路につく。なんかつれぇわぁ。

――そのあと、俺は事の顛末《てんまつ》を聞いて震えた。

オオトリはグランエンドの幹部、六天将の一角である武天だった。コネでなったらしいが、まぁ強いには強かったらしいなあいつ。しかもコフルイの弟子だったとかなんとか。

あの喧嘩《けんか》の後、オオトリは顎を砕かれて再起不能。顎の骨が元どおりに治らないらしく、もう戦えないってことで武天を辞めさせられたと。

んで、武天に喧嘩を売って再起不能にした奴を血眼《ちまなこ》になって探してる、見つけたら処刑とのことだ。

布団の中で震えたね、あの時は。もう怖くて怖くて仕方なかったぁ。

なんせ見つかったら殺されるからな。

日がな一日、挫折を引きずって荒れてた俺が、布団にくるまって震えてる様子を見て、親父たちも察したらしい。なんと通報しやがった。

んで、結局俺は城に連れて行かれ……オオトリよりも強く、かつてはリュウファの『僕』と鎬《しのぎ》を削り、クアラと並んで側用人試験を合格してたって経歴から、武天への就任が決まっちまってなぁ……。

「でもなぁ、俺は思うんだ」

俺は心情を吐露し続ける。

「俺があんな喧嘩を売らなかったら、あんなケガを負わせなかったら、あんなことをしなかったら。オオトリはきっとグランエンドのために働けてた」

涙が止まらないまま、泣きじゃくりながら言う。

「なのに俺のせいでその道が閉ざされちまった。俺のせいでもう戦えなくなっちまった」

あとで聞いたら、路上の喧嘩で負けたってことでオオトリは自宅に引きこもってたらしい。今はどうしてるのかわからない。でも、きっとろくなことにはなってねぇよぉ。

「俺はバカだぁ……」

ようやく気づいた自分自身のバカさ加減を吐き出し続けてる間も、シュリは黙って聞いてくれてた。

下手な慰めもなく、意見も言わない。黙って俺のつらさを聞いてくれる時間が、ただありがたかった。

全て吐き出してから数日後。俺は早朝の稽古場で座り込んでいた。

まだ誰もいない時間。日が昇るまでには時間がある。でも、俺はそこにいる。

「……」

何も言わず何も思わず。ゆっくりと息をして、この時間の空気を肺に入れる。

そうしてると話し声が聞こえた。

「だからよー。そろそろこんな早朝稽古はやめようぜ。眠い」

「馬鹿者。戦場では眠いなんて言葉で待ってはくれぬ。これも訓練の一つ、さっさと来い」

やはり、か。俺は立ち上がって声のする方を見た。

ネギシがいつもの大槍《おおやり》を肩に担ぎ、コフルイが木剣を手にしてこちらに来る。

眠そうなネギシに注意するコフルイ。俺は二人に近づいた。こんな時間にここにいる俺を見て、二人は少し驚いた様子だ。

「おはようございます」

俺は礼儀正しく頭を下げる。

「すみませんが、今日の稽古に……軽くだけでいいので参加させてください」

敬語まで使って、ちゃんと頼み込む。これは、俺がそうするべきだと思ったからだぁ。

俺の殊勝な様子に、ネギシが酷《ひど》く困惑する。

「……は？　お前は誰だ、さてはビカじゃないな。変装してる間諜《かんちょう》か!?」

なんと驚きと困惑のあまり、俺に向けて槍を向ける始末。勘弁してくれよぉ、と心の中で叫ぶ。

コフルイは静かにネギシの槍に手を掛け、穂先を下げてくれた。

「あ？」

ネギシが怪訝《けげん》な顔をしてコフルイを見る。コフルイの方はネギシを一瞥《いちべつ》もしない。

ただ、俺の顔を見ていた。どこか優しく、温かい目をしている。

「ビカ」

「はい」

「どういう心境の変化か、聞いてもよいか？」

穏やかな声色。まるで先生が生徒を優しく諭《さと》すかのような。

俺は唾《つば》を飲み込み、言葉を選ぶ。じっとりと額に汗をかいていた。下手な誤魔化しなんてできないし、かといってちゃんと説明するには言葉は大切だぁ。

意を決して俺は口を開いた。

「俺は、天才じゃありません」

「ふむ」

コフルイは顎に手を沿えて、続きを促してくる。

「努力とか継続の天才とか思ってました」

「事実であろう」

「いえ。肝心なところで思い込みだけで諦めるバカでしたぁ」

俺の返答にコフルイは何も言わない。頷《うなず》きもしないし、顔つきも穏やかなまま。

……俺が最後まで話さないと、コフルイからは何も返答はもらえないだろう。俺は目を閉じて深呼吸をする。

気持ちを落ち着けて目を開いて、続きを話し始めた。

「リュウファ選定の儀のとき。俺は何を言われてもルゥヒと戦うべきでしたぁ」

「ふむ」

「正論を吐かれようが、納得できる内容だろうが、だからといってルゥヒと……『僕』と戦うことを諦めるべきではなかったんです。戦ってから決めてもらうということを、曲げちゃいけなかったんです」

「……それで？」

「側用人試験のときもクアラ……さんが受験して合格したからって、何も諦める必要はなかったんですよぉ。最初の一歩は同じなんだから、そこから頑張るべきでしたぁ。

それでダメだったら諦めてもいいでしょうが、あの時はまだ何も始まってなかったんですよぉ。いや、やっと始まったばっかりなんだからクアラさんと競うべきだったんです。勝てないから逃げたことを、諦めたことを、もっともらしい理由を並べて誤魔化してました」

「……それと、稽古に参加したいという理由は？」

「俺、もう諦めたくないんですよぉ。武天としてだけじゃなく、今だから俺ができる、やらなきゃいけない目的というか、叶《かな》えたい夢があるんです。なので、その、軽くでいいです。感覚を軽く思い出す程度でいいです。だから、稽古に」

「ダメじゃ」

参加させてください。その言葉を最後まで言う前に、コフルイは割り込むように言った。

ダメか、と諦めかけたがすぐに奮い立つ。三秒前の自分を思い出せ、諦めないと決めたんだろ。

「そこをなんとかお願いします。邪魔はしません。なので」

「ああ、そういうことじゃない。いや、その言葉が言えるのは大事だが、儂《わし》がダメと言ったのには別の理由がある」

コフルイは腕を組んで俺に近づいてくる。

「ビカよ。お前、自分の体がどうなってるかわかってるか？」

「治してる途中です」

「そう。ならば、中途半端な状態で稽古するべきではない。治ったと思って油断してたら、さらに壊れる。そんなことはビカもわかるはずよな？」

俺は頷《うなず》く。

「ですが、俺はこれ以上」

「ビカの状態で慌てて稽古しても、余計に体を壊すだけだ」

ピシャリ、と一刀両断。

「でも」

「自身を見つめ、諦めることが悪いと学んだこと、それは重畳《ちょうじょう》。良き事よ。しかしな」

コフルイは俺の前に立つと、静かに肩を叩《たた》いてきた。

「自省《じせい》を覚えよ」

「自省？」

「そう、自省じゃ。自らの言動を反省すること。お前は今、それを覚えつつある。だが完全ではない。

重ねて聞こう。ビカがここで無茶な稽古をしたとして、誰が損をする？」

誰が、損をするか。一番は俺だぁ。俺がまた体を壊せば、俺の完治が遠のく……。

いや、と。ここで安易に俺だけの状況を考えるのは良くない。考え直す。

気づいて、俺はコフルイを真っ直ぐに見る。

「シュリ、かぁ」

「そうだ。シュリは今、お前の治療のために尽力している。姫様の食育を進めながらお前の世話をしているんだ。なのにお前の体がさらに壊れてしまったら、お前の責任だけじゃ終わらない。シュリの監督責任も問われる。

わかるか？　お前の焦りが、シュリが迷惑することに繋《つな》がる。……その自省ができなかったから、オオトリをあんな目に遭わせた」

ガツン、と頭を殴られたように感じた。

そうだ。オオトリとの戦いは俺の一方的な因縁、喧嘩《けんか》をふっかけたからこそ起こっちまったんだぁ。

俺は反省したはずだぁ、あんなことをしでかした自分自身を責めたはずぅ。

「すまねぇ」

俺は素直に頭を下げて謝罪する。

コフルイは俺の肩をポンポンと二回叩いてから離れた。

「それでよい。それでよいのだ。慌てることはないのだ、安易に諦めて次にさっさと移る必要はないんだ。

諦めが悪くてもよい。だからといって慌てなくてもよい。難しいし矛盾してるようにも聞こえるが……わかるだろ？」

「……はい」

俺は短く答える。

「せめて見学させてくれぇ。想像の中だけでも、訓練してぇ」

「構わぬ。今のお前なら、目の前で鍛錬を行っても慌てて参加しようとはせんだろう。ネギシ、始めるぞ」

「お、おう。ビカ、随分と変わったなぁ……」

ネギシは困惑しながら俺を見る。そうだろうな、俺も前の自分とは随分と変わったのは、自覚してるかんなぁ。

弱音を、後悔を、短所を理解して吐き出して、俺ぁ随分と楽になった感じがする。

俺が弱い理由も、わかったからなぁ。もう、慌てることはしねぇよ。

「じゃ、行くぞ」

「おう」

目の前でコフルイとネギシの対人稽古が始まる。凄《すさ》まじい技と技の応酬が繰り広げられる。前の俺だったら、何が何でも割り込んでいただろう。

でも、俺は地面に座り込んで、ジッと二人の戦いを観察する。持っていた木剣を横に置き、手にすることはない。

どう対処するか、どう動くか、どうやってそれを実現するか、頭の中で鍛錬を計画する。

冷静に、穏やかに考えていた。頭は良い具合に冷えている。胸は熱くなっている。

ふと、後ろからの気配に気づく。振り向けば、そこにはシュリがいた。

怒った顔をしてる。当然か。稽古を禁じられてるクセにここにいるんだからなぁ。

だから、俺は誠意ある行動を取る。

「ビカさん！　稽古をしては……」

俺は立ち上がり、シュリに向かって頭を下げた。何も言ってこないのは、俺の行動に驚いたからか、それとも別の感情か。

今は、どうでもいいがなぁ。

「すまんなぁ、シュリ」

頭を下げたまま、誠意を持って謝る。コフルイの言葉の意味が、ようやく全部わかった気がしたぁ。

俺に何かあれば責任を問われるのはシュリだぁ。でも、シュリは責任を取ることに躊躇《ちゅうちょ》なんてしねぇだろうなぁ。

だってそうだろ？

いきなり連れてこられた敵国で働けって言われてる理不尽な状況なのに、敵国の要人の治療をしているんだ。よっぽどのお人好しじゃなけりゃできやしない。

シュリの取る責任もそうだが、シュリが俺に向けてくれた誠意と敬意。

全部を無駄にしてしまっては、シュリだけが損をすることになるんだよぉ。

「これからはもっとお前の言うこと聞いてよぉ、ちゃんと静養すっからさぁ。あと一か月だけでいいからよぉ、俺の治療に協力してくれねぇかぁ？」

穏やかな顔で言えたこれが、俺の気持ちの全てなんだ。

何がなんだかわからないまま立ち尽くして混乱しているシュリ。何か言ってくれ。

ふと目を横に向けると稽古を中断させたらしいネギシとコフルイが近づいてきた。

二人とも額から汗を流し、肩で息をしている。いつの間にか空には太陽が高く昇っている。炎天下と言ってもいいほどに暑い日だ。

「シュリ、そいつの言うことは信用していいぞ」

「儂《わし》も保証する。今後は大丈夫だ、ちゃんと体を治すだろうさ」

二人が自信満々に保証してくれる。

シュリは二人の言葉を聞き、そして言った。

「わかりました。ビカさん、もう少し頑張りましょう」

「ああ、頼むわぁ」

俺は頭を上げた。

「俺ぇ、ちゃんと体を治すからさぁ」

そこからさらに一か月近くが過ぎた。

俺の体はメキメキと変わっていく。なんせ、骨と皮だけだった体に、肉が戻ってきたんだからなぁ。

だから、俺は首都に戻ることを決めた。その前日の夜のことだ。

いつもなら寝ているときだったが、俺は魔工ランプを灯《とも》して書き物をしていた。

「こんなもんかぁ？」

書き終わったものを精査し、内容に不備がないかを確認する。これは、俺の夢の形の一つだ。間違いや勘違いがあっては困る。

なんせこれは、

「まぁ、初めての試みだもんなぁ。安全な訓練への提言書、なんてよ」

そう、これは俺の経験から書いた提言書。

内容は安全な訓練のためのもの。

『過剰な訓練が及ぼす兵士への悪影響と、適切で安全な訓練と鍛錬の重要性』とでも言えばいいのかねぇ。

俺は、これをギイブ様へ提出するつもりだぁ。だが、俺は不安そうに頭を掻《か》いた。

「あー。提言書なんぞ書いたことがねぇ。どうすりゃいいんだぁ」

本当にわからないため、書式が合ってるのか、内容に問題はないのか、そもそもどこに提出すればいいのか、全くわからねぇんだわ。

だけどなぁ、これは絶対にやらなきゃいけねぇことなんだよ。

「俺みてぇなバカを出すわけには、いかねぇからなぁ」

俺は苦々しい顔をして吐き捨てるように言う。

まぁ俺ほどのバカな鍛錬を自身に課すような奴ぁいねぇと思うよぉ？　でもわかんねぇじゃん？　やる奴が現れるかもしれんだろぉ？

それに、だ。シュリの話を聞いて気づいたこともある。

例え本人が限界だと訴えても、これ以上はやめてほしいと言っても、教官の人間が声を握りつぶして無理やり訓練をさせちまったら、どうしようもねぇ。

「そうだ、俺みてぇなバカだけじゃなくて、俺がやったような鍛錬を他人に押しつけて無茶をさせるバカが、必ずどこかにいるからなぁ。それで生まれる精鋭は確かにいるだろうがよぉ。死んだら元も子もねぇだろぉ？」

問題は他者が押しつけようとする訓練内容や課題が、立場上断れねぇ奴の体を考慮してねぇってところだ。

てかよ、人って、命があるんだぜ。こんな乱世だからよぉ、国のために命を散らすのを躊躇《ためら》ってたら隣人どころか知り合い全員死んじまうんだよなぁ。

でもよぉ。国を、人を、土地を守るための戦《いくさ》で命を燃やし尽くすのと、ただの訓練で死ぬのは違うだろぉ。やっちゃダメだぁ。

事実、首都での訓練でも死傷者は出る。てかどこの国だって訓練中の事故は当たり前に起こるもんだ。それにいちいち文句を言う奴ぁいねぇ。国の正規軍への最初の入隊段階だって、そういう意思の確認はちゃんとするもんだ。普通はな。

しないのは火急の事態で急遽《きゅうきょ》、民を無理やり兵にするときか……もしくは最初から徴兵制で兵を集めるところか。そういうところは無茶な訓練を課して、生き残った奴を連れていく。

だけど、さっきも言ったが、人って命があるんだ。国を守るための戦なら、命を使うことに躊躇ってられねぇのを理解する奴もいるにはいる。

だって、大義名分があるんだ。自分の命が失われるだけの理由、死んでも仕方がないと諦められる言い訳。それが大義名分だ。戦の誉れなんてもんは究極的な話、死んだ後も忘れられることはないという、寂しさへの保険。

でも訓練で死ぬのは、鍛錬で死ぬのは、違う。

何のために死ぬんだよぉ。何のために後遺症を負うんだよぉ。ダメだろぉ、そんなの。

「だから、俺と同じような奴が生まれるような可能性は潰さねぇとダメだ」

もう一度俺は提言書を手に取る。

「たとえ、俺の時代で理解されなくても……子供の世代、孫の世代でも理解されなくても。後の、もっともっと未来の世界でなら、きっと通じる」

俺は微笑《ほほえ》んだ。

「そのために、俺はこれを書かねぇとダメだ。俺にしか、できねぇんだからぁ」

俺は次の日、提言書を持って首都へと帰った。

さて、これが聞き届けられるかどうかはわかんねぇ。もしかしたらにべもなく突き返されるかもな。

そんときゃ、クアラに頼んで書き直したものの確認でもしてもらうかぁ。

ビカ・イスルギ。

彼が正当に評価されるのは、大陸がガングレイブ・デンジュ・アプラーダによって統一された統一戦時代のさらに後の後。なんと現代のたった十年ほど前のこと。

彼は、当時としてはこんなものを真に受けるのは軟弱者としか思われないような、訓練に対する安全基準の確立を目的としたさまざまな書物を残し、当時の訓練内容の危険さや安全性への無理解さ、訓練兵たちへの配慮に欠けた指導内容を問題視した記録を残した。

だが、当然のことだが当時は統一戦時代の真っ只中。理解されるはずがないのだ。

なんせ各国が生存競争と言わんばかりに戦争を繰り返し、覇道《はどう》を目指して戦い、大陸王の座を目指していた群雄割拠《ぐんゆうかっきょ》の戦国時代。弱い者から淘汰《とうた》される、狂気の時代。

強い兵、優れた指揮官、天才としか言いようのない王の誕生が望まれていた。育成のために死傷者が出ても文句は言われない、むしろ死んだ奴が弱いからダメだ、と言われてしまう。

だが、統一戦時代や暗黒戦乱時代の戦《いくさ》の激しさを考えれば、その要望を無視できないのも当然である。

歴史書に記される大陸王ガングレイブの数々の戦はもちろん、地方の郷土史に記される小競《こぜ》り合《あ》いですら現代では考えられないほどの凄惨《せいさん》な戦いが多い。

そうなると必然、強い兵士が望まれる。強くなければ生き残れない。

だからこそビカ・イスルギの提言した『安全な訓練の重要性』というものは理解されにくかった。

現代では当たり前になりつつある『安全性を確保、配慮』した考えは、少し前ですら『それでは強くなれない』、『根性がつかない』、『心が鍛えられない』などと否定されている。

ビカ・イスルギは何度も何度も提言をし続け、書物を残し、記録を残し、諦めることなく活動を続け、結局彼の生きている間に一部の人間を除いて世間に理解されることはなかった。

そんな彼の考え、主張が理解され始めた頃。

もっと言うなら、彼の考えを取り入れることになったのは、現代のとある学園の空我流《くうがりゅう》柔剣術の基礎の授業で、事故が起きたからだった。

教官が担当した授業で生徒が病院に運び込まれるほどの重傷を負った。その原因が教官の指導の仕方があまりに根性論寄りで、防具なしの木剣で寸止め試合を行ったからと。

未熟な生徒では寸止めができず、木剣が脇腹を直撃、肋骨《ろっこつ》を二本も折った。

この事故を受けて学園側はいつも通り、教官を注意して生徒への謝罪で終わらせようとした。世間もその流れで終わりだと思っていた。

しかし生徒は死亡。

原因は折られた骨が内臓に突き刺さる最悪の状況が発生し、治療の甲斐《かい》なく亡くなってしまったのだ。

「父祖の時代、もしくは統一戦時代以前の暗黒戦乱時代の如き、時代錯誤の訓練」

大陸における国同士の戦《いくさ》が遠い過去になった現代、世間から猛バッシングされた。

教官は罷免《ひめん》され、学園は生徒側の親族へ多額の賠償金を払い、学園の理事長をはじめとしたお偉方たちが並んで謝罪するほどに世間が騒いだ。

この事故により、政府内部と世論から「今はもう戦乱の時代じゃない。新しい時代にふさわしい授業や訓練を行わないといけない」との声が上がった。

再発防止、適切で安全な訓練を考案するための組織が発足し、日々侃々諤々《かんかんがくがく》と話し合いが行われる。この会議の中で取り上げられたのが、ビカ・イスルギが残した数々の記録だったのだ。

統一戦時代という大昔に記されたものだが、安全性の重要性を説き、自身もオーバートレーニング症候群に悩まされ、治療に苦労したことが詳述されている。

彼自身の悲しい過去も相まって広く周知され、昔の訓練があまりに過酷で理不尽であることも認識された。

彼の記録は当時の風潮からするとあまりに異質ではあったが、安全な訓練のための参考記録にするには有用性が高い。

事実、内容はとても緻密《ちみつ》であり、安全性を欠いた訓練が及ぼす損失や悪影響に関して、これでもかと実例と数字を提示しながら書かれている。

ビカ・イスルギの記録と組織の試行錯誤の結果、徐々にだが安全性の確保や訓練中の事故防止のための動きは活発になりつつある。

未《いま》だに根性論がはびこるものの、訓練中の事故を減らす効果は確実にあった。

さらに専門医療の充実と、学園や兵士の訓練所での医療従事者の確保と常駐が重要では、という流れにもなり、研究も進められている。

まだこの流れは始まったばかり。

これからどうなるかはわからない。

根性論者の言うとおり、安全な訓練によって非常事態に対応できない軟弱な兵士ばかりになるのか。

それとも訓練の安全性を重要視する流れが進めば、兵士の間でも危険行動への対応力が高まるという主張が認められるのか。

どちらが現実のものとなるのかは、現代に生きる者たちの努力次第だろう。

だが、ビカ・イスルギの夢だった、訓練で死ぬものがいなくなる世の中。

その夢の実現のための世界の歩みが始まったのは、事実だ。

九十六話　表裏の乙女心と肉じゃが ～シュリ～

「ビカさん、帰っちゃったな」

大きな仕事、というかやることが終わってしまって、ちょっと気が抜ける。

いつもビカさんが座っていた椅子に誰もいなくなってしまったのを見て、寂しさが胸に去来します。

あの人は帰ってしまった。かなり前にね。体は健康になってたし、僕の監査も終わったとのことで。なんか、いつもいた人がいなくなったことで、違和感と不思議な寂しさが胸を支配する。

朝ご飯の時間帯、僕は兵士の人たちへの食事を配膳しながら、溜め息をつきました。

当直で夜間警備に就いていた兵士さんが食事を取って交代と引き継ぎを行い、徐々に他の人たちも食堂に集まって来ています。外から差し込む太陽の光も段々と強くなり、気温も上がっていく。

窓の外を見れば、今日は雲が大きくて多め。青空にたくさんの大きな白い雲。なんか長閑《のどか》さを感じるのはなぜだろう。昔見た、ちょっとうろ覚えになりつつある地球のテレビで、田舎特集として放送された番組の空がこんなだったからかもしれない。

「シュリ、さっさと持ってきて」

「あ、はいはい」

僕が寂しさを覚えていると、アユタ姫が手招きしている。さっさと朝食を持って来いってことだろう。

この砦《とりで》に来てから数か月。アユタ姫との交流が続く僕ですが、ようやく最近になって感情の変化がわかってきた気がします。

なんせこの人、常時感情が荒れ狂ってる人なので、そのときそのときでガラリと機嫌が変わる。怖い。でも、今は大丈夫です。普通の状態。

僕はアユタ姫の前にスープとパンを置き、礼をして下がる。

「シュリ」

「なんでしょうか」

「どうせビカはまた来る。寂しがるのは時間の無駄。また会えるから、大丈夫」

さらりとアユタ姫が、僕の寂しさに寄り添った発言をしてくる。

ちょっと微笑《ほほえ》んでから、

「ええ。また会える日を楽しみにすることとします」

僕は返答し、食堂から厨房《ちゅうぼう》へ戻りました。

ああいう優しいところもあるんだよな、あの人。結構拳が飛んでくることもあったけど、最近はそんなこともない。

「あぁ!?　今日は辛いやつじゃない!!　くそぉ！」

とか後ろの食堂から叫び声が聞こえてくるが、気にしない。いつものことだから。

そして、食育の成果が出てきてるのか……文句を叫びつつも食べてくれています。

これも進歩だなぁ、と思いつつ。

「あとで殴られないように、今のうちに逃げとこう」

未《いま》だに八つ当たりで軽く肩パンをしてくるアユタ姫の癇癪《かんしゃく》からどう逃げようかと悩む、今日この頃。

どうも皆様、シュリですぅ。アユタ姫に捕まって連行されてますぅ。

「さて、今日に限って辛いやつじゃないの、なんで?」

「なんでって、そういう日だからとしか……」

首根っこを掴《つか》まれてズルズルと引きずられる僕。つらそうな様子も重そうな様子も一切見せないアユタ姫。なんだこの人の筋力。どこにこんな力が眠ってんだ?

「嘘《うそ》つけ！　アユタはずっと探ってたぞ、辛いやつと辛くないやつの日の順番をな！」

「えぇ……」

アユタ姫がこちらをクワッと睨《にら》んでくる。なんだろう、この人はずっと僕の料理のルーティーンを探ってたの？　あれ、ほぼ気まぐれやぞ。

というのは嘘《うそ》ですよ。ちゃんとルーティーンは組んでる。パターン化してます。

ただし。正直僕はアユタ姫の日々の食事を観察してて気づいていた。この人、僕が出す料理の規則性を探ってるって。そして、辛い料理の日のために耐えてるだけだと。

これではダメなのだ。僕の目的は、使命は、仕事は。アユタ姫が辛くない料理も文句を言わず食べることだ。

というか、辛くない料理を出されたときに癇癪《かんしゃく》を起こして、周りに被害を出さないように落ち着きを持ってもらうことだぞ。

……いやいや、目標はガングレイブさんたちのところに帰ることだぞ。仕事に夢中で目標を忘れてどうするんだ、シュリ。帰るんだよぉ。

「いやいや、ちゃんと辛くない料理が出ても食べてくださいよ……」

「食べたよ。ちゃんと」

おや。これは意外。てっきり皿の料理をぶちまけたと思ってたのですが。

アユタ姫は舌なめずりをして言いました。

「最近は辛くない料理でも美味しいのはわかった。アユタは辛い物が好きなのは変わらないけど、他の料理の美味しさを理解できないなんてことはなくなった」

良かった……アユタ姫から出た言葉を聞いて、僕は心から安心しました。

確かに彼女は辛い料理の日のために耐えてるようには見えてた。でも食べるときはちゃんと食べてくれています。最初の時のように癇癪を起こして拳を振り回す、なんてことはありません。料理をぶちまけて食事を台無しにすることもない。

これもまた成長か……と安心してた僕に、アユタ姫が小さな声で呟《つぶや》く。

「ただし……規則性を無視してアユタの楽しみを奪った報いは……どうやって受けてもらおうかなぁ……」

「怖っ」

アユタ姫の凍えるような怒りが伝わってくる。ひぇ、この人何をするつもりだ。

拳を……握ってない。だけど僕を引きずり続ける。いったいどこへ行くつもりだ、と背筋が凍る。暴力ではなく罰なのか、ペナルティなのか!?

「さて、何をしようか。アユタの部屋でこれから先一週間の辛い料理祭りを考えようか」

「今までの努力を無駄にする気で??」

「たまには楽しんでも罰《ばち》は当たらない。そうだろ?」

「まぁ、そうですが。料理を出す順番が不規則になっても落ち着きを持ってもらいたいのですが」

「言いたいことはわかるが、まだ始まったばかり。褒美は必要」

「アユタ姫様」

僕たちが話をしてると、唐突に廊下の向こうから声がする。アユタ姫が進んでる方向は、この砦《とりで》の出入り口がある場所。

そこから歩いてきたのは、前に見たことのある人だった。大きな薙刀《なぎなた》を持つ、艶《つや》やかな黒髪の大和撫子《やまとなでしこ》美人。

「げっ。ミコト」

げ？　げってなに？

と僕が聞く前に女性……ミコトさんがこちらに歩いてくる。

「アユタ姫様、私は重々申し上げているはずです。姫として、ギィブ様の娘として、淑女たる言動を心掛けるべきです、と」

歩く姿すら美しい。音がしない……足音どころか衣擦《きぬず》れの音すらも。

ミコトさんは優しい目でアユタ姫を見つめました。

「お久しぶりです。アユタ姫様」

「あ、ああ、久しぶり、ミコト」

「ぐえっ」

アユタ姫は僕の首根っこから手を離しました。そのせいで僕の体は床に倒れてしまった。バランスが崩れてしまったのです。

急いで立ち上がれば、アユタ姫は明らかに緊張して縮こまり、猫のように警戒をしてる。

いつでも逃げ出せるようにしてる感じ。猫だな。まんま猫。

「お元気にされていましたか？　ちゃんと食事は取っていられましたか？　ケガをされてはおりませんでしたか？」

「う、うん。大丈夫、アユタは元気。ちゃんと食べてるし寝てるし生きてる」

「それは良かった。ですが……」

「ぴ」

つい、とミコトさんの指がアユタ姫の頬をなぞる。

明らかにアユタ姫の顔に、緊張が浮かぶ。唐突なセクハラに対応できていない、体が思うように動かないほどの恐怖を感じてるように見えました。

「以前、私が教えた化粧をしていないのですね」

「あ、あれは、訓練とか、戦闘とかには、邪魔だから」

「いけません」

ミコトさんの手がアユタ姫の頬に添えられる。

「いいですか。アユタ姫様は、御屋形《おやかた》様で国主であるギィブ様の娘。いずれは婿《むこ》を取り、グランエンドの発展に寄与せねばなりません。そのときのために、美しい肌を保つのは大切なことです」

「わ、わかったから！」

アユタ姫はガバッと、腕を払ってミコトさんの手をほどいた。寂しそうにするミコトさんですが、すぐに真面目な顔になる。

「さて、真面目な話をしましょう」

コン、とミコトさんは大薙刀《おおなぎなた》の柄尻で床を突く。音が周囲へと響きわたる。

本当に大きな武器なので、天井ギリギリまで到達してる。下手したらネギシさんが使ってる槍《やり》と同じくらいかもしれません。

ただ、超重量武器としてはミコトさんの大薙刀の方が、明らかに重そうではありますが。

ミコトさんは僕を睨《にら》んでから、アユタ姫へと視線を向ける。

「私はシュリの監査に来ました。ビカの引き継ぎです」

「え」

僕は思わず呆《ほう》けた声を漏らす。ミコトさんがギロリとこちらを睨んできたので、すぐに目を逸《そ》らしましたが、怖いよ、あの目。殺意マシマシだよ。

「ミコト。ビカがシュリの監査に来てたし、問題はなかった。アユタから見ても、監査に問題はない。改めてミコトが来る理由がわからない」

「そのビカはシュリに絆《ほだ》されたと見ています。監査に甘さが入ったのではないかと」

ミコトさんの指摘に、アユタ姫は声を詰まらせる。

僕としても同感……とまでは言いませんが、ミコトさんの言いたいことがわかるので黙るしかありません。

まぁね。ビカさんがいた期間、僕はあの人の治療を頑張った。結果として健康になった。

恩を感じて監査が甘くなったんじゃない？　と問題視されたら反論できません。

「アユタ姫様。ビカはシュリに何をされたのです？　賄賂《わいろ》でも贈られましたか？」

「そんなことはない。それはアユタが絶対に許さない。この砦《とりで》はアユタの国、そんな不正をしたら絶対に殺す」

「でしょうね。では、別の要因があるのでしょうか。ビカは……」

なぜかミコトさんが困った顔をしました。どこか言うことを躊躇《ちゅうちょ》してるような。

「その……ビカは……前に比べて随分と、太って帰ってきたものですから」

……うん。太ったと言われたら、太った。うん、間違いではないよ、と僕は無表情のまま心の中で呟《つぶや》く。太ったからね、実際。

ビカさんは帰る頃には、なんというか健康的な痩せ型みたいな感じになってました。

なんですがね。確かに前のことを考えたら『太った』。この一言に尽きる。

ミコトさんは困った顔のまま、目は僕に向けています。なんか目が冷たい。

「いったい何をされたのか……料理で籠絡《ろうらく》されたのか。それともなんか危ない薬でも盛られて副作用が出たのか……私には判別がつきません」

「少なくとも薬はねぇですわ」

さすがに聞き捨てならないので反論しておきます。そんな料理人の風上どころか外道《げどう》一直線の行動をするもんか！

……僕は異世界に来てから人死にを見てきましたし、人が死ぬことに関与してしまったことがあるのは否定できません。

しかし、料理で危険なことは絶対にしてません。腐ったものを入れるとか、毒や薬を仕込むとか、料理人としてやっちゃいけないことは絶対にやってないわ。

「……そうですか。さすがに失言でした。申し訳ありません」

首を軽く傾けてミコトさんは謝罪してくれる。もっと頭をちゃんと下げろと思わなくもないが、この人が僕に謝ることそのものがつらそうなので追及はしません。

というか、手に持ってる大薙刀《おおなぎなた》の迫力に圧《お》されてるところもある。

「話を戻します。料理人としてのシュリの矜持《きょうじ》を尊重して考えれば、ビカは単純にシュリの料理に胃袋を掴《つか》まれ、監査が甘くなってしまったと判断します。

このまま他の人を派遣しても同じ状況になると思います」

「それは……なんで？　アユタとしては意味がわからない」

「食事はスープものだけ、食べることそのものが億劫《おっくう》で、日がな一日鍛錬と仕事。そんな男が太って帰ってきて、穏やかな風貌になってました。あのビカがですよ？　他の人が来ても、同じように太って穏やかになってしまう可能性が高いとしか思えません。ウィゲユと同等の調理技術で仕事ができる、と私は思いました。なので私が直接赴き、この目で確かめることにしました」

堂々と言い切るミコトさん。

正直に言いますが、その論理はあまり理解しにくい。結局のところ、ビカさんが太って帰ってくるほどだから、他の奴が来ても料理を食べるだけ食べてちゃんと仕事をしないかもだから、私が来ました、と？

こんな理由、普通は通らないよ？

「いや、アユタには意味がわからない」

アユタ姫も同じ感想だったらしく、首を傾《かし》げて悩んでいる様子でした。そうだろうね、無理もないね。

「意味がわからなくても、わかってもらいます。コフルイとネギシも呼び、今後の監査内容と基準、滞在期間を決めようと思いますので、アユタ姫様の部屋へ行きましょう」

「え、嫌だ。ミコトはアユタの部屋を見て、あれこれと女らしい身だしなみを習得させよ

う と言ってくる」

「アユタ姫様は女性ですよ。そもそも砦《とりで》で兵士に交ざって訓練し、戦場に出て戦うなぞ姫君のすることではありません。私はその教育も任されているのです」

「聞いたことないけど⁇」

「アユタ姫様が聞いてないだけです。行きますよ」

ミコトさんはもう一度僕を睨《にら》んでから、アユタ姫の手を握って歩き出す。アユタ姫はこっちを見て、助けてくれって唇を動かしてる。

僕はただ、頭を下げてそれを見送るしかできなかった。

裏切りもの！　という叫び声が聞こえてきそうでしたが、それも無視。僕は何も聞いてない。聞こえてないったら聞こえてない。

どうやらアユタ姫からは自由になった、というのは間違いないようです。

「戻って仕事をするかー」

のんびりと肩を回しながら、食堂へ戻る僕でした。あとでアユタ姫からの折檻《せっかん》が怖いが、それはそれ、これはこれ。仕事の方が大切なのである。

ということで昼ご飯の準備をしていた僕でしたが、時間になったので配膳のために厨房《ちゅうぼう》から食堂へ行くと、そこには異様な雰囲気を纏《まと》った空間ができていました。

アユタ姫、ネギシさん、コフルイさん、ミコトさん。

この四人だけが座る机。その周囲の空間が歪《ゆが》むくらいの緊張感がみなぎっている。

「おい……なんでミコト様がいるんだよ……」

「なんでもビカ様の引き継ぎだとか……」

「はぁ？　あの人、健康になって帰ったじゃん……何の問題あったんだよ」

他の兵士さんたちもミコトさんを見てひそひそと、内緒《ないしょ》話をあちらこちらで繰り広げています。

無理もない。それくらい、ここにミコトさんがいるのが怖いってことなのでしょう。

だってミコトさん、近くに愛用の大薙刀《おおなぎなた》を置いてるもん。武器は外に置いてこいよ、と言いたい。

「ミコトさん……武器の食堂への持ち込みは勘弁してください」

言ってみた。

「ですが禁止でありませんね、そうですね？　他の兵士も腰に剣を携えています。有事の際は即応せねばならぬ身、武器をよそに置くなど言語道断です」

ばっさりと斬り捨てられた。とほほ、反論できねぇよぉ。

もっともらしいことを言われて黙った僕に、ネギシさんは不機嫌そうに言いました。

「おいおい。それなら俺の槍《やり》も持ち込みありってことだろ。俺は場の雰囲気を察して置いてきてんだぞ」

「それはそれは、なんともアユタ姫様直属の部下であることの意識が低いことですね。見栄と意地だけで、体に合わない大きな武器を選ぶからそんなことになるのでしょう。自分の不甲斐《ふがい》なさを私に押しつけるのはやめろ、雑魚《ざこ》が」

「あぁっ？」

ネギシさんは目をギラギラさせ、睨《にら》むだけで殺せるほどの怒気を放っています。当のミコトさんはなんのその、涼しい顔のまま姿勢正しく椅子に座っているのが怖い。

ネギシさんは立ち上がろうか立ち上がるのをやめようか、ギリギリの状態。理性と本能の間で懊悩《おうのう》している感じです。本能が勝ったら食堂は一瞬で戦場になるでしょう。やめて。

これにはコフルイさんも不機嫌そうな顔をしました。普段、この人がこんな顔をすることはない。あるとしたら、ビカさんとの稽古くらいだ。あのときは怖かった。

「おやめなされミコト殿。砦《とりで》の中での刃傷沙汰《にんじょうざた》は御法度《ごはっと》、それはアユタ姫様が定めた規則の一つですぞ」

「稽古という形なら問題はありません。跳ねっ返りの狂犬など、素手でひねり潰せます」

「……できますかな？　弟子とは認めておらぬですが、一応儂《わし》の教えを受けとりますぞ」

「簡単ですね。コフルイ、あなた相手なら多少は手強く、私が無傷で勝つのは難しい。それは事実です。ああ、褒めているのですよ。

ですがこの狂犬など、手加減して片手だけで戦っても余裕です。わかるでしょう？」

なんだ、このミコトさんの自信は。どこから来るんだよ、その自負というか確信。

コフルイさんの目も鋭く、ミコトさんの目をジッと見つめている。どのように動くのかをつぶさに観察しているってところですか。

もしミコトさんが実際に行動に移したとして、すぐに鎮圧するための動きをしている。椅子に浅く座り直し、腕を自然と机の上に置く。臨戦態勢だ。

……しかし、ミコトさんはそれほど強いのか。

そういや以前、ネギシさんが言ってたな。コフルイさんに勝てるのはリュウファさんか、クアラさんか、ミコトさんだけだと。

ミコトさんはコフルイさんに勝てる数少ない武人、だからコフルイさんの目にも余裕がないってことか。

「まぁ、もっとも」

ミコトさんはネギシさんを見て一言。

「この駄犬にそんな根性はないでしょうが」

瞬間、机が宙へとはじけ飛んだ。破片を撒《ま》き散らし、砕けて。

ネギシさんは一瞬で机を蹴り上げてぶち壊し、ミコトさんの顔面目掛けて右の拳を振るう。机の破片が飛び散る中、ネギシさんはミコトさんを睨《にら》みつけたまま。

ミコトさんが手を出した。右手のひらを、スッと。

その手にネギシさんの拳が直撃する。パァン、と凄《すさ》まじい破裂音。

だけどその手は、ミコトさんは、一歩も動くことはない。なんでだ、あんな威力と体格差があるはずなのに⁉

「おお、駄犬は失礼した」

ミコトさんはネギシさんの拳を握り、力を加えていく。握力によってネギシさんの拳から、鳴ってはいけないような不気味な肉体の破壊音が聞こえてきた。ゾッとする。

「ただの子犬でしたね。実力差を弁《わきま》えず、工夫もせず、冷静さもなく真っ直ぐに突っ込む。駄犬どころか経験のない子犬。その程度でしたか」

ギシギシギシ！　と握りしめる手から異音が聞こえる。どういう音だよ、怖すぎる！

背筋に寒気どころか氷柱《つらら》を何本も突っ込まれたような恐怖！

ネギシさんは額に脂汗を流しながらも、痛みによる声を出さない。意地でしょう、ミコトさんの前で情けない姿は見せない、という固い意思がそこにありました。

ネギシさんとミコトさんの視線が交差する。ネギシさんの視線の強さと脂汗の量が増えるのに対して、ミコトさんは涼しい顔のままだ。余裕綽々《よゆうしゃくしゃく》、と言わんばかりです。

これは戦力差とかじゃない。単純に肉体性能でネギシさんはミコトさんに負けてる。

見た目からじゃわからない。ミコトさんの体のどこにそんな筋力があるんだ⁉

ミコトさんはゆっくりと立ち上がり、ネギシさんの拳を捻《ねじ》り上《あ》げて、ひれ伏させました。

「で？　ここからどうするのですかネギシ」

「ぶっ……殺す……‼」

「それはいい」

ぱ、とミコトさんは手を離しました。

すぐに追撃するかと思いきや、ネギシさんは拳を押さえて脂汗を流している。拳には……ハッキリとミコトさんが握りつぶそうとした指の跡がクッキリと！

ええ、どういう握力なの⁇

「では、また殺せるようになってから来るように。あと、壊した机の代わりはちゃんと用意しておいてください」

「このクソアマ！」

「黙れ雑魚《ざこ》、とっととやれ」

ミコトさん、口が悪すぎる。僕はあんぐりと口を開けて、一連の流れを見ていることしかできませんでした。

見下すようにしてネギシさんを見るミコトさんの目……背中がゾクゾクしますね。僕にそういう趣味があるわけではなく、純粋に相手の方が筋力が遥《はる》かに上であることを知ったからですが。

下手なことをしたら、一瞬で顔面陥没レベルのパンチを食らいそう。

「ミコト殿、やりすぎでは……？」

コフルイさんから、確かに怒りを感じる。一連の流れの中でアユタ姫とコフルイさんは微動だにしませんでした。

それは場の雰囲気に呑《の》まれたからではなく、単純にネギシさんがやることを……いや、ミコトさんが攻撃されることから守る気がなかった、という感じが強い。

以前からミコトさんには思うところがあったからなのか。それともミコトさんにそんな攻撃は通用しない、下手に庇《かば》おうとすればミコトさんの反撃の巻き添えになることがわかっていたからなのか？

そこは僕にはわかりません。わかるのは、コフルイさんが立ち上がった瞬間、場の空気が軋《きし》むほどの殺気が二人から溢《あふ》れたことだけ。

僕の額に冷や汗が一筋、流れる。恐怖のあまり表情も変わらない。

ただ膝はめちゃくちゃ震えるし、目から涙が流れそうになる。涙目で膝を震わせることしかできません。

「やるか？　コフルイ」

「やめろ二人とも」

ミコトさんの言葉に被《かぶ》せるようにしてアユタ姫が口を開く。

普段は聞けないような、凛《りん》とした声。上官から部下への注意と命令のための発言。

アユタ姫は椅子に座ったまま腕を組み、二人を見た。

「いい加減にしろ。この砦《とりで》ではアユタが王だ。この砦はアユタの国だ。そう言ったはずだ。その国で、好き勝手に暴れるならただではおかない」

鋭い視線。有無を言わさぬ支配者としての威厳。

この姿を見るまで、僕はアユタ姫のことは、面倒くさいお姫様くらいにしか思ってませんでした。だって辛いものを食べたがりすぎるとか、戦場に出るとか、兵士と一緒の訓練をしてるとか、お姫様らしい態度なんて皆無でしたから。

違う。僕は見間違ってた。この雰囲気、威厳、言葉の強さ。この人は確実に支配者の一族なんだと思うようなカリスマを感じた。

ガングレイブさんほどではないとは思いたいけど。

コフルイさんとミコトさんはアユタ姫に頭を下げる。

「申し訳ありません姫様」

「アユタ姫様、見苦しいところをお見せして申し訳ありません」

二人してアユタ姫に謝罪する。あれだけいがみ合ってたのに、王族を前にするとこの態度、忠義心の体現。現代地球の日本に生まれた僕にはまだまだ理解しきれないところはあるけども、そういうものなのだろうと思っておく。ていうか何も言えないし、言わないでおく。

ミコトさんは頭を上げると、改めてネギシさんを見下して一言。

「さっさと机を持ってこい雑魚《ざこ》子犬。お前は無能か」

「いつか殺す。前々から思ってたが、絶対に殺す」

「それは期待しよう。さっさと仕事しろ」

やっぱ怖いよこの人。


「さて、監査のことなんですけど」

僕は唐突に、アユタ姫たちの前に食事を運んでから話題を振る。

今日の昼は、狩ってきたイノシシ肉を臭み抜きして生姜《しょうが》焼きにしたものを、キャベツとトマトと一緒にパンに挟んだものと、キノコとニンジンとタマネギのコンソメスープ。

こっちに来てから調味料は着々と揃《そろ》ってきています。

「なんでしょう、質問があるのですか？」

「監査って普通は何も言わないでやるものでは？　わざわざ相手に告知する意味って何です？　ビカさんもそんな感じでしたが」

あのときはビカさんの異様な雰囲気に呑《の》まれて疑問に思えなかったのですがね。

普通、監査とかって本人や周囲には何も知らせず唐突に現れ、身分を隠したまま本人の素質や仕事ぶりを評価して、書類にまとめて上層部に報告するものと思ってました。

という疑問のための質問だったのですが、ミコトさんはさっさと答える。

「相手のためだ」

「は？」

「探られると痛い腹があるなら、隠す猶予を与える。隠せてないならそれを追及する。隠し通せるなら何も言わん」

？　どういう意味なのかわからない。隠蔽《いんぺい》できてるのなら言うことなしってこと？　それって権力のあり方として、権力側の監視として意味がないような気がする。

僕はミコトさんの言葉に裏がないかと、もう少し頭を捻《ひね》って考えてみることにする。目を細め、ミコトさんの表情を観察し、腕組みをして思案してみる。

『探られると痛い腹があるなら、隠す猶予を与える。隠せてないならそれを追及する。隠し通せるなら何も言わん』。一見すると隠蔽を認めてるように思える。

なんせ探られて痛い腹、不正とか犯罪行為とかも発覚しないんならなかったことにしよう、ってことですから。現代日本、というかどんな国でだってとんでもない話。

……この人はそんなに優しいだろうか。優しい、なんてことはない。あんな暴力の嵐を撒《ま》き散らすことを躊躇《ちゅうちょ》しない人だ。優しいなんて言葉でこの人を表せない。

裏の意味があるはずだ。裏の意味が。なにかがある。隠せてないなら追及する、という言葉で考えれば『隠したくせに発見される無能が、死ね』ということになります。隠蔽《いんぺい》が上手くできるなら生かすが、そんなこともできないなら殺す——。

いや、違う。違うぞ。そんなわけがない。ちゃんと監査するならやっぱり相手には言わない。なのに言うってことは。

「……」

「おや、わからない？　ならそのままでいい。下がりなさい」

「はい」

僕は頭を下げて、ミコトさんたちの前から去る。

心臓はバクバクだ。下手したら口から飛び出そうなほどの動悸《どうき》です。想像したことが本当ならば、僕は間違いなく処分が決まってる。

殺される。

監査なんて言葉だけ。監査を知らせるなんて、優しい処刑宣告だ。

隠し通せるなら見逃す。なんのことはない、逃げ切れるなら逃がしてやろうってだけだ。

隠せていないそれを追及するということは、処刑から逃げた罪人としてさらに惨《むご》く殺すってことでしょう。

ミコトさんは、僕を殺しに来てる。

なぜなのか。想像に難くない。

あのとき、ギィブさんとの謁見《えっけん》のとき。ミコトさんたちを部屋から退出させて話をしようとしたときの、ミコトさんの視線の強さ。

あれはもう憎しみに近かった。

ミコトさんはどうもギィブさんへの忠誠心が強いのでは？　だから僕に嫉妬してるのでは？　ビカさんが僕の監査に来たのはもともと、僕を排除する理由を探していたのでは？

そんな最悪の想像が頭の中を巡る。

「……ダメだ、逃げることなんてできない。ここで逃げたら、それこそアユタ姫に何をされるかわからない。リュウファさんに追いかけられて、一瞬で殺される危険もある」

逃走という手段は使えない。

厨房《ちゅうぼう》に入った僕は椅子に座って机に肘をつき、生き残る方法を必死に考える。

「どうしたシュリ？」

「すみません、少し休憩させてください」

「お？　そうか、わかった」

オブシナさんが話しかけてきたので、休憩を申し出る。意外そうな顔をしたのはなぜだ？　いや、今はそんなことはどうでもいいです。

大事なのは、生き残る方法なり。どうすればミコトさんから身を守れるのか。

「……アユタ姫に頼るか。そもそもそれ以外に方法はないか」

あっさりと答えが出たので立ち上がる。

「オブシナさん、休憩終わりです。仕事を開始します」

「いや、キミ……休憩がたった三十秒ってのはダメだろ……」

なぜか休憩を延長された。解《げ》せぬ。


休憩をたっぷり取ったあと、僕は再び料理を持って食堂に行く。

ん？　料理は作らないのかって？　作ってるよ、アユタ姫のやつ。

それ以外には食堂で配膳もするんだな、僕は。アユタ姫専属ではあるが、アユタ姫の周りの配膳も僕がした方がトラブルが少ないので。

実際に手に持っているのは、今日のアユタ姫の料理と他の人の料理です。器用に四人分の料理を手と腕に乗せて歩く。

行きたくないなぁ、と思いながらアユタ姫の席へ行く。新しい机になっており、先ほどの机の破片も一応は避《よ》けられます。

ただ、空気がさっきよりも遥《はる》かに不穏。空間が歪《ゆが》んでる。一触即発の空気というか、今

もやり合ってる戦場のような緊張感。

せっかくの食事中にそんなことを近くでやられたらたまらん、ということで近くの席にいたはずの人たちはおらず、ぽっかりとそこだけ開けたように誰もいない。そりゃいたくないよな、と思わざるを得ない。

近づきたくないけど、仕方ないので近づいて配膳していく。

「アユタ姫様、料理をお持ちしました。では……」

アユタ姫たちの前に料理を置いて、礼をする。

「失礼します」

そのまま踵《きびす》を返して厨房《ちゅうぼう》へ戻る。頼む、何も起こるな。止めないでくれ。ここから逃げさせてくれ。

「ミコト。動くな」

アユタ姫の鋭い声が響く。どう動こうとしたのか。僕はそれを確かめようとはしない。振り向きたくないしここで関わりたくない。だけど、アユタ姫がここで僕を庇《かば》ってくれたのだと思うことにして、厨房へ真っ直ぐ帰った。

結局、晩ご飯までそんな調子なので気が休まらない。

「つ、疲れた……」

僕は珍しく疲れた表情のまま、厨房の最後の後始末を終わらせて帰ろうとする。

いつもは疲れた表情なんてしないし、明らかに疲れましたなんて態度は取らないように気を付けてます。でも、今日はとことん疲れた。すっかり夜遅くではあるが、これでもいつもと比べたら圧倒的に早い方だよ。

そんで仕事中、ずっとミコトさんはこっちを睨《にら》んでくる。僕を監査している。僕の様子を観察している。ずーっとです。ずーっと。

怖いんだよあの目。ミコトさんが日本人っぽい、大和撫子《やまとなでしこ》美人であることも重なって、なんか怖い。いつ、あの大薙刀《おおなぎなた》でぶった切られるかとヒヤヒヤしてた。

「ダメだ、今日は寝よう。まさか命を脅かされる危険に警戒しながらの仕事が、ここまで疲れるとは思ってなかった……」

僕はさっさと仕事を終わらせ、部屋に戻ろうとする。

自分の部屋へ向かって歩いていると、ふと、とある部屋の灯《あか》りが扉の隙間から漏れてるのを見た。誰だ？　こんな時間に。

ここで昔のことを思い出す。

オルトロスさんの部屋を覗《のぞ》いてとんでもない秘密……オネェ的な性格と可愛い物好きという、本人にとっては知られたくないもの、それを知ってしまったが故に味わった恐怖。

「おぉ……」

あのときのことを思い出し……あれがあったからこそ、結局オルトロスさんと仲良くなり、傭兵団《ようへいだん》のみんなと絆《きずな》を深め、今がある。

出歯亀根性《でばがめこんじょう》は……世界を、救うのでは？

「覗《のぞ》こう」

邪悪な考えを全肯定し、僕はバレないように扉の隙間から中を窺《うかが》いました。さて、誰だろう。覗き趣味なぞ下劣の極みですが、今はそんなこと考えない。これも情報集めだと自身の罪悪感を押しつぶし。

一瞬前の自分を恨んだ。

「やばい……ミコトさんじゃん」

中にいたのはミコトさんでした。椅子に座って机に大薙刀《おおなぎなた》を立てかけ、扉の方へ体を向けている。そして手元には何やら、何も書かれてない表紙の本があってこれを読んでる様子。つまり、ミコトさんが一瞬でも顔を上げれば僕と視線がかち合い、覗いていることがバレるのです。

下手に動けなくなってしまった。少しでも物音を立てれば、ミコトさんに見つかってしまい……首チョンパな未来が訪れるでしょう。

とりあえず、チャンスを窺うしかない。ミコトさんがこっちに気づかず、眠るためにベッドで横になるまで待つか、ゆっくりと隠れてこっそり去るか。

……こっそり去ろう。それがいい。なんで僕はオルトロスさんの時の成功例を持ち出して覗いてしまったのか、後悔しかありません。

というか僕、最低じゃん。今更自己嫌悪に苛《さいな》まれる。二度とやらん。多分。

「よし……」

僕はゆっくりとその場を去ろうと体を動かす。

「ここでどこかに体をぶつけて物音をたてたり……驚きの声を出せば見つかる……僕は知ってるんだ」

下手なことをするな。素直に逃げろ。そして生きるんだ。自分に言い聞かせて、息を潜めて気配を消すように頑張る。

……ただ一つだけ気になることがある。ミコトさんが真剣な顔をして読んでるあの本。

あの皮の表紙の装飾……あの厚さの本……どこかで見たことがあるんですよ。どこだっけ？　と僕の頭の片隅に疑問が浮かぶ。

いや、やめよう。僕は首を横に振り、好奇心を消す。好奇心は猫を殺すんだ。知ってる。

もう少しで扉を離れるのに十分な体勢になる。ふと、中からパタンという音とともに声が聞こえてきた。

「ふぅ……やはり先生の本は素晴らしい……まさか続編が出てるとは思わなかった……」

……続編？　いや、やめろ、気にするな、聞くな、逃げろ。と必死に考える。

「一国の王さまで老年のご主人様と、忠義心厚い女騎士の、身分と年齢を超えた恋……なんと美しい」

……ダメだ、やめろ。聞くな。足を止めるな、逃げろ、逃げろ。

「しかし……正体不明の執筆者、通称『先生』……いったい何者なんだ……ぜひともお会いし、この国に招きたい。ぜひとも恋愛相談に乗っていただきたい」

……よし、もう少しで逃げられる。あとは振り返って足音を気を付けて去るだけだ。

しっかしやたらとでかい独り言だ……誰もいないと思っていて、本に集中しすぎてるんだと解釈しておこう。さて、まずは一歩からだ。右足に力を込める。これで逃走できる。

「中身はかなり艶《つや》っぽい濡《ぬ》れ場《ば》があるのもいい。実に興奮する。これぞ芸術と創作、没入感が凄《すご》い。フフフ、高い金を払って同好の士から情報をもらって本を買って正解だったな」

今回はスーニティ方面から流れてきたらしいがあちらにいるのだろうか、『先生』は」

「カグヤさんじゃねぇか!!」

なんだ、あのエロ小説はカグヤさんが書いたもんじゃねぇか!!　どおりで中身がエロいとか、やたらと登場人物の関係性とか恋愛関係が夢小説っぽいというか、カグヤさんの特徴が出てるみたいだと思ったよ!!

過去に読んだことがあるから、特徴は知ってる。それどころかアドバイスまで求められたことがある。あまりのエロさに顔を真っ赤にしたことがあるよ！

と、ここで僕は自分の失態に気づいた。

「……見たな」

きぃ、と扉がゆっくりと開いた。僕でもわかる、圧倒的怒気。殺意。

さらに涙目になっていて、羞恥心がミコトさんの目にありありと浮かんでいました。顔を真っ赤にして唇をひくつかせ、誤魔化そうとして笑おうとしているのか、部屋を覗《のぞ》かれ秘密を知られて怒ろうとしているのか……そんな感情が混ぜこぜになっているようです。

僕自身、とてつもない罪悪感に襲われてしまっている。

ゲス。

一言で表現すると、僕がやったのはそれだ。

「ごめん、なさい」

素直に謝るしかなかった。誠心誠意謝罪するしか、なかった。それ以外になかった。

ミコトさんは、ゆっくりと振り返った。おや？　許してくれるのか？

でも、ミコトさんは部屋の中にある大薙刀《おおなぎなた》を手にした。刃を確認し、握り具合を確認している。

一瞬で何をされるか理解した。

「忘れろ。いや、消えてください。一瞬で塵《ちり》にします」

ギギギ、と油を差していない機械の如き動きで、首をこちらに向ける。ミコトさんのその目からは、羞恥によってとうとう涙が流れました。

「ああ、我が武器『梅雫《うめしずく》』よ。かつてグランエンドにいた、盲目の女剣士の相棒が作りし業物《わざもの》よ。グランエンドに伝わる宝刀よ。お許しください。このような恥を雪《そそ》ぐために刃を血で濡《ぬ》らすことを」

「待って待って！」

ヤバい、あの目はマジでやる目だ!! 周囲のもの全部をぶった切ってでも僕を殺すってやつだ！

事実、ミコトさんはゆっくりと部屋の中で大薙刀《おおなぎなた》を振りかぶる。腰だめにし、部屋の角に大薙刀――いや、梅雫だったか。梅雫の刃がカチリ、と当たってる。

部屋の端に届いて当たるほどの長さ、普通だったらそこからあんな超大物武器、振れるはずがありません。壁や天井が邪魔をする。というか僕は部屋の外です。当たるはずがない。

でも……ギリギリとミコトさんから聞こえる、異音。それがミコトさんの体が限界一杯まで力を蓄え、今か今かと解放を待っている音だと気づいた。

逃げられない。この人だったら、壁だろうが天井だろうが扉だろうが。あらゆる障害物を破壊して『梅雫』を振る。その結果、僕は瞬きする間もなく死ぬ。

ヤバいヤバいヤバい！　ここから逃げられない！　動いた瞬間にミコトさんは武器を振ってるから！

「我が汚点を知るものよ。一撃で殺すぅ！」

「あ、あの！」

ミコトさんが泣き叫びながら、攻撃を開始する！

頭を働かせろ、言葉を言え、一言、一言だけでいい！　僕も涙を流し、膝をガクガクと笑わせているけど！　口を開け！

「僕！　その小説の作者の作品、読んだことあります！　ついでに作者に会ったことあります！　同好の士です！」

叫んだ。もう何を言ってるかわかんなかった。なんでこんなことを言ったのか、三秒後の自分にもわかんない。

こんな言葉で止まるはずないだろっ。死んだ、僕は諦めるしかなかった。

でも。

「……同好の……士？」

ミコトさんは動きを止めた。彼女の体から聞こえていた、力を溜める異音も鳴りやむ。

だけど構えを解かないまま、彼女は涙を止めた。んで聞いてきました。

「なら質問だ」

「はい」

「『先生』の作品……『姫のメイドの奮闘録』に出てくる姫とメイドの名前は？」

言いたくねぇ。最低の質問内容だ。一応言っておくが、これもエロ小説なのだ。官能小説なんだ。濡《ぬ》れ場《ば》ありの小説なんだよ。

しかもこれ、テビス姫とウーティンさんをモデルにしてるんだ。僕に感想を求められ、読んでみて、中身に悶絶《もんぜつ》したけど必死に表情に出すのを我慢しても顔が真っ赤になるような内容なんだ。

でも、言わないと僕が死ぬ。死ぬのは嫌なので、言うしかない。

「あ、あの……初版本の方しか知りませんが……テ、テビィサ姫、と、ウーシュン、です」

初版本しか知らない、というのは単純な理由で……この名前がテビス姫とウーティンさんに似すぎていたため、発売後に本人たちの目に触れて文句を言われたら嫌だと思ったカグヤさんが、重版するときに名前を変えたのです。

ちなみにカグヤさんの作品は発行部数は少ないが人気があり、重版してる。何回も。凄《すご》いだろ？　嘘《うそ》じゃないんだぜ。

ミコトさんは僕の目を見て、判断を下そうとしている。

「……ちなみに内容は？」

「……まだ幼いけど利発なお姫様に、こう、いろんなことを教えながら自分の欲望を満たすメイドでしたが、お姫様に好きな人ができたことでメイドは闇墜ちし、お姫様を連れて国を出る話です。結末は曖昧《あいまい》でハッキリとしたことは書かれてません。いろんな解釈の余地がある」

なんだろう、今度は僕が羞恥心で一杯だ。殺してくれ。

「次の質問だ」

「もういっそ殺してくれません？」

どうすればいいんだ。どんどん質問が来るぞ。次はなんだ、内容によってはもう殺してくれた方が楽なんですが。

だけどミコトさんが徐々に構えを解いていってるので、生きる希望が出てきてる。なんかもう、僕の方が死にたいのか生きたいのかわかんなくなって、感情が混ぜこぜになった。

「ダメだ。答えろ。私が読んでた本の題名を言え」

言いたくねぇ。老年のご主人様と女騎士の話、タイトルだって知ってる。

だから言いたくねぇ。かなり過激な名前なんだ。人前で言いたくねぇ。

「……発売地域は？　あれはアズマ連邦向けとしても売るために、題名と内容を少しイジってるんですが」

「ふふ……どうやら本物かもな？　だが言ってもらおう、どっちの題名も言え」

殺してくれ。

「……他の地域では『女騎士はお爺《じい》さまに恋してる～お孫さんにも認められたい～』……アズマ連邦では『女戦士は長老さまに恋してる～お孫さんにも認めさせる～』……です」

「よろしい」

殺してくれ。なんでこんなタイトルを口にしないといけないんだ。恥ずかしさで死んでしまう。いっそ殺してくれ。

だけどミコトさんは構えを完全に解いた。戦意はもうそこに存在しない。『梅雫』を壁に立てかけ、涙を拭った。

鼻をすすってから、僕に近づいてくる。

「まさか同好の士とは思いませんでした。へへへ、みっともないところを見せましたね」

全部含めてみっともねぇんだよな。言わねぇけど。

「ようこそ『同級生』。私はミコト。『先生』の『生徒』の一人です。よろしく」

「あ、はい」

僕はミコトさんから差し出された手と、思わず握手してしまいました。ミコトさんは良い笑顔をしていますが、僕の表情は死んでいた。

死んだような目で笑ってた。

「あの、生徒ってなんですか？」

「おや、あなたは『先生』を知りながら『生徒』を知らない、と？　不思議ですね……

『先生』の信者なら、同じ信者からその言葉を聞くはずなのですが」

「あ、いや」

「……ん？　待てよ？」

ここでミコトさんは、握手していた手を離して顎に手を沿える。

少し考えてから何かに気づき、頬を紅潮させて言った。

「まさか……あ、あなたは『副担任』、なのでは……っ!?」

「ふくたんにん??」

不穏な単語が聞こえてきた僕は、空を見上げて悟った。

面倒くさいことになったぞ、と。

「まずあなたに謝罪します。この監査は、監査という名目であなたを殺すつもりでした。

申し訳ありませんでした」

「あ、はい。それで僕を殺すのは」

「もちろんなしです。ビカの評価を正当なものとしましょう。そもそも、今日の仕事ぶりを見ても問題はありませんでした」

良かった。命の保証はしてもらえた。

僕はミコトさんに促され、部屋の中に入っていました。僕は椅子に、ミコトさんはベッドに腰掛けている。

ミコトさんの近くの壁には『梅雫』が立てかけられている。刃が魔工ランプに反射するほど磨き抜かれ研がれたそれは、触れたものを一瞬で殺すような威圧感を放っています。

梅雫の横でミコトさんは興奮しながら口を開く。

「それで？　あなたは『副担任』なのですか？」

「あの、副担任ってなんですか？」

「『副担任』というのは『先生』の傍《かたわ》らで作品を読み、中身の面白さ、艶美さ、整合性を評価して『先生』に伝え、作品をより良くする相談役であると。『生徒』の中でも一番上である『委員長』が、その存在を示唆《しさ》していました」

なんだそのクソみたいな役職。なったつもりはねぇよ。

あれはカグヤさんが、唯一秘密を知る僕に感想を聞いてくるからやってるだけだぞ。本来ならやりたくないわ。エロ小説書いてる知り合いの女性の目の前でその小説を読んで、いかにもっとエロくできるか話し合うなんざ僕にとって拷問以外の何ものでもねぇんだ。

ああ、この世界に編集者としての経験がある人がいれば、代わってもらうのにと何度思ったことか。僕には知り合いの女性が書くエロ作品を真面目な顔でアドバイスする技術なんてねぇんだよ。目の前の女性と作品の中身のギャップで赤面しちまうんだよ。

そうぶちまけたい文句をグッと堪《こら》えました。生唾《なまつば》を飲み込むようにして、全部の言葉を胃に落とすように。

「そ、そうでしたか。確かに僕は『先生』の近くで作品を一番に読んで、あれこれと話し合いをしてました」

「おぉ……『委員長』は話していたけども、その存在が疑われていた『副担任』が私の前に……なんと光栄なことか……」

ミコトさんは何か、凄《すご》く感激してる様子でした。僕は冷めた目で見てました。

そんなもんなんだよ。

「あの……一つ、聞いてもよろしいでしょうか」

「なんです？」

「この……この作品の続編が出たときは狂喜乱舞したものですが……あなたは先生から、その、この続きがいつごろ、発売されるとか聞いてます？」

ミコトさんが恥ずかしそうに示す本。カグヤさんが書いた『女騎士はお爺《じい》さま……』。

やめよう。タイトルは省略だ。ともあれ、ミコトさんはこの本の続きを望んでいるらしい。でもなぁ。

「『先生』は書いてませんよ」

「ええ!?　そんな、女騎士が前王様と王太子さまに認められたところで、隣国のチャラ王と、前王様の息子である現王様に目を付けられて、複雑な四角関係が始まるかというところで終わっているのに!?　と、当分続きが出ないんですか!?」

「ええ、まぁ……今は確か『雪国の幼馴染《おさななじ》み純愛二人暮らし夫婦』の続きを書いていました……」

クソみてぇなタイトルだろ？　これ、フルブニルさんとイムゥアさんをモデルにして書いてるんだよ。

ああそうだよ!!　僕がカグヤさんの小説を読みにくい理由は、ただ単にエロいからだけじゃねぇんだ!!　今まで知り合ってきた人たちをモデルにして、作品の中であれやらこれやら激しい恋愛をさせるから、元ネタの人たちの姿もあって羞恥心が凄いんだ!!

心の叫びを口から出さないようにもう一度、大きく唾《の》を呑んだ僕。そろそろ我慢の限界。

ミコトさんは、それはそれは大きく肩を落として残念がっていました。

「そんな……あれはもう三巻まで出ているじゃないですか……四巻を今書くんです……？こっちを先に書いてくれれば……」

そんなにその中身、面白かったっけ？　と考えたけど、中身を詳しく思い出したくないのでやめておく。あれはトゥリヌさんとミューリシャーリさんをモデルに、トゥリヌさんをおじいさんにして書いてアレンジしたものだ。うん、凄《すご》かった。妄想力が高い。

しかし、がっくりと肩を落としているミコトさんは、なんか可哀想に見えます。

「そんなに好きなんですか？」

「浪漫《ロマン》があるじゃないですか。老境にさしかかった前王様に、幼い頃出会って恋心を抱いた主人公の女騎士。恩を返して出世し傍《そば》にいることはできても、年齢と身分差によって苦しみながらも苦境を乗り越え結ばれる……素晴らしい」

うっとりとした顔をするミコトさんを見て、僕は何か閃《ひらめ》くものがありました。なんかもう、理由はこれだったのかと思うようなやつ。

そもそもなんでミコトさんが自分自身で、六天将の長が自分で監査なんてやろうと思ったのか。簡単なことでした。

「もしかしてミコトさん。ギィブ様に恋してます？　本の内容に、自分とギィブ様を重ね合わせて妄想して楽しんでるとか」

僕がさらっと口にした一言。なんかね、これとしか思えなかったのよ。ギィブさんへの強い忠誠心。僕を残して部屋から退出を命じられたときのミコトさんの嫉妬深い目。

さらにはギィブさんから褒められて嬉《うれ》しそうにしてた、最初のあのとき。

もうね、僕でもわかる。この人は、ギィブさんに恋してる。それも熱烈に。

「そ、そそそ、そんなわけ、ないじゃない、ですか」

ミコトさんはめちゃくちゃ目を泳がせている。スッパリと指摘されたことで動揺してるのは明らかです。というかそれ以外にねぇや。

「……アユタ姫の世話を焼こうとするのは忠誠心もありますが……将来、義理の娘になる人への好感度稼ぎとか邪《よこしま》なこと考えてません？」

「それはない」

キッパリとミコトさんは否定した。

「私の忠誠心は本物だ。グランエンドのため、国主様一族のため、グランエンドに住まう全ての民のため。この体の全てを使って、あの方々の前に立ちはだかる壁を破壊し、何かあればこの身を犠牲にしてお守りする。それが本当の忠義だ。くだらないことを言うな」

「格好いいことを言うなら僕の目を真っ直ぐ見て言ってくれませんか？　視線が合わないし動揺してどこ見てるのかわからないくらい、キョロキョロしてるんですけど」

本当なんやな。態度と言葉は立派だけど、目だけがハッキリと動揺を示している。

そうか……リアルとフィクションを重ねて……夢の世界に浸ってたのか……ごめん、そんな至福の時を邪魔しちゃってゴメンよ……心の中で無限に謝罪を繰り返しました。

「……何が望みだ」

ミコトさんは目を逸《そ》らしたまま小さな声で言いました。

「え？」

「だから、何が望みかと聞いてるんですよ……あなたを殺さないことは決めました……同好の士として、『副担任』への敬意からです……。

ですが……私がギィブ様に懸想《けそう》していることを秘密にしていただけることとは別です……さぁ、望みを言いなさい……あなたを国に返すというような反逆行為以外なら何でもします……!!」

「何でもって言った？」

思わず聞いちゃったことで、ミコトさんの目に明らかに怯《おび》えが浮かんだ。そして、手は武器の梅雫の方に伸ばそうとしたりやめようとしたり。

ギリギリの理性の間でどうするか迷ってる感じですが、僕は明らかに言葉を間違えたことを悟ってしまいました。そりゃそうだ、あんな確認の仕方をしたら警戒するわ。

僕は慎重に口を開きました。

「では、あの、お願いとか望みとかはいいので……僕が殺されそうになったら、守ってください」

「……それは！　その、そ、そうですか……」

「一度だけでいいです」

僕は指を一本だけ立てて続ける。

「あなたにとってマズい状況でも、ギィブ様への反逆行為でも、立場を悪くする状況でも関係なく。一度だけでいいので僕の命を守ってください」

「それはダメだと」

「ええ。反逆行為はダメなのはわかります。そのうえで言います。たった一度、たった一度だけ。あなたの判断でいいので命を守ってください」

これは僕の最大限、引き出したい譲歩だ。この人は多分、ヤバい状況になっても僕を助けてくれることはない。ギィブさんへの忠誠心と僕との約束を天秤《てんびん》にかけ、最終的にギィブさんへの忠誠心を取る。そういう人だ。

恋心と忠誠心と敬意。それに比べて僕とは知り合ったばかり。どちらを優先するかなんてわかりきってる。

でも、少しでも迷う理由があれば。躊躇《ちゅうちょ》する要素があれば。最終的にガングレイブさんたちへの助けになるんではなかろうか？　と思ったのです。

さらに、この人の趣味や嗜好《しこう》の同好の士……認めたくはないが『先生』ことカグヤさんの作品のファン仲間として殺さないと言ってくれましたが、なんのきっかけであっさりと僕を殺しにくるかわからない。殺されないようにさらに楔《くさび》を打ちたい。

あなたの判断でいいので、僕を一度だけ守って。

逆に言えば、それまで僕を殺すのはやめてほしい。

この考えはミコトさんに看破されてるでしょう。この人は六天将の長になるほどの人だ、頭の良さだってあるはず。僕程度の狙いなんて見抜いてる。でも、お願いする価値はある。

ミコトさんは何かを迷った挙げ句、溜《あく》め息をつきました。

「……私の判断で、あなたの命を一度守ればいいんですね？　私の立場が悪くなろうが関係なく、助けようと思ったら助けろ、と」

「はい」

「結局あなたを助けない、という判断もあり得ると思いますが？」

「それも任せます」

僕はジッとミコトさんを見る。ミコトさんは何かを考えるように目を伏せ、すぐに僕の目を見た。

「よろしい。約束とも取れないと思いますが、約束しましょう。私の判断で一度だけ、あなたを守りましょう」

「ありがとうございます」

僕は頭を下げて礼を言う。この約束が最終的にどんな結果になるかわからないけど、ガングレイブさんたちに良い結果をもたらすことができればいい、と思おう。

話も終わったので立ち上がる。これ以上、グダグダと話すこともなし。

「では話が終わりましたので、僕は戻ります。もう夜も夜、真夜中なので」

すっかり話し込んでて忘れてたんですけど、僕は部屋に戻って休むつもりだったので
す。ミコトさんに殺されるのでは？　という緊張感で精神的に疲労してたので……。

で、僕は立ち上がったのですが、ミコトさんは腕を掴《つか》んできた。

「え」

ミコトさんはこう、興奮した様子で引き留めてくる。なんのために？　と思ったが。

「では今度は私の番だ。シュリが私の部屋を覗《のぞ》いた借りを返してもらう」

この言い分にはぐうの音も出ない。そりゃそうだ、ことの始まりは、ミコトさんのプラ
イバシーを侵害するというクソ行為をやらかしたが上の結果なんですよ。

なので償え、と言われれば償います。そして二度としない。心に誓うし神にも誓う。

「か、借りですか。具体的に何をしましょうか」

「一つ、あ、いや、二つだ、いや、一つでいいです。で、でも……」

「部屋を覗くという最低行為を許してくれるなら二つでもいいです」

最低ゲス野郎の汚名を雪《そそ》ぐことができるなら、二つでもいい。安いもんだ。

ミコトさんは目を輝かせました。

「本当か！　そ、それなら一つ目……『先生』はどこの誰だ？」

……まさかそっち方面とは思ってなかった。てっきりガングレイブさんたちの情報を聞かれるかと思ったけど。いや、結局はカグヤさんの情報だけど。ややこしいな畜生。

僕は眉間を指で押さえて悩む。

「……えーっと。聞きたいです？」

「ぜひとも！　我々『生徒』が『先生』の正体を探るのは最大の禁忌《きんき》ではありますが……それでも……くっ！　私は愚かな人間なのです、禁忌と言われれば言われるほど近づきたくなる……！」

「なんだかんだ言って、持ってる本に『先生』直筆のサイン……署名をもらいたい？」

「ああその通りだ！　その通りだよ畜生！　私の本に『先生』の署名と『ミコトさんへ』という直筆の文章が欲しい！　それで『生徒』仲間に自慢したい！　軽蔑するなら軽蔑しろよクソッタレ！」

なんて汚い欲望なんだ。僕はミコトさんを心底軽蔑した目で見る。ミーハーなファンが推しの知り合いと出会ったら、こうしてサインだのなんだのを求めるようなもんだ。

だけどミコトさんは真剣そのもの。そして非は僕にある。ここで断ろうものなら。

「ここで拒否するなら、明日から砦《とりで》の兵士たち全員に『シュリは女の部屋を覗《のぞ》く趣味がある』と触れ回る」

「それなら僕は『ミコトさんは官能小説を読む趣味があってギィブ様に懸想《けそう》してる』と言

い振らします」

「できるかな？　お前に」

　バチバチと視線がぶつかる。僕とミコトさんの間に、緊張感が生まれる。

　……どう考えても分が悪い。というかここで拒否る方が人として終わってる。

　僕は観念したように微笑《ほほえ》みました。

「負けました。だけど『先生』の正体を知っても、驚かないでくださいよ」

「わかった」

「ガングレイブさんの仲間、カグヤさんです」

　ぴしり、とミコトさんの表情が固まる。明らかに予想外だった、という顔だ。

　同時に僕の腕から手を離し、顔を手で覆って何かを呟《つぶや》いています。

　さすがにその言葉に聞き耳を立てちゃうと、とことんゲスの極み、下劣の具現化としか言えない最低人間になるのでやりません。

　ミコトさんは悩みに悩み、ようやく顔を上げました。

「ありがとうございました。そうか、あなたが『副担任』である時点で、察するべきでした。あなたの傍《そば》、もっと言うならガングレイブの傍にいる人間がそれだと」

「はい」

「……できればグランエンドで保護して、私の資金でガンガン本を書いてもらえればと思いましたが……くっ！　どうすればいいのか……！」

そんなことで悩んでほしくないし、カグヤさんまで誘拐しないでほしいな。とは思うが口には出さない。下手に意見すれば、ミコトさんが暴走する。

ミーハーなファンって、愛しさと尊敬がカンストしてる状態でさらに好感度が増すと、ぶっ飛んだ行動をしかねませんから。それが吉と出るか凶と出るかはわかりません。

「……また今度、対処を考えるとするか。二つ目、いいですか」

「はい」

「シュリは今まで出た全作品、目を通してるんですよね。ここに連れてこられるまでのやつ全部」

思い出したくねぇ。覚えてるけど思い出したくねぇ。インパクトが強すぎて覚えちまってるからなぁ。嫌だなぁ。忘れたいなぁ。

「まぁ、はい」

「……制作秘話とか、聞かせてもらえません？　こう、何を元にしたのかとか、その話の前にはどんな案があったのか、とか」

「……それくらいなら、まぁ」

まぁ仕方がない。それが二つ目のことっていうなら拒否する理由もない。僕は苦笑しながら椅子に座り直しました。まぁ、トークショートとでも思いましょ。これもカグヤさんの作家活動の補佐みたいなもんだと思って。

「じゃあ、何から話しましょうか」

「じゃあ。この前王様と女騎士のモデルになった人物っているんですか？」

「それ聞いちゃう？」

さっそく言いたくないことから聞かれた。ゴメンよ、トゥリヌさんとミューリシャーリさん。あなたたちの印象、ちょっと変になるかも。

結局ミコトさんはとことん、僕に質問をしまくってきた。

まぁ……まさか自分の好きな作品のモデルが他国の指導者、王族の類いと聞いたときは遠い目をしてましたね。

「……私はこれから、彼らをどんな目で見ればいいんだ？」

黄昏《たそが》れながら呟《つぶや》くその哀愁に満ちた姿に、僕は同情の念が湧き起こる。

なので、フォローのつもりで一言。

「逆に言えば、ミコトさんをモデルに作品を書いてもらえる可能性がありますよ？」

「……やめて、もらいましょう。さすがに私とギィブ様を元にした作品は……正直読みたくはあるんですけど、それ、出版するんでしょ？　私とギィブ様をモデルにした作品、『生徒』たちに読まれるんでしょ？　私と気づかれなくても、読まれるわけで。

私には、それに耐えられるほどの度胸や心臓の強さはない」

だよな。うん、だろうさ。僕だってそうだよ。そうだけど『副担任』をやってたんだよ。

同じ地獄を味わえ。

とまでは言えない。惨《むご》すぎる。

「……すっかり朝、ですね」

ミコトさんは窓の外の光を見て呟《つぶや》く。外には朝焼けの風景が広がりつつある。

結局徹夜で話し込んでしまったのです。ミコトさんの好奇心と、吹っ切れて楽しくなってきた制作秘話の公開で、なんだかんだでこの時間。

仕方がない、と僕は立ち上がりながら体を伸ばしました。

「ふわぁ……朝になっちゃいましたので、僕は仕事に行きます。ミコトさんはお休みしますか？」

「大丈夫だ。私とて六天将の前は兵士として戦場に出ていた身。徹夜での行軍や戦闘、仕事には慣れている。もう一週間は眠らなくても動けるほどでね。私も食堂に行こう」

ミコトさんは立ち上がりながら、武器の梅雫を手に取りました。気になったので、一つだけ質問をしておく。

「ミコトさんって見た目以上に筋力があって体力があるんですね。なんか特殊な鍛錬を？」

「いや、生まれつきだ」

ミコトさんは自身の手を見つめながら言う。

「この情報は開示しても問題はない、グランエンドと敵対して私と戦った者は知ってることで隠すこともない。情報封鎖でできるだけ広がらないようにしてるが、ほぼ無駄ですので言いましょう。

　私は生まれつき、人の域を超えた肉体的強度を持っています。筋力、持久力、回復力、柔軟性、耐久力。その全てが現生人類を遥《はる》かに超えているんですよ。だからこの巨大な大《おお》薙刀《なぎなた》も、片手で余裕で振るえます。

　この砦《とりで》から首都である城塞都市まで走っても疲れません。

ネギシの手を、あの時点で握りつぶすのも私にとっては造作もなかった。

コフルイと戦闘になっても、素手で殴り殺すことも容易。

それが私だ」

ミコトさんはそう言うと先に部屋を出て行くので、僕も後ろに付いていきます。ミコトさんの背中を見ながら、僕は気づく。

　この人は、肉体の強さだけで言えば今まで出会ってきた人たちの中でも、ぶっちぎりで一番なんだ。クウガさんよりも、ヒリュウさんよりも、トゥリヌさんよりも、リュウファさんよりも上だ。

圧倒的な暴力の嵐。それがミコトさんの正体。

「ミコトさん」

「なんだ？」

「リュウファさんよりも強いですか？」

僕の質問に、ミコトさんは間髪《かんはつ》容《い》れずに答えてくれました。

「『俺』以外なら余裕で勝てる。だけど……『俺』には勝てない。勝てません。圧倒的な技の冴《さ》えの前に、私の筋力は贅肉《ぜいにく》にすぎません。

私は体の強さが吹っ切れてしまった結果、対等な稽古相手がいなかった。力技のごり押しでほぼ全ての敵を殺せる。

そのせいで技を磨く機会を失っている。一年に一度、リュウファとの手合わせだけが私にとって技を磨き身に付ける稽古の機会です」

「ミコトさんならリュウファになれたのでは？」

「……ビカはそこまで喋《しゃべ》ったか。まあいい、そうですね。選ばれてもおかしくはなかったでしょう。ですが断りました。向こうも私が六天将として動いた方がいいと判断したのか追求はなかった」

リュウファに選ばれるほどの素質と強さがあり、それを断っても無理強いされることすらないほどの強さと有能さ。

それがミコトさん、という人間なんだ。人間を超えた肉体を持つ才女。思わずミコトさんの背中に尊敬の眼差《まなざ》しを向けてしまう。ここまで凄《すご》いと何も考えずに敬意を持てる。

僕とミコトさんが食堂に入ると、誰もいない。ガランとしている。静寂の音が耳に聞こえてくるほどです。

これを見てミコトさんは眉をひそめた。

「……シュリが出てきているので、てっきり他の料理人たちも仕事を開始していると思ったが。そうではない？」

「たいがい、僕が一番です。ていうか一番に来るようにしてます」

「頑張っているんですね」

ミコトさんが優しく微笑《ほほえ》みながら僕に言った。純粋に褒めてくれた、ということに嬉《うれ》しくなりますね。

「まぁ。修業時代からのクセがそのまま続いてる感じです。一番に職場に入れば、一日の仕事の計画も立てやすいし把握しやすい。料理長の指示を聞き逃す可能性も低いです」

「その通り。心構えは立派です。しかしシュリ、あなたは何時頃寝て、何時頃起きてるんですか？」

「えっと……誰よりも遅くまで仕事して、誰よりも早く仕事を開始してます。夜中に終わって、早朝に始めてます」

「そうですか。あなたもたいがいな人ですね」

おや？　どういうことだ？

僕が怪訝《けげん》な顔をしてると、ミコトさんは振り返って言ってくる。

「あなたはビカが稽古しすぎだと、体を酷使しすぎであると注意し、治療に協力したと聞いた」

「ええ。そうです」

「説得力がない。シュリは今までそんなふうに、誰よりも働いて誰よりも時間を削って頑張ってきたんだろう？　自分の仕事をちゃんとするのは美徳だ、できないことをできるようにするのは当たり前のことだ、仕事の技術や効率を上げるのは義務だ、と」

「はい」

まぁ、僕も上京してから二年ほど修業して、腕を磨いて知識を身に付け、帰ろうとしたらこの世界に巻き込まれてしまった人間です。もしここにいなければ、実家の店を継いでいたでしょう。

そうなったら毎日、食べる人のために努力をしてたのは間違いない。

だからミコトさんの言葉は間違ってない、と思う。だから僕は頷《うなず》いた。

でも悲しそうな目をして、ミコトさんは僕とは逆の人について続ける。

「そうだろ？　できてないのにできない理由を並べて、自己を正当化して言い訳をくっちゃべって、さらに同じような仲間と傷の舐《な》め合いをして頭のおかしい話に共感して、それで済むと思ったら人間として終わりだ、どんな言い訳を並べようとゴミ以下だぞ、と」

「そこまでは言いたくないんですけど……」

「私から見たらそこまで、だ。でもですよ。シュリ。あなたはちゃんと仕事をしている。毎日努力をしている。相手のことを考えて技術を高め、職場の人間との関係も深めて良好な雰囲気を作ろうと務めてる。

　義務を果たしてるなら、権利を主張しなさい。休みをちゃんと取りなさい。

　気力、体力、時間を使って仕事人としての責務を果たしたなら、雇う方も責務を果たさないといけない。給金、休み、設備を充実しなければいけない。

　でもシュリが休みを放棄してしまったら、周りの人間も休めない。

　結果、あなたが一番に壊れます。ビカのように。どうです？」

　ミコトさんから言われたことはその通りで、僕は身に覚えがあるので黙るしかありませんでした。

　僕はかなり無茶をしてきた。そのたびにぶっ倒れて気絶して、周りの人たちに迷惑をかけてきました。

　……何度か反省したことではありますがまさか人の振り見て我が振り直せ、をそのままの形で実感させられるとは思ってませんでしたよ。

僕は少し恥ずかしくなりながら言った。

「……何度かありました」

「なら、次からは他の料理人と話をして早番と遅番の態勢を、きちんと決めろ。いいな？　他の料理人がこの時間になっても出てこないで、全てシュリ任せにして寝てるとは……監査が必要なのはそっちの方だな。後でめったくそに叱りつけてやる」

「ほどほどにしてあげてください」

全ては自分の不徳の致すところから始まった話。他の人たちが叱られてしまうのは、心苦しいのです。

ミコトさんは呆《あき》れたように溜め息をつきました。

「全く……どこまでお人好しなのか。わかった、警告で済ませてやる。次からはシュリばかり頑張るような職場にするな。これは、シュリに対しての警告だ」

「はい」

なんだかんだで、この人は優しい人なのだろうか。根の部分で優しいのか、それとも人心掌握としての優しさなのか。どちらなのかと疑問は浮かぶ。

僕はミコトさんを見る。物憂げな顔をして椅子に座り、肘杖《ひじづえ》を突く。こんな姿でも大和《やまと》撫子《なでしこ》美人で絵になる人だ。この人の周りにはなんだか、冷たくて綺麗《きれい》な空気が漂ってる気がする。

さて、ミコトさんの観察はここまでだ。

「では、今日は今日の分として仕事をします」

「そうするといい。私は今日、お前の監査と同時に、砦《とりで》の視察、監査という仕事もすることにした。だから、シュリの周りで殺すチャンスを窺《うかが》うようなことはもうないと思っていいです」

ぞわ、とした。

ミコトさんは、僕がまだ殺される可能性があるって考えてることに気づいてた。どこまで気づいてるのかわからないけど、ここで釘を刺してくる程度には、だ。

ただの冗談だとか、昨日の話を笑い話にするつもりの一言だとか、そういう気遣いでは全くない。声色も、話し方も、態度の全てから見ても。

ミコトさんの、呆れたように言う姿からは「私はもうお前を殺すつもりはないから、もう怯《おび》えるのはやめろ」という態度がありありとわかる。

怖すぎる。この人の洞察力は群を抜いてる。

「さぁ、仕事をしてこい。私はここで、朝ご飯の時間まで仮眠させてもらう」

「わかりました」

ミコトさんはそのまま目を閉じて微動だにしなくなる。傍目《はため》からは目を閉じてるだけに見えるが、すでに眠ってしまっていた。

こういう、睡眠までの早さも戦場では必要なんだよな。

僕はさっさと厨房《ちゅうぼう》に引っ込んで料理を開始する。朝ご飯だけど、少し豪華にいこうか。

いつものスープとパンでは、兵士の人たちも困るだろう。

アユタ姫の料理人ではあるけども他の人の料理だって、ちゃんと作らねばならないので
……料理を準備するのもやる。

ミコトさんの話をそのまま聞くと、僕もがんばりすぎなのでしょう。

アユタ姫のための料理は作るけど、他の兵士さんたちへの料理も気を抜いちゃダメだよな。

だけど僕の体は一つで、休みはいる。オブシナさんと相談してシフトを決めよう。

「さて、じゃあミコトさんには肉じゃがでも作るか」

僕はさっさと食材を用意して、調理を始めます。

材料は牛肉、ジャガイモ、醤油《しょうゆ》、砂糖、みりん、ニンジン、タマネギ、油、水、絹さや。

牛肉はあらかじめ食べやすい大きさに切っておき、醤油、砂糖をまぶしておく。

ジャガイモの皮をむき、ニンジンと一緒に食べやすい大きさに切っておく。

ジャガイモは水にさらしてから水気を取っておこう。

鍋に油を引いて熱し、ジャガイモ、ニンジン、タマネギの順番に入れて炒め、全体に油

が回れば牛肉を入れます。

ここで肉の色が変わってきたら水を注ぎましょう。煮立ってきたら灰汁《あく》が出てくるので取り除く。

あとは醤油とみりんを加えて煮立ったら弱火にしてフタをする。

十分に煮たら火からおろし、そのまま蒸《む》らして茹《ゆ》でた絹さやを加えて完成です。

「できあがり、持って行こうか」

僕はできあがった肉じゃがを器に盛り付け、匙《さじ》と共に持って行く。

食堂に行けば、ミコトさんはさっきと同じ体勢のまま、そこにいます。

寝ている。微動だにしていない。ずっと、そのままの体勢で寝ているのです。

「こりゃ驚いたなぁ……」

おそらく、いつもこうしてミコトさんは眠る。戦場でも、日常生活でも、こうして睡眠を取ることで体の調子を整えているのでしょう。

起こさない方がいいかもしれない。それでも、本当に寝ているのか確認だけでもしておこう。なんといったって結局動いていないのだから、寝ているのか、ただ目を閉じているだけなのか、どっちかは遠目では確実な判別ができないのです。

「ミコトさーん」

「なんだ？」

近づいて小声で呼びかけてみると、いきなり目を開いた。小声で話しかけて、反応がないならそのままにしておこうと思っていたのですが、あまりにも予想外。

「えと、起きてたんですか？」

「いや、寝ていたよ。よく寝た、もう徹夜分の眠気は完全に取れている」

「そんなことが……」

「そうなんだよ。私は、そういう人間なんですよ。そういう意味でも、私は人間を超えている」

ごく僅かな睡眠だけで万全の調子になり、筋力は常人のそれを遥《はる》かに上回る。

ミコトさんの超人っぷりを見れば見るほど、唸《うな》ってしまいます。羨ましい。

「それで、なんだ？」

「朝ご飯を作りましたので、ミコトさんが一番にどうかなと」

「はぁー……そうか、一番にもらえますか。ありがたい、そうさせてもらう」

ミコトさんの前に僕は料理を置く。メニューは肉じゃがとパン……うーん和洋折衷《せっちゅう》。組み合わせに関して何も考えてなかった。

「これは肉じゃが……か？」

「肉じゃがです。ご存じですか？」

「うぉ」

「ああ。昔、ウィゲユがギィブ様へお出ししたところを見たことがある。美味しそうな匂いで羨ましいと思ったよ」

そうか、やはりウィゲユが先に作っていたか。僕は少し悔しく思いながらもニヤつく。あいつがこの国にいるんだ。立身出世のためにあらゆる努力をしてる。アレルギーのことは心底クソだと思うが、それ以外の料理にクソなところはないと思う。

何より……あのときのガンボスープを作るときの合いの手は完璧だった。弟子に慕われてるのもよくわかった。

茶碗蒸しの美味しさに敗北を感じたのも、事実だ。

繰り返すがあいつなりに、この世界に生まれて努力してきたからこそあの地位にいる。なら、地球で作られている、あいつが知る限りのあらゆる料理はすでに食べられていると思った方がいいな。

……ビカさんの場合はウィゲユでもどうしようもなかったから、雑炊《ぞうすい》は食べてなかったんだろうな。だから美味しいと言ってもらえた、とは思いたくねぇけど。

「では、いただきます」

ミコトさんは手を合わせ、目を閉じて祈りを捧げた。日本の食前のそれを彷彿《ほうふつ》とさせる綺麗《きれい》な姿。

そのまま匙《さじ》を手にして牛肉を口に運ぶ。小さく口を開けて、ゆっくりと咀嚼《そしゃく》している。

「うむ……うむ……旨いな」

「それは良かったです」

「ああ。なんというのだろうな……言ってしまえばただの煮込み料理、の類いなのでしょう、これ。

なんというか、とても優しい味。心がほっこりするような、そんなものだ。

一工程一工程に手抜きが見られない、良い料理だ。特筆すべき何かがあるようなものではないんだろうけど……疲れた体によく染み渡る」

ミコトさんは丁寧に、礼儀正しく、姿勢よく肉じゃがを食べ続ける。

「肉が美味しいのはもちろん、このスープに溶け込んだ旨みを吸ったジャガイモも、タマネギも、ニンジンも旨い。

私はね、実はニンジンがあまり好きではないんですよ」

「え」

「意外でしょう? 食べることはできます。ですが、好んでバクバクと食べることはありません。だけどな、これなら好きだ。臭みもなく、ニンジン特有の風味や味が実に料理と合っている。どうも、鼻に上がってくる匂いが苦手だったけどね。

そうか、こうして味や風味……ニンジンの甘苦さと匂いを楽しむ日が来るとはな」

ミコトさんが喜んでニンジンを食べる姿を見る。

正直、僕は心の中でガッツポーズを決めていた。

なんせ、なんせニンジンが苦手という人に、ニンジンが美味しいと言ってもらえるとは！

もう踊り出したいくらいに嬉《うれ》しいよ。苦手な食材って誰にでもある。アレルギーとかとは関係なく、本人の舌の傾向とか単純な好き嫌いとかね。ニンジンも苦手って人はいる。

ちなみに僕は過去、ナマコがどうしても食べられないって人が店に来たのを覚えてる。他の人たちが酒と一緒にナマコを楽しんでるところでその人だけ食べられなかったので、笑われてたっけ。

でも笑うのは良くない。実に良くない。個人の嗜好《しこう》の問題だからね。

食べ物の好き嫌いは大人になっていく過程でなくなっていく。という話はよく聞きます。

実際、小学校の頃からの同級生で親友だった山岸《やまぎし》くんは、小学生の頃はピーマンと梅干しが食べられなかった。給食に出ても無理って感じで残してたなぁ、確か。

だけど中学、高校と成長していくと食べている。普通に。

気になって聞いてみると
「あ？　そうだなぁ、なんか普通に食べられるようになってた。苦手だった苦さも酸っぱさもなんか旨いんだよな、最近」

とか言ってましたし。

大人になっていくと舌の感覚、嗜好《しこう》が変わっていくからかな？　とか思っています。

でも、大人になっても苦手なものは苦手なまま、というのも珍しくない。

往々にしてそういう好き嫌いの克服は困難になっていきます。

なんせ大人だから。

食べない言い訳なんて大人の頭ならいくらでもできるから。

他に食べるものなんてコンビニで買えるし、外食するお金だってあるし。

子供の頃にはできなかった、食べられないものを食べずに食べたいものだけを食べる、という選択肢が取れてしまうから。

そういう面倒くさい事情を知ってるからこそ、大人であるミコトさんが苦手な食べ物を克服し、美味しいと言って、進んで食べてくれる姿を見ることができて嬉《うれ》しいのです。

むしろ感動すらしている。それどころか、僕の頬には滂沱《ぼうだ》と涙が流れてる。

「うん、今度からはニンジンも食べることにしよう。今まで食べなかった分、きっと食べることができる。ありがとうシュリ……なんで泣いてるんだ!?」

「いえ。ミコトさんの成長の一助になれたこと、心から嬉しいからです」

「お前は私の親か何かか？　私のなんなんだ？」

ミコトさんの、困惑しながらも笑ってる顔を見て、僕は心が晴れるようだった。

ここでも、僕はまだ料理人としての価値を持っている。

ガングレイブさんの元から離れて随分と経《た》ったが……いつか帰る日を望み、目指しながらではあるけど。

僕は確かに、この砦《とりで》の料理番として働いている。

閑話　目と謎 ～アユタ～

「ふーん。それで……ニンジンを食べられるようになった姿を見て感動してたから、まぁ怪しくて危ない奴認定はやめてやろうって気になったわけ？」

「そういうことです」

アユタが朝方、稽古を終わらせて朝食を取った後、部屋で休んでいるとミコトが入ってきた。

なぜかネギシとコフルイに部屋から出るように言ったので、断ろうとしたものの。

「これからの監査の話です。方針を変える必要がありますが、それはアユタ姫様と二人だけで話したいことです」

「なんだそれ？　俺たちが一緒じゃダメなのかよ」

「……すまない。今回だけでいい。こちらの要請を黙って受けてくれ」

ネギシの文句に対するミコトの言葉に、アユタとネギシとコフルイは心底驚いた。

アユタなんて椅子から転げ落ちるかと思ったよ。

ネギシに至っては、

「お前！　お前ミコトじゃないな!!　なにものだ、しょうたいをみせろ！」

という感じで、後半になると恐怖のあまり声が震えるほどだったよ。アユタも同じ感じ、膝が震えた。怖い。

ミコトを一言で表すならば、『理性の皮を被《かぶ》った災害』だ。

常人離れしすぎた肉体の強さと、そこから積み上げてきた戦場での功績、六天将の長である王天という地位、ギィブ父様に直接進言できる権限と発言力。

ミコトはそれを背景にかなり強引に仕事を進めるところもあるし、自信満々なところがある。自意識過剰、とも言えるかな。

なのにアユタや有能な一部の者には、こう、妙に優しくて背中がぞわぞわするようなところがある。気味が悪いんだよね、そういうときのミコト。

そんなミコトが、何かあればネギシにやったように暴力や実力で相手をねじ伏せるミコトが、なんと殊勝にこちらに頼み事してくる。どういう心境の変化が？

コフルイが咳払《せきばら》いを一つして場の空気を一変させてくれなかったら、ネギシは恐怖のあまりミコトに殴りかかってたかもしれない。その場合は……ミコトの手にある大薙刀《おおなぎなた》『梅雫』の刃で真っ二つかもしれないけど。

「聞かせてもらっていいかな。儂《わし》とネギシにも話せないのは、監査の方針の変更、だけ、とみても？」

だけ、の部分を強調して聞くコフルイ。コフルイらしくない、こんなわかりやすい遠回しな発言をするとは。いつもだったらネギシもアユタもわからないように言葉を選ぶんだけど。

ミコトはそれに、首を横に振ることで答えた。

そういうことなら、ミコトの要請に応じないとダメか。

「ネギシ、コフルイ。外して」

「わーったよ」

「かしこまりました、姫様」

ネギシはぶっきらぼうに、コフルイはアユタに一礼してから部屋を出て行く。バタン、と扉が閉まる音が部屋の中に響いた。

アユタとミコトの二人だけが残った部屋。ミコトはそこら辺にあった椅子をアユタの前に持ってきて座る。

「アユタ姫様、お時間をいただきありがとうございます」

「監査方針が変わるなら、アユタに関係のある話だ。で？　詳しく聞こう」

「わかりました」

ミコトは粛々《しゅくしゅく》と答えていく。

昨日一日、ずっとシュリを見ていたが仕事ぶりに問題は一切なく、砦《とりで》の兵士たちとの仲を育《はぐく》み、アユタに関しても問題行動どころか食育を任されている。

最初は殺そうと思っていたらしいが、なんの問題もない人間を、他国から来たという理由でなんの脈絡もなく、正直言えばギィブ父様に目を掛けられるシュリへの嫉妬で殺すなんて突拍子もなさすぎる。

でも、アユタが聞いたところによるとミコトは、シュリと腹を割って話したらしい。このままでは仕事の誠実な部分しか見えない、本音の本音……心の底の人間性を見極めようとしたとのこと。

そうしたら普通の人。としか言えなかったらしい。人並みの罪悪感、人並みの価値観、人並みの能力、料理人としての技術はウィゲユと同等もしくは局地的な部分で互いに勝ったり負けたり、という結論を出したと。

こんな人間が何か間違ってギィブ父様に刃《やいば》を向けることは絶対にないと。

「ふーん。そうなんだ」

「はい。警戒しすぎてバカみたいです。シュリはどこまでいっても料理人です。秘密の力があるとか、魔法や魔工が使えないことに気づいていないとか、演技で実力を隠してるとかそういうことは全くありません、ただの人です。ただの料理人です。

ただ、仕事に一生懸命取り組むことができるだけの人です。誠実、な人でしょう」

「かなりの好印象か」

珍しい、ミコトがここまで評価するとは。確かにシュリは誠実だし、仕事はちゃんとする。なんだかんだで誰とでも仲良くなっちゃう。

料理は……どこでそんな技術を身に付けたのかは、ずっとわからないけども。

アユタは腕組みして足も組む。そして笑みを浮かべた。

「ふーん。それで？　監査内容を変更するって話だけど、今聞いた話を総合して判断しても問題ない、監査は終わってると思うけど。アユタとしては仕事は終わってると思う。ここに残って、まだ何をする気？」

アユタはちょっとおちょくるように言う。こいつ、ミコトはシュリを殺そうと、あれこれ画策したクセに、なんだかんだでシュリを認めちゃったのだ。

昨日までの荒ぶった様子も合わせておちょくるように言ったつもりだ。

でもミコトは少し周囲を見てから、懐《ふところ》より一冊の本を出した。

「残る理由は二つあります。……『体育委員』。彼は『副担任』です」

「!?　……そうか。そうだったか」

なるほど、とアユタは腕組みを解いて足組みもやめ、天井を見上げる。

少しだけ熱を持った頭を冷やし、立ち上がって机の引き出しから一冊の本を取り出した。

ミコトが持っている本と似た表紙の本だ。アユタの愛読書。

「それで『生徒』……シュリは、本当に『副担任』だったのか」

「はい。『委員長』が存在を示唆《しさ》した、いないと思われていた『副担任』でした」

「『先生』の傍《そば》にいて、作品の助言と提案をする制作者側の存在……実在していたか……」

アユタは感動のあまりに涙を流していた。

持っていた本を胸に抱いてからソファに座る。手に持っている本から、熱意を感じる気がする。

「はい……どうしましょうか。『図書委員』と『委員長』、『園芸委員』にも知らせますか？」

「やめておこう。『図書委員』はともかく、『委員長』と『園芸委員』は過激派だ。『副担任』に何をするかわからない。他の『生徒』に知らせるのもダメだ。混乱が起きる」

「そうですか……しかし、アユタ姫様から勧められた『先生』の作品、本当に素晴らしいものばかりですね……」

ミコトは感動しながら愛読書、『女騎士……』を胸に抱いた。アユタもまた、愛読書『雪国の幼馴染《おさななじ》み純愛……』を強く抱きしめた。

そう、アユタとミコトは同好の士なのだ。ミコトは昔、趣味も何もないまま仕事をし続け、傲慢《ごうまん》な態度のままだった。それでも武の方面でも強く文官としても有能であったため、表立って何かされることはない。

　でもなんというかつまらない。そこでアユタは……ネギシとコフルイには秘密にしてる趣味を……『先生』の作品をそれとなく布教してみた。

『先生』はこの乱世の時代に現れた、一筋の光……癒やしの存在なんだよ。書かれた小説はどれも艶《つや》っぽい濡《ぬ》れ場《ば》があり、最初読んだ時にはなんというか、なんという破廉恥《はれんち》なものを書くんだ！　と床に叩《たた》きつけたくなるんだ。

　でも、その羞恥心を乗り越えて二度三度と読み直せば……濡れ場はあるが、その前の恋愛、日常、事件、衝突、解決、後日談とどれもこれも、話の流れが面白い。

　一人一人の登場人物に華があり息づかいが聞こえてくるかのような緻密《ちみつ》な書き込み、文章から読み取れる心理描写に情景描写の素晴らしさときたら……。

　気づけば小説の中の世界に飛び込み、登場人物たちの動きを幽霊のように後ろから見てるような感覚に陥る。下手したら濡れ場でもそれをやってしまうので、気を付けないといけないけどね。

　アユタの勧めにミコトは怪訝《けげん》な顔で受け取り、次の日には顔を真っ赤にしながら本を突っ返してきたので、別の作品を渡して読めと命令した結果。

　ミコトは見事に、『生徒』として覚醒した。アユタは良いことをしたと胸を張れる。

「それで？　『副担任』から話は聞けた？」

「はい。制作の裏事情から『先生』の正体、次の作品の予定まで」

「よくやった。それで次は？」

「……アユタ姫様の好きなやつでした」

アユタは普段、神など信じないし運命なんてないと思ってる。

でもアユタはこのとき、神の存在を信じて感謝を捧げ、貯めているお金で次の作品を買うのは運命だったのだと悟った。

「なるほど……確かに重要な話だ。ゆっくりと聞かせてもらおう」

「『体育委員』……いえ、アユタ姫様。大事な話がもう一つあります」

ミコトは本を胸元にしまった。それを見て、アユタもニヤけた顔をやめて本を机の引き出しの中に、丁寧にしまう。

これが『教室』での決まりだ。『先生』の作品を語るときは、自分が好きな作品を手にしたときだけ。それをしないのに語ることは規律違反であり、『教室』からの追放が決まっている。我々の規律は厳しく、結束は鉄のように硬い。

なんせ『先生』の作品の愛読者、『教室』の連中はたいがいが金がある、地位がある、名があるといった者ばかり。下手に外で『先生』の作品の話をすれば、一瞬で変な奴認定される。

だから『先生』の作品を語るときは周囲にこれでもかと注意を払い、さらに愛読書を持つことで『生徒』としての身分を証明した上で、始められる。

我々は、そういう者の集まりだ。

だけどミコトはそれをやめた。となれば、ここからは真剣な仕事の話だ。アユタも真剣な顔で返す。

「二つ目の話か。アユタに関係すること？」

「というより……いえ、私の感じた違和感、でしょうか」

「言ってみろ」

ミコトがここまで言い淀《よど》むのも珍しい。何を話すつもりなのかわからないけども、ろくな話じゃないってのは一発でわかる。アユタも覚悟を決めた。

そして、ミコトは言った。

「シュリは『見えています』」

……意味がわからなかったのでアユタは一瞬だけ反応が遅れてしまった。

「どういう意味？」

「言葉の通りです。シュリは『見えてる』んです」

「だから何が？　意味がわからない」

ミコトも話そうと決意したらしく、ハッキリと言った。

「シュリは私とネギシの衝突の際、何があったかとかどういう動きをしたのか、あの戦いの流れ全てを『見ていて理解できる』人です。普通の料理人が、あの一瞬の一合での戦いを見て理解することなんてできるわけありません。

ですがシュリは『見えてます』、何があったか『わかってます』。料理人の域を超えてます。どう考えてもおかしい」

アユタはミコトが何を言ってるのかわからなかった。

何を言われたのかわからなかった。

でもわかった瞬間に、アユタの腕には鳥肌が立ち額から冷や汗が流れる。

「……シュリは、『武術の達人並みの眼』を持ってる？」

「で、あるかと。そうでなければ、あんな顔はできません。私とネギシがあの瞬間に何をしたのかわかってなければ」

ミコトの確信を持った一言。

アユタは口元を手で覆ってから、思い出す。確かにシュリはビカとネギシ、コフルイの稽古を見て何があったか、どういう技があったのか、なぜそういう動きをしていたのか。

それを見て理解していたような顔をしていた。あの稽古はアユタから見ても、一瞬の出来事だ。内容なんて、武術の稽古を絶えず行い戦場に出た経験があるような戦士か剣士、修行を積んだ人間でなければわからないはず。

なのに見えてる。ただの料理人が、ビカたちの戦いで何があったかつぶさに見て理解してる？

「ありえないだろ。どういう生まれなんだ。天才だぞ、料理人になるのが間違いなほどだ」

「私もそう思います。ですが、本人の体つきや性格から考えると武人向きではありません。適性からしても料理人であることには間違いありません。

なのにあの見切りの眼……分不相応としか思えません」

ミコトはアユタの目を見つめて口を開く。

「アユタ姫様は、シュリの出生に関して何か聞いていませんか？　親は誰か、どこから来たのか。何かありませんか？」

「……何も、何もない」

アユタはここで、シュリから昔話とかを聞いていないことを後悔した。歯がみをして悩む。

正直なところ、アユタはシュリの昔話なんて興味がない。どこでどういう生き方をしてたのかとか、正直どうでもいいと思ってる。

人の過去を探ってなんやかんや言う趣味はアユタにない。

だけど、これはどう考えても別だ。突き止めないとダメだ。

シュリはあくまで料理人だ。仕事をちゃんとする普通の人間なんだよ。

なのに武術の達人並みの見切りの眼を持ってる？

そもそもシュリはなんなんだ。どこから来て、どうしてここにいる？　リュウファはなぜここにあいつを連れてきたんだ？

「何もかもわからなすぎる。アユタも把握してることはない」

「私としても、シュリには問題はないと思ってます。人間性は、先ほど語ったとおりです。問題ありません。ですが、彼の出身や過去に関しては謎が多すぎます。

人間として問題はなくとも背後関係が全くわからない人間を、ギィブ様一族の末の姫であるアユタ様の傍《そば》に置くのはどう考えても問題があります」

ミコトの言ってることは間違いはない。というより正論だ。

アユタはなんだかんだいっても姫だ。好き勝手やってるけど、身分としては国主一族の血に繋《つな》がる人間だ。支配者側、為政者側。

一族の傍にいる人間が、人として問題なくても今まで何をしてたのか、どう生きてたのか、そもそもどこで生まれたのかすらわからないってのは問題がありすぎる。

「……ネギシとコフルイを中に入れて相談したい。いい？」

「やめた方がいいかと」

「なぜ？」

事態を把握している人間は一人でも多い方がいい。特にネギシとコフルイは優秀な人間だ。アユタの命令を理解し忠実に働いてくれる。信頼もしている。

なのにミコトは問題があると言う。

「ここからは私の想像です。下らない妄想、陰謀論の類いです。アユタ姫様も、決して口外なさらないでください」

「……わかった」

ミコトが何を言うつもりなのか。何を察したのか。それを周りに、ネギシやコフルイにすら知られるのは問題だと思って隠そうとするのはなぜなのか。

次の言葉に、アユタは驚くどころじゃなかった。

「……神座《かむくら》の里《さと》」

ソファから転げ落ちそうになるほどだったよ。とんでもないことを口にしやがって、と怒りすら湧いた。

「ミコト、下手なことを言うな。『神殿』の連中の耳はよく聞こえるんだぞ」

「はい。わかっています。わかった上で、そうとしか考えられなかったんです」

ミコトの顔に怯《おび》えが浮かんだ。多分、アユタも同じ顔をしてると思う。

『神殿』

アスデルシアを頂点とした、大陸全土に広がる宗教組織。『神殿騎士』と呼ばれる者を多数抱え、信徒も多いがために武力と影響力が強い。

といっても普段は目立たないし、最近だと動きが消極的になってる節がある。まるで好機を待ってるかのような不気味さ。

ともかく、『神殿』は大陸のものは素晴らしく、大陸の外はクソだと思ってる。

シュリが神座《かむくら》の里《さと》、大陸の外から来た人間だと思われれば、一瞬で襲われる。ここに攻めてくる可能性があるんだから、やめてほしい。切実に。

「……確かにシュリは不思議な存在だ。だけどミコト。それは二度と口にするな」

「わかりました」

ミコトは頭を下げて謝罪してくる。

アユタとしても否定したいんだけど、言われてしまったら思い当たる節は山ほどある。

不思議な雰囲気、どこで学んだかわからない料理技術、独特の価値観と度胸。

シュリは、何者だ？

「……でもシュリの調査が必要なのは、アユタでもわかる。正体のわからない人間を傍《そば》に置いて過去を気にしないようにするとしても、限度がある。これは調査しないとダメだ」

「はい」

「調査となると、ガングレイブの元に諜報員《ちょうほういん》を送るのが一番か？」

「最終手段はギィブ様の周りの人に聞くことです」

ギィブ父様は何か知ってると？　と思うとミコトは窓の外へ首と視線を向けた。

「よく考えたら、おかしかった。嫉妬のあまり見逃していましたが、よその国から引っ張ってきた料理人と、六天将に席を外させてまで何を話したかったのか。一介の料理人相手にするには、あまりにも過剰な歓迎です」

「ギィブ父様の周辺は何か知ってる、と」

「特にウィゲユ。あいつが一番怪しい」

ウィゲユ。かつてアユタの辛い物好きをなんとかしようとしてくれた人。

幼い頃から賢いところがあり、料理人としての才能を開花させて城勤めになり、いじめや困難をはね除《の》けて出世している。凄《すご》い奴だよ。

しかし、なんでウィゲユが怪しい？

「その理由は？」

「初対面だったはずのウィゲユとシュリが、互いの姿を見たときに心底驚いていた様子でした。私が見た感じ、あれは生き別れか死に別れでもしてないとそこまで驚きません」

「死に別れはなくない？」

「はい。ですが……それくらいの驚きようでした」

まぁ死に別れ、はミコトの冗談だろう。別の問題がある。

ウィゲユと知り合いだった、と。

気になる話だ。アユタはウィゲユのことも詳しくない。どういう経緯で二人は知り合ってた？　ウィゲユと同じ村の出身、と？

「……ウィゲユと同じ出身……ではないな。アユタは聞いたことがない。聞こうとしたこともないけど」

「私も同様です。ウィゲユのところに、同じような技術を持った男がいたという話や報告は聞いてませんし受けてません。むしろウィゲユとシュリを育てるような卓越した技術を持った料理人、という存在そのものが空想上の産物としか思えません。
二人の師匠はどこの誰？　という話から始まってしまいます」

「そらそうだ。そうなったら二人の師匠を探すことになる。せめて生存してるか死亡してるか、まで調べたくなる」

いかん、話が逸《そ》れてきた。

「話を戻しましょう。シュリは、おそらく本人も自覚してないほどの眼を持っている。同時に修業先不明の料理の腕と料理の知識が頭の中にある。ウィゲユと同等の料理人としての技量を持っている。
二人は知り合いであるがシュリはウィゲユと同じ出身ではない。二人の師匠のような存在は不明。シュリに至っては過去について何もわかってない」

「……つまり、料理の腕ばかりに目がいって、シュリについてなぁんにもわかってない、と」

「そういうことになります。早急にシュリについての調査が必要になります。……ウィゲユへの聞き取りとギィブ様への質問は最後にした方がいいと思います。この調査は秘密裏に行った方がいいです」

「理由は」

「……アユタ姫様の元にシュリを送るのを決めたのが、ギィブ様だからです。アユタ姫様は何度も言いますがギィブ様の娘、グランエンドの姫君です。御身に何かある、などというのは決してあってはならない。論外です。

なのに正体のわからない、もしくは情報を何もこちらに寄越さない状態でシュリをアユタ姫様へと送るのは、どう考えてもおかしいです。ギィブ様は知ってるはず。ですが」

「知ってて言わないってことは、知ってるのに言えないことがある、と。もしくはアユタたちに知られてはいけないことがあるってことか？」

「そうとしか思えません」

こうなってくると、シュリのことはかなり気味悪く見えてくる。あいつ、いったい何なんだ。何者なんだ。

さらにギィブ父様は何を知ってるんだ？　何かを知ってるからこそ、シュリをこちらに送ってきたと？　表向きの理由以外に何かがあるはずだ。アユタも知らない、王天のミコトにすら知らされない何か。

……クアラは知っているのか？　ギイブ父様の側用人として常に一緒にいるクアラが、何も知らないはずがない。目が見えないだけでそこら辺の奴より遥《はる》かに強く、有能な男だし。

知られてはいけない。となるとやはり神座《かむくら》の里《さと》の話が信憑性《しんぴょうせい》を帯びてくる。

まるでじっとりと湿った手が、アユタの首を優しく絞めてきているという錯覚に陥っている。水とかではなく真っ赤な血で湿った手だ。

アユタたちは、何も知らない。

知らないことがこんなにおそろしいとは……。

アユタとミコトは同時に身震いをした。

「……寒いですね」

「同時に怖い」

「同感です」

同じ感想に行き当たり、とりあえず二人して笑う。笑わないと、底なしの恐怖に囚《とら》われそうなんだよ。

「ミコト。ミコトは首都の方でそれとなくシュリのことを調査してほしい。帰ってからになるけど」

「御意《ぎょい》」

「アユタは……シュリに直接聞く」

ミコトは驚いた顔をしている。

「大丈夫ですか？　シュリが暴発したら……」

「大丈夫。その場合は……アユタでも押さえ込める。もう一つ、聞く先はある」

「アユタ姫様、それは誰ですか？」

「……戦争してるという話のはずなのに、なんだかんだで交易をして、外交関係もあり、周辺との戦争のときは傭兵《ようへい》として雇ってくれてる器の大きい、信頼できる数少ない人だ」

「なぜその方がシュリを知ってると？」

「ニュービストで優秀な料理人についての噂《うわさ》を聞いたことがある。過去にその人はシュリと会ってるらしい。深い交流があるはずだ、シュリの実力を知ってるなら、あの人が放っておくはずがない」

アユタは立ち上がり、窓の枠に手を掛けて外を見る。遠くから雨雲が近づいてきているのが見える。

これから、アユタは大変なことをする。謎に迫ることになる。ギィブ父様が隠していること、それに関係するシュリのこと。これを暴くと、大変な事態になるだろう。

だけど止まるわけにはいかない。疑問を感じてしまい、恐怖を感じてしまったら……払拭するために立ち向かわないといけない。

だから、あの人に会おう。会って聞いて、協力を願う。あの人なら、シュリに興味を持つだろう。

「テビス・ニュービスト姫と秘密裏に連絡を取り、こちらに来てもらおう」

アユタが、この人以上の才能ある人間は百年以上現れないだろうと思わせられる天才。テビス姫に渡りを付け、シュリのことで協力を願うことにしよう。

シュリ、お前は何者だ？

〈『傭兵団の料理番 16』へつづく〉

この作品に対するご感想、ご意見をお寄せください。

●あて先●

〒101-0052 東京都千代田区神田小川町3−3
主婦の友インフォス　ヒーロー文庫編集部

「川井昂先生」係
「四季童子先生」係

ヒーロー文庫

ヒーロー文庫

傭兵団《ようへいだん》の料理番《りょうりばん》 15

川井《かわい》 昂《こう》

2022年10月10日　第1刷発行

発行者　前田起也

発行所　株式会社　主婦の友インフォス
〒101-0052 東京都千代田区神田小川町 3-3
電話／03-6273-7850（編集）

発売元　株式会社　主婦の友社
〒141-0021
東京都品川区上大崎 3-1-1 目黒セントラルスクエア
電話／03-5280-7551（販売）

印刷所　大日本印刷株式会社

ISBN 978-4-07-453233-9